I0659930

"La publicité est ce discours idéologique qui conduit à ne plus voir les réalités de la vie, les valeurs de la vie, les dimensions de l'être, et les êtres eux-mêmes, que comme des marchandises qui se produisent et se vendent."

François Brune.

Le réseau fonctionnait quasiment à perfection. Comme un enfant monstrueux à qui l'on aurait donné les clés du royaume. Il lui manquait juste le plus important, un cœur. Seul des artistes, des esprits non carrés pourraient le rendre immortel.

C'est ainsi que naquit *la métaphore*, une façon pour tout un chacun de nourrir la créature. La moindre requête sur un moteur de recherche, chaque message envoyé, commenté, noté ou dénoncé renforçait ses connaissances. Les nombreux services et applications qui, un peu plus chaque jour, se substituaient au travail et à la vigilance humaine, décuplant ses capacités.

Mais il fallait filer plus loin, permettre aux plus motivés de coder le système sans même s'en apercevoir, en effectuant les tâches les plus anodines de leur quotidien.

La métaphore devint le filtre permettant de déborder l'intelligence collective des seuls programmeurs, substituer la barrière du code à la langue de chacun.

01 – *L'écrivain le plus important dont vous n'avez jamais entendu parler !*

Ses chevilles tremblaient atrocement, révélant la fragilité de son édifice tout entier. Pourtant, même et surtout à cette heure avancée, impossible de se dérober au rituel. Torse nu, le vieil homme s'était extirpé de son lit comme le mourant qu'il n'était pas encore tout à fait.

Absorbant la tranquillité du lieu et du moment, il resta quelques instants à regarder sa chambre, ce monde domestiqué qu'il allait bientôt quitter. Puis vinrent les pas, l'agitation de sa vieille carcasse déglinguée vers le bureau, où, il l'espérait, tout était prêt.

Première chose, vérifier sa montre. Et la vieille horloge sanglée depuis toujours au milieu du mur, que disait-elle ? Rien d'élaboré dans son décor. Quel contraste avec son cher jardin ! Maximilien n'avait jamais fait d'efforts particuliers pour aménager cette pièce, cette maison : le temps est un salaud qui ne donne que de l'espoir. L'homme encore jeune et fringant qu'il avait été croyait faire une simple halte ici : un temporaire qui, finalement, s'étala sur toute la longueur de son existence. Erreur de calcul ?

À peine évoquée, le vieillard se révolta contre cette idée : non, il y aurait encore un autre endroit, après celui-là, et ce lieu serait le berceau de sa nouvelle et plus belle œuvre. Sous le coup de la résolution, ses doigts agrippèrent la poignée de la fenêtre avec rage. Les ouvrants cédèrent rapidement, laissant sortir toutes les odeurs défraîchies qu'il ne supportait plus. Sa maisonnée, comme un cadavre en attente, renonçait, un peu plus chaque jour, à toute prestance. Ça suait la vieillesse, le rance. Du dehors, lui vinrent en échange les embruns rares des *Abelia Chinensis* qu'il rapatria plus de quinze ans auparavant, peu après le début des troubles. Leur parfum entêtant prit sans peine la place de son vague à l'âme. Par strates de décantation, les effluves nourrirent ses sens, flattant les canaux mémoriels et affectifs, procédé bien plus efficace que l'analyse de son système de capteurs disséminés tout autour du jardin. Pourquoi n'avait-il pas consumé ainsi toutes ses nuits, à nourrir son esprit, baigné par cette page nocturne, ponctuée d'étoiles, sur laquelle s'étaient reposées toutes ses plus belles trouvailles stylistiques ?

De toute façon, l'horloge et la montre étaient d'accord : on y était presque. Il était deux heures vingt-deux, plus ou moins une louche. Elle n'avait pas pris la peine de lui préciser le jour, le mois, et encore moins l'année. Mais l'heure, au moins, était on ne peut plus précise. À deux heures vingt-deux de la matinée très exactement, quelqu'un viendrait. Pourquoi lui avait-elle dit cela, sans autre repères ? Était-ce un de ses jeux ? Une façon de le tester, de voir si son orgueil prendrait le dessus, s'il tenterait d'influer sur l'identité de son visiteur à venir ? Bien entendu, il l'avait fait. D'une main tremblante et demi-masquée.

Le paysage libéré de son cadre synthétique – qui faisait de son mieux pour imiter le bois - offrait toute son amitié à l'ancien biologiste, le rassérénant sur ses choix et leurs conséquences. Il revérifia sa montre, puis, sous le coup d'une nouvelle impulsion, fit le tour du rez-de-chaussée. Après avoir enfilé ses pantoufles les moins irritantes, il inspecta une à une les portes et fenêtres de cette maisonnée trop bourgeoise à son goût. Très bien, tout était ouvert aux quatre vents. L'individu ne trouverait aucun obstacle sur son chemin. Depuis le temps qu'il l'attendait. Trois années d'errance à l'extérieur de sa propre destinée. Trois ans d'espoirs métissés de craintes.

L'Alsace avait accueilli à bras ouverts le retour au pays du grand écrivain et scientifique. Pourtant, il n'avait pas réellement choisi le lieu de son exil : Paris était tout simplement devenu invivable pour cet être dans l'attente. La vitesse impossible de la capitale tranchait trop vivement ses pensées, arrachant sans scrupules toute profondeur, tout recul à sa réflexion. Strasbourg lui offrait un répit de quelques années. Comment Paris lui rendrait-t-il la monnaie de toutes ces années d'air impur et de temps accéléré, embouteillé : gaspillé ? Pourtant, aussi près de son but, la fébrilité s'emparait à nouveau de tous ses gestes et pensées.

Le temps et les idées avaient repris leur course mortelle, leur poursuite en étau : *de combien de pensées pourrais-je accoucher avant la fin ?* Pris par l'urgence du moment et à l'image du chien empli de gale qu'il se sentait être devenu, il composa quelques rangées de mots sur le papier. Tout cela était très laid, hors de toute norme d'édition ou même de lecture.

Aucune importance.

La note que le vieillard tenait entre ses mains était l'un des textes les plus vrais qu'il lui avait été donné d'écrire. Ce sentiment remua ses entrailles en une volée revancharde : celle du papier sur l'écran. Depuis longtemps, les prodiges de l'informatique avaient mangé - en une bouchée frétillante - la littérature ainsi que tant d'autres arts. Mais lui voulait encore le geste, la sensation. L'écriture comme un dessin de lettres, d'accents et de ponctuations auquel son traitement de texte était parfaitement aveugle, s'acharnant à corriger ses plus belles trouvailles. L'encre qui dialoguait avec ses doigts sans même consulter sa cervelle, parfois de manière bien plus habile.

Il acheva ce cycle de pensées en plaignant ardemment la jeune génération de lecteurs et d'écrivains. Examinant la course folle des insectes qui s'infiltraient à présent dans sa chambre, guidés par ses éternelles bougies, un sourire ridé déforma ses traits. La conscience borgne de ces bestioles, trompée par le soleil facile de sa chandelle fit monter à ses lèvres un arrière-goût amère : celui des innocents scribouillards modernes, enchaînés à leur sort de pacotille.

Les jeunes aspirants se retrouvaient coincés entre deux impossibles. D'un côté, une écriture corsetée par des logiciels ankylosants et carcéraux de la grammaire, de l'orthographe ou, bien pire désormais, du style. De l'autre le langage des emo-SMS - les affreux messages émotifs - dont la simple évocation lui retournait le cœur. Cette évolution d'une version qu'il considérait déjà comme balafrée, du langage – de cette langue taillée jusque dans ses veines - se retrouvait désormais agrémentée d'icônes sensoriels. Le système était aussi génial du point de vue technique

que prépubère dans ses usages – comme toujours en réalité dans l'innovation. En remplacement des traditionnels smileys, on envoyait aux destinataires de véritables décharges émotionnelles. Leurs concepteurs assuraient l'innocuité du principe sur les principales fonctions cognitives. Aucune étude à long-terme ne permettait de l'affirmer, pas plus que de le contredire : on laissait donc faire. Quelle attaque de l'idiotie technologique sur le temple de cet homme de lettres ! Comment y parer ? Il y a quelques années encore, les premiers signes de ce déclin l'avaient affligé.

Très loin du front de cette bataille d'arrière-garde, le vieillard s'en fichait à présent, des icônes et des émotions : à parts égales. Cette génération de voleurs d'attention, plus occupée à trouver des titres accrocheurs qu'à peaufiner le contenu de leurs textes. Vous ne devinerez jamais ce que cet homme à fait pour... L'incroyable histoire de... Vous ne regarderez plus jamais la sauce tomate de la même manière. Les dix-huit choses à retenir sur... L'actualité en cinq minutes, deux minutes, trente secondes... Adieu et bon vent à tout ce tapage inutile.

Les parfums et les sons du jardin prenaient doucement possession du lieu et de ses humeurs. De magnifiques éphémères se posèrent sur sa lettre. Six pattes, quatre ailes dont deux servaient de balancier, l'insecte était de toute beauté. Et dire que sa pièce buccale atrophiée lui interdisait de se nourrir ! Combien de temps le biologiste survivrait à ce spécimen, le dernier qu'il verrait de son existence ? Une fois son forfait littéraire accompli, relu, paraphé et daté, il entrouvrit le tiroir de son bureau et en extirpa la boîte. Elle tenait dans ses deux mains, mais plus difficilement que dans son souvenir. Plus lourde, étrangère à ses souvenirs. Était-ce seulement la même ? Bien sûr. Ses sens avaient été un instant trompé par sa forme désormais bombée et son touché plus granulé. Il y avait eu du mouvement à l'intérieur.

Qu'avait-elle encore fait ? À quel point en était-on de leur évolution à tous ? Quelles horreurs trouverait-il s'il osait l'ouvrir ? Trop tard pour reculer. L'écrivain aventureux prit le pas sur le scientifique prudent. La main tremblait, mais le cerveau ne recula pas. Il fit céder le couvercle d'un geste sec, inondant le petit coffret métallique de lumière et découvrant ses doutes. Ce qui s'y était tramé allait bien au-delà de son imaginaire.

L'homme comprit à cet instant l'étendue de son erreur.

02 - *Vous en sortirez bouleversé ! Une plongée vertigineuse à l'intérieur de notre avenir.*

Quelques centimètres à peine plus loin, mais aux confins d'un univers à une toute autre échelle, plusieurs millions de cavernes reliées par des milliards de boyaux spasmés. Tout était pure sonorité tordue : tout écoutait. Tout était espérance de lumière attendue : tout espionnait et guettait son heure dans les replis ombragés. Mais l'absence d'éclairage en propre ne faisait que renforcer le poids des sens et de l'imagination. La moindre augmentation de température trahissait une présence. Un danger à contourner ou une opportunité à croquer : embranchement existentiel majeur. Des nuées de consciences édentées, inquiètes et sans autres projets que leur propre survie. Des esprits ouverts et sans malice comme autant de coffres à piller.

Comme partout, des secrets, des mystères ou des légendes pullulaient, emplies des boursouflures de peurs rêvées ou mal entrevues. La plus effrayante d'entre toutes était sans aucun doute la grande froideur éclairée : la face exposée du monde, ce que l'on appelait la surface. Un concept incompréhensible à tous ceux qui étaient nés dans le profond et ne connaissaient que sa chaleur obscure.

Chez eux, comme partout ailleurs, les chaînes du malheur tournaient en boucles : les massacres de tous contre chacun n'avaient laissé personne debout, sauf des souffreteux et des lâches.

Seul bénéfice visible : l'approvisionnement en abondance du garde-manger des survivants. Heureuses petites bêtes crochues qui, du coup, avaient profité du trop-plein de chairs offertes pour se reproduire en masse et faire germer les émeutes à venir.

Seul l'humus spongieux, parcouru de nœuds mous et de douces friandises à pattes apaisait les cœurs et les orteils. Ce système borgne tournait à vide car dans l'ignorance de vies sans mémoire, et dans l'attente instinctive d'un bouleversement définitif.

Enfin, une nouvelle fois, la première pour les plus jeunes, elle apparut : la clarté qui suspendait l'attente et rythmait depuis trop de temps leur existence. Il était temps et lieu de propager la tonalité de cette nouvelle. Il fallait se faire vitesse et agir.

03 - *La naissance de l'auto-lecteur :*
ils s'étaient juré de ne jamais révéler cette histoire !

Quelques jours plus tard, cela grouillait encore, avec d'autres animaux. Des chacals affamés aux baves éructantes se battaient toujours. Pourtant, ils ne s'arrachaient pas les entrailles pour leur survie. L'assaut ruisselait d'un enjeu plus capital encore à leurs yeux : quelques miettes d'information.

Faites-nous entrer, que la porte du temple laisse s'infiltrer ses pillards !

Accrochés à la grille, les porteurs de micros jouaient des mains, des coudes et de l'entremêlement de leurs câbles. Des centaines de journalistes, une foule incroyable pour un événement de cette nature. Tout n'était qu'émotion pour cette armée redondante, engoncée de montres communicantes, de bracelets bavards et de téléphones inquiets, tous plus connectés que jamais. Mais le front n'était pas uni : d'un côté les pigistes et correspondants des sites d'informations numériques, de l'autre les permanents des journaux traditionnels. Bords à bords, chiens de faïence amassés aux ouvrants du portail, ils se messagaient électroniquement des insultes par brèves interposées à leurs rédactions.

Les gratteurs à mi-temps, ceux qui n'étaient là que parce que leur journal ne disposait pas du budget nécessaire pour envoyer un vieux routard, raillaient lourdement la vieille presse *PapierParisienne*. Leurs brûlots, diffusés instantanément sur le réseau des réseaux, composaient des piques rapides de quelques phrases, parfois moins. Ces haïkus numériques, regardés avec dédain par les vrais journalistes, n'ébranlaient nullement le lent charpentage de leurs éditoriaux. Ils savouraient comme du bon vin les réponses qui s'afficheraient le long des trottoirs de la capitale dès le lendemain.

À la tête de cette meute bigarrée, le plus aigri de tous : Edgar Baril. Le champion des désabusés, car il n'était lui-même qu'un journaliste de recyclage. Au cours de sa première vie, l'homme s'était déclaré auteur. Mais Edgar n'avait jamais rien publié. Ses romans étaient trop courts, ses nouvelles trop longues, même ses commentaires sur les réseaux sociaux passaient pour hors-sujet.

Petit à petit, il s'en était forgé une haine féroce pour les écrivains. D'abord, ceux à succès, qu'il trouvait parvenus. Puis, ceux qui avaient eu une lueur de gloire et qu'on avait oublié, qui lui paraissaient encore trop lumineux. Ceux-là, il se voyait bien les éteindre d'un bon coup de critiques. Enfin, en désespoir d'atteindre les autres, il crachait son venin linguistique sur tous ceux qui luttaient encore avec les mots et la renommée, car ces demi-cloportes possédaient malgré tout quelque chose de plus que lui : l'espoir.

Même si cela fait moins mal et moins de bruit, tomber de la première marche occasionne parfois plus de douleurs que de tomber de la dernière.

Ni la chaleur d'étuve, ni le soleil de plomb ne fondait l'ardeur d'Edgar et de ses chevaliers désarmants de superficialité. De l'extérieur, impossible de deviner l'événement qui mobilisait une telle foule. Pour quelle raison la plus grande agence de communication française avait-elle déployée tout son savoir-faire ? Réponse accablante, en apparence, banale : un vieux biologiste était mort.

La modeste nouvelle aurait dû être reliée par une dépêche en petit caractère. Elle aurait à peine grossi le flot de basses-eaux de la presse locale alsacienne ou celui, plus sporadique encore, des parutions spécialisées. C'était l'ordinaire, malgré l'estime ou le degré de popularité auquel le disparu, un homme de science, pouvait prétendre à l'intérieur de son cercle professionnel. Au mieux, on aurait espéré apercevoir un entrefilet en section scientifique d'un quotidien national en mal de nouvelles, les jours de vents plats.

Mais le personnage dont il était question écrasait toutes les règles médiatiques : Maximilien Grachin était une véritable star parmi le troupeau des binoclards au crâne surdimensionnés, une étoile. Son premier ouvrage, biofiction, détenait un record indétrônable en la matière : avec ses démentielles trois cent cinquante milles ventes enregistrées à ce jour, il s'agissait tout bonnement de l'ouvrage scientifique le plus lu au monde. Combien de prix Nobel auraient fantasmé un tel succès ? Plusieurs millions de doigts avaient, directement ou indirectement, frôlé le papier sur lequel était inscrit le savoir qu'il avait confiait au reste du monde. Jamais la science ne porterait plus haut son étendard sur la société civile. On comprenait aisément le besoin d'isolement de cet homme harcelé par un monde médiatique qui rugissait à présent pour une dernière image exploitable.

Alors ils étaient là, frissonnants contre le portail comme des lions en cage avant le combat. Encore tous enivrés des promesses de scoops et de phrases piquantes, accrocheuses au regard, à l'instant. En écho, la grille d'entrée vibrait de ces serments qui tardaient à porter leurs fruits, de plus en plus vindicative. Déjà plus de deux heures dans la vue. L'actualité en retard ? Comment l'imaginer ? Horreur et frustration. Au sein du troupeau, l'inquiétude montait à mesure où les disques numériques et autres cartes chargeaient des images et des vidéos totalement inutilisables. On volait des bribes de rien, bel exploit. Le moindre souffle, une ombre qui ressemblait à un changement d'importance, et paf : un millions d'octets dans la gueule.

La moustache d'Edgar défrisait même, accablée par ce nouveau revers professionnel. Ses appareils connectés n'avaient pas autant d'états d'âme. N'importe quel promeneur, le facteur - ou même le chat, très laid et rachitique, qui déployait toute l'étendue de son incompétence en matière de chasse des nombreux rats du jardin - se retrouvait instantanément immortalisé. Éparpillé en milles exemplaires, puis dupliqué par la magie de l'Omninet dans toutes les salles de rédaction. Les appareils photographiques réglés en mode de capture automatique, les micros, les caméras pseudo-intelligentes et qui n'avaient jamais appris à discerner le superflu de l'essentiel : rien ne donnait de répit ni de relief aux choses. La perte de gradation, de tamis dans ce qui était transmis, éventrait les accès au plus large : cette grande victoire du quantitatif s'acheva, en contrecoup, par la noyade de tous les récepteurs. Surcharge sémantique, sur-stimulation.

Ça mitraillait à blanc. Depuis le début du direct, les canaux informatifs qui diffusaient l'événement avaient dû perdre la moitié de leurs spectateurs. Attente incroyable dans ce siècle. Maximilien Grachin était-il seulement encore une actualité ? Le dernier scandale d'une autre vedette venait-il de prendre sa place ? Ces considérations n'effleuraient que très superficiellement la troupe des journaleux. En voulant le scoop, le moment clé qu'ils étaient venu couvrir, les paparazzis inondaient toujours les serveurs du monde entier avec de la merde hors cadre. Si rien ne s'éludait dans les prochaines minutes, Baril et ses anges pourraient toujours ouvrir une galerie d'art.

L'excitation venait en vague falote, sans plus d'explication. On était tout de même entre professionnels, alors on n'avait pas besoin de mots, même si la position frétillante des mains ou du tronc trahissait parfois tout autre chose. Pour le béotien, pour lui expliquer le miracle paresseux qu'ils espéraient encore, il aurait fallu remonter les marées poisseuses du passé, sur plus d'une vingtaine d'années. Comme rien ne venait concrétiser l'attente du moment, on pouvait prendre un peu de ce temps, l'emprunter à l'histoire en marche, qui avait chaussé ses charentaises.

L'histoire dont on attendait aujourd'hui l'achèvement s'était mise en branle avec la sortie du premier ouvrage du professeur Grachin. Alors âgé d'une quarantaine d'années, le scientifique marqua les esprits avec un premier exploit : quelques minutes à peine après sa sortie en format papier – ce qui restait la norme à l'époque – plusieurs flux informationnels déclenchèrent des alertes simultanées.

Un nombre anormal d'individus achetaient l'ouvrage. Cinq-cents ou cinq-milles ? Impossible de le dire. Un nombre suffisant néanmoins pour cracher en cascade montante la bonne nouvelle : des gens avaient acquis quelque chose de nouveau, il fallait donc que tous leurs amis fassent de même ! Par agrégations successives, le nom Grachin fut ajouté aux résultats des recherches, aux nuages des mots en vogue, à des bases de données en accès multilingue. Il fut traduit, piraté, attaqué et défendu, parodié, émulé, jugé et acquitté. Bref : il fut connu, s'attirant immédiatement l'inimitié d'Edgar Baril et de sa troupe édentée. Pourtant, tout n'était pas rose : le travail fourni durant plusieurs chapelets d'années avait laissé Maximilien absolument exsangue. Le biologiste était vidé à toute nouvelle forme de labeur, étranger aux nombreuses sollicitations qui s'obstinaient à tomber sur ses épaules. Débordé, pris au piège d'un monde qu'il détestait : celui du temps bousculé. L'estomac de Maximilien Grachin se trouvait repu à pleine gueule sa ration de contraintes. Une plâtrée de grattements épidermiques qui épuisaient la seule ressource accessible et nécessaire à un écrivain : le temps. Cet homme de rigueur prit la seule décision honnête qu'il était en mesure de justifier à sa morale. À regrets, il prit son combiné et appela l'éditeur à qui il avait confié sa carrière.

La rencontre qui en résultat aurait dû demeurer strictement confidentielle. De bouches un peu trop pendues aux oreilles mal intentionnées, des bribes d'informations concordantes s'épongèrent le long des filets fagotiers. L'entrevue devint en quelques mois un des sujets les plus abondamment commentés, à travers ses conséquences au niveau des règles du landerneau médiatique.

Des deux hommes, on ne sut jamais qui lâcha la mèche. Le récit de cette rencontre publié par *la dent dure*, le journal qui employait Baril, ne fut jamais démenti ou confirmé. La première image rapportée fut celle de l'arrivée de l'écrivain, armé d'une casquette et de lunettes de soleil dans les bureaux de sa maison d'édition : seul moyen pour lui d'échapper encore à la meute. D'un trait d'urgence, il signifia son désarroi. La posture raidie, le mouvement automatique, comme déshabillé de son esprit, l'écrivain ne parvenait à puiser ce qui lui restait de force qu'à l'intérieur même de sa faiblesse : par rebond. Sans même s'assoir ou suivre les politesses d'usages. Il déclara d'emblée à son jeune éditeur qu'il ne pourrait poursuivre son travail romanesque, du moins, pas dans les conditions qui étaient les siennes. Thomas Katz, pour qui l'édition de biofiction représentait l'apéritif de sa carrière, tenta de faire bonne figure mais fit taire l'antique phonographe où claironnait en permanence du Charlie Parker. Au fond de lui, et donc très près de la surface pour cet être sans relief, il était évidemment tétanisé par la perspective de perdre son auteur vedette pour une durée indéfinie et sans doute extrêmement longue – tout projet relevant de plus d'un an de travail étant insupportable à la société de l'instantanéité.

Tout comme le phonographe qu'il exhibait à ses visiteurs comme preuve de son existence d'être sensible, Maximilien représentait sa carte de visite, une autre façon de se signifier au reste du monde.

Malgré tout, Grachin se disait survolté par un autre projet. Dans ce bureau trop grand, qui laissait gambader ses idées et phrases sans limites préhensibles, il évoqua une œuvre titanesque dont il devait taire la nature mais qui lui demanderait le reste de son existence. L'idée d'un livre sans limite, en travail permanent jusqu'au jour de sa mort fut d'abord accueilli par son éditeur comme une farce, puis comme une démonstration effrayante de la folie de son poulain revêche. Thomas commença par s'arc-bouter en contre, à chercher des arguments pour dire non à cette loufoquerie improductive. Pourtant, au fil des mots que l'écrivain tissait et des perspectives financières qui se dessinaient, le jeune Katz finit par lever le barrage logique qui empêchait les arguments de Maximilien de s'introduire dans sa cervelle. Le pouvoir de l'écrivain finit par l'emporter et la loufoquerie qu'il écoutait aimablement devint un pari innovant, puis son pari innovant, au sujet duquel il se chargeait de convaincre sa hiérarchie. Au final il se retrouva, ses mains emplies de sueur, à accepter le marché que le biologiste lui proposa.

- À ma mort ! À ma mort, vous serez couvert d'or !

Avait-il prononcé ces mots ou d'autres ? Aucune importance. Katz se frotta les mains de ce viager littéraire, le premier de son histoire cornue et malhabile. Ses yeux brillaient-ils au moment de la signature ou étaient-ils éteints en imaginant qu'il ne pourrait jamais fêter la sortie de ce nouveau roman avec celui qu'il considérait à présent comme un ami ?

Grâce à l'avance faramineuse extorquée à la maison d'édition, l'homme encore dans la force de l'âge pu mener sa vie telle qu'il l'entendait. Extérieur à toute contrainte du monde, celui que Katz avait fini par simplement appeler Max, ne garda que quelques cours à son université. Une charge dont il finit, au bout d'une dizaine d'années hésitantes, par abandonner tout à fait. Il s'agissait là, avant tout, d'une coquetterie : le prestige du statut. Avec l'âge, le besoin de gloriole s'effaçant, il se retrancha dans un mutisme imperméable, position qu'il conserva durant les trois dernières années de sa vie.

On aurait voulu que l'histoire s'arrête là. Elle aurait été parfaite. Mais le retraité volontaire s'était pris d'une dernière folie, un coup de Jarnac contre lui-même. Il convenait donc, même si ses fans préféraient l'oublier, de mentionner la raison effective, bien au-delà de la lassitude de l'enseignement, de cette ultime mise en retrait de la société des hommes.

Quelques années avant sa mort, malgré tous ses vœux ainsi que sa légende qui enflait, Grachin fendit son emmurement opiniâtre. Faisant une estafilade à son travail herculéen – dont aucun mot n'avait jamais transpiré – il écrivit un nouveau livre. La solitude du sage était-elle à ce point pénible ? Nombreux furent les suiveurs qui qualifièrent cette dernière aventure littéraire d'unique erreur de leur champion. Les premières lignes livrées en grande pompe aux meilleurs journaux de la capitale donnaient le ton de ce qui aurait pu s'endosser comme un roman de jeunesse. Il s'agissait d'un ouvrage de fiction, un roman imaginaire léger et mal dégrossi, un semi brouillon qui reflétait la pensée d'un homme très occupé à autre chose. Personne ne prononça le terme bâclé, pas publiquement en tout cas. Sur ce coup-ci, Katz perdit pas mal de plumes. Croyant à la résurrection de sa poule aux œufs d'or, l'homme – qui multipliait depuis la préretraite de Max les mauvaises passes - n'avait pas hésité à rallonger la sauce publicitaire avec un budget de bestseller.

L'ouvrage finit tout de même par trouver son public, d'une manière qui laissa tout le monde hébété. Une première vague, faisant fi de l'avis des premiers critiques, acheta le livre comme on va à la messe. Ils étaient beaux et courageux, ces petits angelots de kermesse pastorale. Ceux-là ne finirent jamais le premier chapitre. On aurait pu croire que le livre partirait tout droit au pilon, mais un second type de lecteur surgit alors : les goguenards. Tous ceux à qui Grachin faisait de l'ombre, les envieux de sa carrière, ceux qui aimaient à casser du sucre. Ceux-là rachetèrent aux premiers leur exemplaire lorsque le roman fut retiré du marché, alimentant l'Omninet en articles critiques et en parodies douteuses pendant plusieurs mois. Tout cela tourna en eau de boudin selon les lois séculaires de l'épuisement de la langue – lorsqu'une blague ou une histoire, si croustillante qu'elle soit, trouve sa finitude dans l'épuisement des variantes et la répétition forcément limitée des motifs qui la compose. Outre ces railleurs du dernier rang, la majorité pardonna assez rapidement, au moins à moitié, l'incartade du grand homme. Le public attendait fébrilement la grande œuvre de son existence, rien d'autre ne comptait réellement. Le pacte de mots qu'ils avaient contracté transcendait le sordide de l'aventure d'un soir.

Enfin, ce matin, trois jours exactement après la disparition de l'écrivain, tous les gratte-papiers et les pousse-déclencheurs, plus ou moins bien équipés en gadgets de captation, allaient avoir ce pourquoi ils mouillaient leurs caleçons. Mais le scoop était en retard. Ils attendaient depuis trop longtemps, la conférence de presse avait déjà été décalée de plus de trois heures à présent et pas moins de cinq voitures étaient entrées – et sorties – de la maison Grachin. Il n'en fallait pas plus pour semer le trouble. A quelle action de communication se livrait-on ?

Il y eut encore deux fausses alertes. Un gros rat que le vacarme dérangeait sans doute d'avantage que le chat rachitique qui hantait la maisonnée, ainsi qu'un stagiaire photographe qui crut devoir faire le malin en escaladant la grille – on laissa tout de même circuler l'ambulance. Enfin, tous les appareils se remirent à crépiter, mais cette fois pour de bonnes raisons.

La lourde porte du bâtiment principal, à une trentaine de mètres seulement du portail, s'ouvrit. Elle laissa apparaître, non pas l'éditeur ou une vedette venue présenter la merveille, mais un drôle de gars entre deux âges, gras et muni pour tout uniforme d'une casquette usée. Peut-être le chauffeur ? Seulement ? Quelle déception que cet être sans glamour pour entamer le carnaval ! Il eut tout de même droit au traitement des stars.

D'abord aveuglé par les flashs, le bougre rondouillard s'avança vaillamment vers les barbares. Devant la grille – mais du bon côté, l'homme fit encore quelques pas retenus puis s'arrêta en soupirant. Dans ses yeux à peine cicatrisés, une grande lassitude doublée de la quasi-certitude qu'il se ferait littéralement pulvériser à la seconde où il ouvrirait la herse de son palais. Quel intérêt pour cet homme, tout le divertissement du lieu ? Divertissement ? Toujours pour les autres, hein ! Après tout, on ne le payerait pas plus aujourd'hui qu'hier. La main sur la poignée, il hésitait. Lui, il se sentait comme la roue sur laquelle on allait rouler. Le rouage coutumier des grandes tragédies. Envisageant de son œil sans illusions les loups, il fit un geste vague pour leur demander de reculer – sans effet de leur part ni conviction de la sienne. Il regarda en arrière, comme s'il attendait un contrordre qui ne vint jamais. Enfin, il exécuta sa besogne. Il n'eut que le temps de plonger à moitié sur le bas-côté, sauvant son costume du piétinement, tandis que les lourdes grilles à moitié rouillées de la demeure dont il avait encore la garde s'entrouvraient.

Telles de véritables sauterelles bibliques, les journalistes déferlèrent. Un chroniqueur papier écrasa allégrement l'appareil d'un de ses collègues numérique tombé à terre. Celui-ci répliqua par un coup de genoux bien placé. D'autres pieds et mains vinrent se rencontrer, mais le convoi ne s'en émeut pas. Il ne leur fallu que quelques secondes pour écraser les plates-bandes plantées de la main même du vieux biologiste, détruisant ce qui aurait dû être, s'ils avaient eu la moindre connaissance du sujet qu'ils traitaient, le joyau de leur reportage. Combien de plantes exotiques et en voie de disparition – disparues à présent – furent sacrifiées à l'armée sauvage ? Mais quel meilleur moyen pour témoigner de leur idiotie et de celle de leurs employeurs ? Pas le temps de faire les comptes, seul importait le trophée que l'ayant-droit du grand professeur leur avait promis : l'ouverture en direct du testament du grand écrivain et la découverte de son chef d'œuvre posthume.

La porte du bâtiment principal céda à cette violence dont personne ne se sentait responsable. On ne faisait que suivre. Les barbares, flasheurs, claqueurs, cliqueurs et filmeurs étaient enfin dans le temple. Agglutiné dans le vestibule, prêt à tout dévorer, l'essaim se trouva malgré tout stoppé net par un petit homme à lunettes.

Le notaire de Grachin fit un geste d'autorité, auquel personne n'aurait prêté attention s'il ne s'était pas entouré de deux costauds - de vraies baraques de foire, crânes rasés et grosses lunettes de soleil, du genre service d'ordre d'un concert à l'américaine. La foule fit donc halte, moutonnière. Encore égarés dans l'illusion que des processus complexes et qui les surclassaient étaient à l'œuvre, les membres de la procession attendaient qu'on leur donne de nouvelles instructions. L'illusion d'un grand barnum organisé se brisa nette lorsque l'homme de loi déclara, d'un ton monocorde.

- Voilà ! La visite s'arrête là. Tout le reste est reporté... annulé... euh... on vous fera signe de revenir si l'on a besoin de vous !

Comment ? Les estomacs estomaqués pendaient des mandibules. On se regardait comme les dindons de Noël devant le boucher. Colère et rage se mêlèrent : la faillite de leurs espérances était parfaite. On s'était foutu d'eux ? Au nom de quoi se verraient-ils retirés l'autorisation de violer le corps du défunt de toutes leurs sondes en relief ou, au minimum, de torturer l'éditeur pour récolter un petit ragot à refiler à leurs lecteurs ? Et quid de la grande œuvre tant annoncée ? Où était-elle ? L'agitation qui avait précédé, le ballet des grosses voitures, arrivées puis reparties, découlait uniquement de la panique, de l'improvisation la plus complète ! Thomas Katz s'était carapaté, prenant ses jambes à son cou devant le nouveau désastre. S'enfuir au loin, là où il pourrait panser ses plaies. Pour les journalistes, impossible de se contenter de cela ! L'appel du sang, du scandale qu'on voulait étouffer était trop fort.

Mais le petit homme moustachu restait là, impassible. Qui oserait se faire casser la gueule – ou pire, son appareil – en premier, pour tester la motivation des colosses ? Pas grand-monde. La cohorte se composait uniquement d'intellectuels, apparemment. Pas la peine de se jeter à corps perdu au milieu du champ de bataille. Le bonhomme ne semblant vouloir soustraire à la liberté de la presse que le logis de l'écrivain, tout ce petit monde se replia au dehors – sur les derniers parterres floraux - et, de là, se mit en quête d'un nouvel objectif.

On fomenta, en premier lieu, un tour de la bâtisse. Aucune entrée dérobée, pas de fenêtre faiblarde. Les crochets sortis ne furent d'aucun secours. Le fort tenait au vent des pirates. Ce fut donc au tour de la dépendance principale du domaine d'être investie du lot de fantasmes. La vieille grange qui, jusqu'à présent n'intéressait personne, devint l'unique espoir de dégoter la substance d'un article, ou au moins de sa forme vendable. Voici l'imaginaire des grattes-clavier, frétillant au dernier degré, qui entrepris de les démanger. Les enchaînements, parfois, vont trop vite pour le tamis de la pensée.

Tout doucement, en s'approchant - d'abord à pas de loups puis de buffle - de la grosse cabane, ils se mirent à entrevoir tout son potentiel dramatique. D'autant qu'elle, contrairement à sa grande sœur, elle n'était gardée que par le chat laid et peureux. Au pire, s'il n'y avait rien à dénicher de juteux, on inventerait bien quelque chose de juteux pour la direction nationale. Ces Parigots verraient bien de quels bois se chauffaient les petits locaux.

Edgar Baril, le plus expérimenté de la bande en matière de mauvais coups, avait embarqué dans sa besace – outre le sandwich jambon beurre des longs sièges – le pied de biche qui avait fait sa renommée. La troupe ne mit pas longtemps à faire sauter le cadenas rouillé et à faire entrer lumière et viande humaine. Mais ce que trouvèrent ces pharisiens modernes étaient au-delà de tout ce qu'ils auraient pu imaginer.

Le lieu de poussière, loin d'être un clapier ou un local poubelle, était entièrement rempli de livres. À leur droite, à leur gauche, où quel que soit l'endroit où se posait le regard : des ouvrages par milliers de pilles. Les jeunes pigistes, plus alertes, envoyèrent des briques sur les fenêtres empoussiérées afin de faire entrer un supplément de jour. La vision était saisissante : loin d'avoir déniché la bibliothèque secrète de l'écrivain, ils avaient plutôt débarqué dans un genre d'entrepôt dont la nature leur échappa encore quelques instants. Ce ne fut que lorsqu'ils arrachèrent les cellophanes qui recouvraient l'identité des caisses d'ouvrages qu'ils réalisèrent : la grange ne dénombrait que deux livres différents, mais entreposés à des dizaines de milliers d'exemplaires. Les deux ouvrages écrits par Grachin.

Au-delà du simple article, les journaleux flairaient à pleins naseaux le scandale qui régaleraient leurs lecteurs. Ils se jetèrent sur tous les paquets de romans comme un matin de Noël. Les photographes qui les accompagnaient n'en finissaient pas, entre hilarité et consternation, de capturer les monceaux de livres en image, en vidéo, en relief et en interactif. Un compte rapide laissa tout le monde sonné : sur les plus de cinquante mille exemplaires de son premier ouvrage soi-disant vendus, au moins quatre-vingt-dix pourcents étaient en réalité entreposés dans sa grange, ainsi que la totalité des versions traduites – cinq langues !

Le deuxième roman avait connu un sort semblable, quoique dans une moindre mesure. Le vieil homme s'était-il refusé à répéter l'opération ? Avait-il estimé que, cette fois-ci, parce qu'il avait écrit une fiction populaire, il se confondrait enfin avec sa légende ? On comprenait mieux les raisons de son isolement.

La presse du lendemain fit ses gros titres sur l'affaire de cet *auto-lecteur,* apportant tout de même un peu plus de profondeur aux micro-articles qui avaient fleuris en tête des recherches les plus populaires.

Edgar Baril eut l'immense joie de tirer de ces turpitudes son premier vrai roman, qu'il nomma simplement *l'autolecteur*, s'attirant immédiatement l'ire de ses collègues. Le texte était bien écrit, mais ne proposait aucune réponse aux nombreuses charades qui entouraient la découverte. Qui aurait pu aider ces êtres instantanés à saisir les instruments de ce paradoxe ? Pour jeter un peu de lumière sur ce mystère, il aurait fallu des journalistes compétents en lieu et place de la brochette qui jouait à domicile, mais très loin de leur division.

04 – Quand ses photographies sont apparues sur le réseau,
cet homme a perdu la moitié de ses amis virtuels !

Mal assis, pile sous la fenêtre grillagée du couloir, celle des courants d'air et donc de l'arrêt de travail, Sébastien s'attendait au pire. Peine perdue. Selon ses propres estimations et projections court-termistes, le pire lui était déjà arrivé à plusieurs reprises. Ce quarantenaire déjà largement dégarni avait pourtant été repéré par les plus grands instituts de recherche internationaux, et ce, dès le début de sa carrière. Armé d'un doctorat en microbiologie moléculaire doublé d'un master en écotoxicologie, la carrière du jeune biologiste prometteur avait chevauché une trajectoire malheureusement elliptique et qui avait atteint aujourd'hui son point le plus bas. Impossible, dans ce moment d'attente ridicule, de dompter sa conscience qui restait bloquée sur la marche arrière, dans ses grandes heures révolues. Inutile de rabattre vers leur caverne ces souvenirs qui émergeaient en boucles clandestines. À chaque association d'idées. Dans les coins qu'il pensait éclairés par un présent sans ombres. Toujours, elles le retrouvaient pour lui chanter la chanson impossible du retour. Surtout au lendemain du décès de son ancien maître, celui qui avait, le premier, décelé ses facilités. Que dirait ce grand homme, s'il voyait le simple prof de sciences naturelles d'un lycée privé que son brillant élève était devenu ? Convoqué par le directeur, comme un minable petit employé à qui on n'a même pas daigné donner un motif, une explication ?

Bien sûr, il savait. Toujours la même histoire.

Après bien des déboires, Sébastien avait fini par atterrir dans la poubelle de sa carrière de scientifique. Malgré tout, ce même palier expiatoire dans sa dégringolade menaçait à présent de s'écrouler. Il se plaisait pourtant bien, dans ses fonctions de simple enseignant, et croyait sincèrement avoir fait du bon boulot. Bien entendu, il avait apporté avec lui sa touche personnelle : Sébastien faisait du hors-programme, ce qui équivalait à sortir de tous les logiciels ludoéducatifs ras-les-pâquerettes concoctés sans amour par des sous-traitants de l'Éducation Nationale, afin d'offrir à ses étudiants une approche par projet. L'enseignant considérait l'apprentissage de la science comme celle de l'esprit scientifique avant toute autre chose. Il appliquait pour tout programme la méthode qui débutait par l'observation du réel avant sa mise en équation, puis sa démonstration reproductible. Cet effet de sa volonté propre sur le moule de l'école républicaine n'avait en rien trompé l'attention, toujours orageuse, de l'inspection.

Incapable d'abandonner toute pensée divergente pour se fondre dans la masse des enseignants Xerox qu'on aurait pu cloner d'un lycée à un autre, il avait récolté l'inimitié de quelques collègues et élèves glandeurs, mais la majorité de ses étudiants avaient suivi la manœuvre. Pour dire vrai, et à sa plus grande surprise, le cours et ses pourtours – préparations et notes – étaient devenus l'unique zone habitable de son quotidien, celle où il pouvait déposer ses malheurs, ses regrets et ses remords en un tas dépassable. Sans s'effrayer du monticule de son antan décoloré. Il était redevenu utile, même si cette utilité aurait été jugée dérisoire par ses véritables pairs. Avait-il été dressé, moulé à sa nouvelle situation jusqu'à l'accepter de plein gré ? Ses connaissances précises, bien plus profondes que celles de ses collègues, avaient fait du biologiste défroqué - sans qu'il le veuille réellement - un enseignant réputé. L'espèce d'aura qu'il dégageait auprès de certains de ses élèves avait-elle été suffisante pour lui faire oublier la perte de sa carrière et des ambitions qui s'étaient posés sur ses frêles épaules ? Scientifique et écrivain : double ratage.

Les crachats poussiéreux du vasistas, les remontées douloureuses de ses fesses meurtries par la mauvaise chaise et tout le reste du supplice de l'attente se prolongèrent encore plusieurs minutes. Il parvint, le long de ce laps interminable, à focaliser la majorité de son attention sur les jambes des étudiantes qui traversaient sa vue, en contrebas de la cour. Il nota aussi la saleté de la grille, le manque d'aération de l'endroit ainsi que le claquement des talons approximativement mélodieux de la surveillante qui déambula, par deux fois, devant la fenêtre. Il s'accrochait au moindre détail du présent, afin d'éviter le grand péril de sa vie. Sébastien Plumel était ce que l'on appelait un nostalgique. La moindre baisse d'attention de sa part l'envoyait se fracasser dans le passé, explorant, revivant le moindre détail de son existence, jusqu'à la nausée.

Son unique ancre pour se prévenir d'un accident malheureux, le seul moyen effectif qui le retenait dans le présent : les détails, les anecdotes, les accroches-yeux qui représentaient comme des épingles lui permettant de soutenir son intérêt. Dès sa jeunesse, son esprit s'était entraîné à cette gymnastique consistant à toujours repérer, en entrant dans un lieu nouveau, les petites taches, les erreurs de classement et - ses favorites - les conversations entre deux ânes bornés. Bien entendu, le surdiplômé, imbu de sa personne, n'avait pas de mal à trouver n'importe quel individu suffisamment différent de lui comme un être idiot pour une raison ou pour une autre, ce qui facilitait sa concentration.

Contre toute attente et en dépit de la sagesse populaire de la salle des profs, l'air de ce couloir, surnommé l'antichambre de la bronchite, était quasiment chaud. Était-ce un piège, une sombre astuce pour lui faire enlever le manteau et l'écharpe de précaution ? A moins que l'administration n'ait enfin pris en compte ses nombreuses plaintes anonymes, élaborées avec styles, tournures de phrases, écritures et couleurs de stylo variées ? Il se perdit encore quelques instants dans ses doutes et leurs stratagèmes échappatoires puis, enfin, la secrétaire rondouillette émergea du bureau et lui déclara solennellement que monsieur le directeur était prêt à le recevoir. Aucune douceur dans sa voix. Un lien s'était brisé. D'instinct, il baissa les yeux en passant devant elle et fit de même en ouvrant la porte du grand bureau.

La rencontre fut brève. Le chef d'établissement était recroquevillé, tout frissonnant. Cet homme, qui habituellement le dominait d'une tête, portait sur lui le poids honteux de la faiblesse singulière d'une direction sans autre cap que sa survivance propre.

Pour ne pas se détourner du présent, Sébastien entama un tour des détails de la pièce. Le directeur arborait une pochette bleue à sa veste, un bleu mièvre qui jurait horriblement avec celui de sa chemise. Cette horrible faute de goût aida Sébastien à résister au flot monotone de sa diction qui l'invitait à se retirer dans ses pensées.

- Je n'y peux rien. Vraiment. Des étudiants ont trouvé qui vous étiez et ce que vous aviez fait. Maintenant, avec Omninet... Vous savez bien. Honnêtement, deux ou trois mots-clés et...

Le directeur, malgré ses cinquante-cinq ans révolus de deux ou trois unités essayait visiblement de se tenir à la page. Le terme Internet, devenu aussi ringard que le minitel en son temps, avait dû céder la place à une réalité bien plus concentrationnaire. Les vagues de rachats successives avaient brisé l'illusion d'un marché de l'offre et de la demande en quête d'un équilibre naturel. La péremption des contes de fées capitalistes avaient engendré un unique géant informationnel. Le monde à livre ouvert.

Au sein de cet ouvrage unique et tentaculaire, il suffisait de quelques clics pour permettre à tous de trouver, jauger, et surtout juger son prochain. Chaque faux pas devenait une sentence anonyme. À la manière de produits dans un supermarché, les étudiants mesuraient désormais la qualité de leurs enseignants à leurs existences virtuelles, leurs taux de notoriété sur le réseau total.

Le numérique, si superficiel dans son approche synthétique de la réalité et des êtres, était bien partout, comme de nombreux intellectuels et scientifiques l'avaient prédit. Pourtant, l'informatique ne contrôlait absolument rien de la vie des hommes. La réalité était bien plus sombre. N'importe qui, tant qu'il parvenait à obtenir le précieux sésame - le premier résultat affiché d'une requête, effectuée sur l'unique outil de recherche encore existant, parvenait à imposer ses idées à la totalité de l'humanité. Aucune contremesure ne cassait l'instinct grégaire. Une fois qu'une information avait été validée par plusieurs individus, vraie ou fausse, elle restait à vie en tête de gondole, revalidée par tous ceux, la majorité, qui n'y connaissaient rien mais la trouvaient sympa, cool ou encore marante. Toutes les nasses qualitatives éventrées, le classement était devenu synonyme de vérité absolue. Et celui de Sébastien était on ne peut plus désastreux.

- Vous me virez ?

Comme la totalité relative de la planète médiatico-transparente, Plumel avait subi plusieurs scandales au cours de son existence. Il avait cru un moment pouvoir échapper au dernier qui s'était abattu sur sa carcasse, deux ans auparavant. La désormais anonymie obligatoire pour tous les enseignants et autres métiers sensibles ne l'avait pas longtemps tenu à l'écart des loups.

- Les parents d'élèves... et même des journalistes... Vous me comprenez ?

Des journalistes ? Ils ne l'avaient donc toujours pas oublié ?

Après avoir encore laissé couler deux ou trois phrases à tourner autour du pot, Sébastien sentit que tout était dit. Il laissa le pauvre homme qui lui faisait face le congédier sans rajouter au ridicule de la situation son chapelet de suppliques. Tout était déjà décidé, avant même que la secrétaire ne l'appelle.

Comme ils lui paraissaient tous laids à présent. Le directeur, la secrétaire et toute leur clique. Aux ordres, toujours à portée de crachat de l'autorité. Et lui était le plus laid de tous. Trop sale, même pour la poubelle. Mais était-ce réellement important ? Son esprit s'ajusta instantanément à cette perte, dont la signification s'éloignait à présent bien plus vite qu'il ne l'aurait cru possible.

Quelques pas, un peu plus de marches. La grille, la rue. Sorti de là, enfin. Libéré de tout statut social, de tout signe d'une existence soumise à la productivité : cet épicentre de toutes les formes de brillance sociale qui lustrent ce monde glissant. Curieusement, il en était heureux, au-delà de tout terme – limite ou vocable. Non, pas curieusement. Logiquement, tant la place qui était la sienne lui paraissait sans rapport avec ce qui aurait dû être son existence. Il était en vacances de sa vie depuis deux ans déjà. Allongé de tout son long sur la pelouse du petit parc, en face du lycée, il ne craignait plus désormais de salir son beau costume, qui faisait partie du personnage de l'enseignant tel qu'il se l'était bâti. Plumel regretterait sans doute, mais plus tard, ce lieu magique de la société humaine où ses manières et sa calvitie avaient, pour une fois, joué en sa faveur. Désormais avachi de tout son long, la tête contre sa veste repliée comme un oreiller, il ne dérangeait ni les deux adolescents qui s'embrassaient sans vergogne, ni la vieille dame pour qui le maniement de son téléphone portable relevait de l'ascension d'un massif rocheux en plein hiver.

Remettant à cette nuit la traditionnelle beuverie qui clôturait chacun de ses échecs, il ouvrit le journal du matin. Son renvoi lui donnait enfin le temps de lire les détails de l'histoire qui avait secoué sa matinée bien plus que sa minable entrevue avec son désormais ex-supérieur.

Percutés au réveil, les mots lui avaient coupé ses jarrets. Pourtant, cette nouvelle, cela faisait bien trois ans qu'il la redoutait. La surprise venait d'ailleurs. Dans la mort, Grachin avait atteint un nouveau palier de célébrité. À aucun moment il n'avait pensé voir l'annonce du décès de celui qui avait été son maître écrite en première page des journaux nationaux. Tout juste espérait-il un entrefilet ou deux pour signaler la disparition de cet être à qui il devait bien plus que n'importe qui d'autre. Il savait la notoriété comme une chose fluctuante et celle des scientifiques et des écrivains comme relative et très miséreuse. Néanmoins, le scandale de l'auto-lecteur, auquel il ne pouvait croire, avait fait excéder à son auteur les limites de sa classe médiatique. À la seconde lecture, l'affaire lui parut assez comique et pitoyable, mais un vide persistait : qu'aurait répondu Grachin ? Se serait-il répandu en excuses ou aurait-il donné une version rédemptrice de toute cette affaire ?

Sébastien referma le journal sans pouvoir faire couler l'amère de sa bouche. Pourtant, lorsqu'il regarda le ciel, il ne put s'empêcher, pour une fois, de le trouver beau. Beau parce qu'il ne le considérait plus avec les yeux de celui qui, écrasé, évitait sa vie. Plumel portait le regard nu de celui qui peut tout entreprendre. Cette réalisation miraculeuse lui donna envie de prendre à la grand-mère son portable pour lui composer son message, lui évitant peut-être ainsi la folie et l'hospice. Mais avant qu'il ne puisse formuler clairement une approche, son propre téléphone sauva le demi samaritain d'une douloureuse épreuve en sonnant.

Un numéro inconnu. Saluant la destinée, il décrocha.

- Bonjour Sébastien. Je vous appelle sur ce numéro, parce que sinon, vous m'auriez peut-être ignoré…

Au moins, il était perspicace. Thomas Katz, l'ancien éditeur de Plumel et, désormais, de Grachin. Qu'est-ce qui le retenait de lui raccrocher au nez ? Absolument rien.

- … pourtant, vous auriez fait une erreur monumentale… peut-être la pire de votre carrière, et je sais de quoi je parle !

Jusqu'où descendrait sa journée ? Quel serait le palier en-dessous duquel plus rien ne le toucherait ? La voix de Katz arborait un ton à moitié goguenard qui terrifiait l'enseignant défroqué.

- Tenez-vous bien ! Je veux qu'on retravaille ensemble !

- Vous êtes bourré ?

- Non, même pas.

- Vous voulez vous venger, alors ?

- … peut-être. En fait, c'est à propos de Max. Je suppose que vous êtes au courant ?

- Oui.

Un silence, de respect plus que de simple convenance. Rempli par un SDF, probablement apatride et ex-taulard, qui s'engueulait dans une langue incompréhensible avec une femme encore plus enivrée. Trois pigeons autour d'eux, la veste bicolore de l'homme, volée à un cirque ou rapiécée par ses propres moyens, un bouton qui manquait. Vite, d'autres détails pour échapper aux souvenirs qui… Thomas Katz abrégea le supplice.

- Il acceptait encore de vous parler, non ? Je ne l'ai jamais entendu vous condamner.

- Je n'sais pas. C'est moi qui ai arrêté de correspondre avec lui quand il a commencé à écrire ses fadaises…

- Ah, oui. C'est vrai qu'après son premier ouvrage, se mettre ainsi à la littérature de genre, ce n'était peut-être pas la meilleure option… Je vous comprends. À l'époque, vous aviez encore une carrière à défendre. Mais après votre propre scandale, vous n'avez jamais essayé de vous rapprocher de lui ? Qu'il vous appuie ? Qu'il essaye de sauver ce qui pouvait encore…

- Non. Je… en fait, je n'ai rien fait.

Rien. Quel résumé de son existence depuis deux ans. Il s'était laissé enterrer vivant.

À son heure de gloire, Sébastien avait frôlé les soixante-huit pourcents de popularité dans sa communauté. Ses opinions, ses prises de paroles, ses commentaires sur les réseaux, taggés à partir des fichiers textes, audios et vidéos des conférences et articles qui pollinisaient l'Omninet à intervalles réguliers, se retrouvaient souvent en première page des résultats de recherche, voir dans les cinq premières lignes.

Les seules que la majorité des utilisateurs prenait la peine de lire.

Sébastien Plumel était sur la voie du succès. Son nom voulait dire quelque chose, il avait été sur le point d'exister médiatiquement. Chaque jour ou presque, il maudissait l'être responsable de sa chute : ce maudit Crambier. Un jour... mais le présent émergea.

- Ils sont déchaînés. Bien sûr, moi... je n'ai rien à voir avec cette histoire. Je ne savais rien ! Mais je ne vous appelle pas pour mon propre honneur, non. Si l'on ne fait rien, la postérité ne se rappellera pas de Maximilien Grachin, mais uniquement de l'auto-lecteur.

Quel horrible surnom. Pire que tous ceux qui l'avaient affublé lors de sa propre descente aux enfers. Une partie son être comprenait le comportement de Grachin. Comment créer un public sans s'avilir ? L'écrivain avait simplement choisi une forme inédite de tricherie, et c'était cela qu'on lui reprochait.

Thomas voulait son aide, il souhaitait certainement lancer une quête pour sauver ses investissements. Plumel n'avait aucune forme d'amitié pour cet homme double. Mais c'était avant tout Grachin que l'on avait attaqué, son héritage. Il agirait en son nom, alors ? Pour le reste d'honneur de son ancien professeur ? La monnaie de tout ce qu'il avait donné à Sébastien ? Le désormais chômeur prit une voix un peu moins rude en évoquant son Himalaya personnel.

- Même si tout ce que ces charognards ont déblatéré est vrai, Biofiction était vraiment un sommet dans...

- Oui, oui, je sais. C'est moi qui l'ai publié, après tout. J'en ai lu une bonne partie.

- Une bonne partie ?

- Enfin, vous savez bien… Bref, Il faut que vous alliez sur place. Je ne mets pas deux sous de confiance dans les flics locaux. Infoutus de même retrouver son cadavre, vous vous rendez compte !

- Ils n'ont toujours pas fini de ratisser le domaine ?

- Non ! Ce pauvre vieux Max. Tout ce sang dans son bureau, il a dû souffrir atrocement ! Mais vous croyez que ça les dérange, les flics du coin ? Incapables de comprendre ce qui s'est passé. Alors, pour me rapporter ce que Grachin m'avait promis, je n'peux compter que sur vous !

- Son chef d'œuvre ? Mais vous croyez vraiment…

- … qu'il existe ? Bien sûr, bordel ! Max était peut-être un escroc et sûrement un affabulateur, mais je n'ai jamais rencontré un aussi gros bosseur. Vous croyez qu'en vingt ans, il n'aurait rien fait ? Qu'il se serait juste assis sur son derrière à attendre la mort ?

Non. Impossible. Il existait, son foutu chef d'œuvre. Sébastien aurait pu en jurer, d'instinct et de fidélité, en mettre sa main et son bras tout entier à trancher.

- Allez, je compte sur vous, mon vieux. Vous êtes mes yeux et mes oreilles sur le terrain. Mon enquêteur ! Au revoir, Plumier.

- Plumel !

L'autre avait déjà raccroché. Sébastien devait-il se mettre dans la peau d'Hercule Poirot ou de miss Marple ? Il savait qu'il n'obtiendrait pas plus de précisions de la part de cet être surfacique au possible. Incapable même de parler des œuvres du plus grand auteur qu'il n'ait jamais publié. En avait-il seulement conscience ? Plumel laissa le poseur vaquer à d'autres entourloupes et se mit au travail. Pour la mémoire de son maître et ami, il se devait de réussir, de réhabiliter sa mémoire, de retrouver ce dernier ouvrage dont il avait prophétisé l'existence et d'en faire profiter l'humanité toute entière. Rallumer, une dernière fois, la flamme de ce génie.

Pour la première fois depuis bien des années, il sentait sur lui bien plus que le poids de sa petite personne. Il possédait désormais une mission qui bordait le sacré. Quel contraste avec son ordinaire. À quarante ans éclusés, Sébastien stagnait. Plutôt, il coulait lentement, à un rythme suffisamment lent pour lui permettre de croire qu'il s'agissait là d'une forme de flottaison inconfortable. Quelques mois à peine après être arrivé au bout de la pire épreuve de sa vie causée par sa première aventure littéraire, il n'avait plus ni argent, ni inspiration pour composer un nouvel ouvrage. De toute manière, qui en voudrait ?

La querelle idiote des deux ados à côté de lui brisa ses tergiversations inutiles. Plumel méprisait au plus haut degré l'homme qu'il venait d'avoir au bout du fil. Pourtant, cet aigrefin représentait sans doute son dernier horizon disponible, l'ultime chance de remonter sa vie à un niveau acceptable, compatible avec une partie de ses ambitions aigries. Et l'image de Maximilien revenait, en sourdine : comment abandonner à ces loups de papiers l'homme sur lequel il avait calqué son existence.

Inutile d'atermoyer les évidences. Sébastien se leva et sorti du petit parc avec une énergie retrouvée. Il avait désormais la chose la plus importante au monde : un objectif. Il devait sauver l'héritage de son maître à penser, celui que les médias avaient, du temps de sa gloire, surnommé le lion de Strasbourg ou l'aigle d'Alsace, même si ces surnoms étaient, selon plusieurs sources convergentes, une invention publicitaire de son éditeur, et qu'ils avaient été remplacés récemment par d'autres moins glorieux. Il se rendit rapidement chez lui pour jeter quelques affaires dans la première valise venue, puis directement à la gare où il prit le premier train en partance.

05 - La réaction de cet élève devant le jugement implacable de son maître va vous faire pleurer !

- Effectivement. Tout cela est extrêmement mauvais.

De la glace dans ses esgourdes. Jusqu'à la nuque. Sébastien n'avait jamais ressenti un tel sentiment de défaite, d'humiliation. Aucun des écrits de ce jeune élève à la coupe rebelle approximative n'avait trouvé grâce aux yeux du grand écrivain. Cette première rencontre avec celui qui allait devenir son directeur de thèse, n'aurait pas pu débuter plus mal. Il était prêt à se lever et quitter le petit bureau de réunion que les enseignants de l'université se partageaient, lorsque Grachin reprit la parole.

- De la part d'un génie comme vous, je trouve ça fascinant. Tout cet espace de données que l'université met à disposition de ses étudiants, ce vaste monde de mots potentiels, et vous l'occupez par ce… rien.

Rien. Les textes que Sébastien composait à cette époque étaient, en effet, d'une facture des plus atroces. Leur relecture en était d'ailleurs difficile, même pour le jeune homme qu'il était alors, déjà brutalement réaliste sur ses rêves. Comment espérer la reconnaissance, cette immensité où nul être bassement humain de son acabit ne semblait vivre ? Serait-il un jour capable de se hisser hors de sa condition ? Mal placé, comme toujours dans sa vie. Inconfort physique autant que moral. Entre deux bouts de tables, cherchant à tout prix la position qui lui permettrait d'éviter les nombreux chewing-gums qui tapissaient les rebords de la structure, il ne pouvait s'empêcher de frôler de temps à autres quelque chose de gluant qui ajoutait à son désarroi.

- Bon. Vous voulez mon aide, je suppose. Est-ce pour cela que vous êtes venu ?

- Je voudrais… que vous me disiez d'arrêter.

Au tour de Maximilien Grachin d'être surpris : fait rare pour cet habitué de l'humain et de ses tours. Le baron s'attendait aux suppliques coutumières : les demandes affligeantes des gamins cherchant la gloire et surtout les recettes de cuisine qui garantiraient leur réussite. Bien sûr, Sébastien aurait voulu recevoir une forme de science infuse de l'écriture, si cela avait été possible. Mais il était atrocement conscient de ses limites, et voyait à présent cet entretien comme le moyen le plus efficace pour achever ses rêves. Peut-être un procédé de ressort qui le réorienterait vers une activité plus rentable, une meilleure utilisation de son temps, dont il considérait la perte comme la pire des défaites. Grachin leva un sourcil suspicieux, comme un vieux crocodile à qui l'on présentait quelque chose de nouveau.

- Pour un boursier, je vous envisageais plus combatif.

- Justement, en tant que boursier, je n'ai pas le droit de me tromper.

- Vous êtes donc dans la situation du parfait plébéien : vous arrivez dans le temple, admis par la force de votre envie et de vos rêves, mais sans en comprendre les mécanismes. L'université n'est pas un fast-food. Je ne suis pas là pour vous servir de la nourriture prête à digérer ni pour vous dire ce que doit être votre vie.

Plébéien, ce surnom lui était resté. Par la suite, Grachin s'était amusé à l'appeler ainsi lorsqu'il voulait le féliciter ou le remettre à sa place. Le ton donnant la signification immédiate du sobriquet.

- Mais, monsieur…

- De plus, jeune homme, vous n'êtes pas là pour faire uniquement ce en quoi vous êtes déjà bon. Sinon, à quoi est-ce que je servirais ?

L'enseignant bluffait. Sébastien le savait pertinemment, mais plutôt que de croire en ses paroles, il était fier que le vieux sage s'abaisse à ces fariboles d'angélisme éducatif. Le résultat fut équivalent.

L'étudiant était requinqué, et l'enseignant aussi. C'est ce point de vue réaliste, la capacité du jeune homme à mater ses rêves au nom de son ambition, qui intéressa Maximilien et scella le début de leur relation. Avant que son élève ne quitte le bureau d'emprunt, Maximilien retint sa manche et, avec la plus grande intensité du regard et de la voix, il lança, pour la terre entière.

- L'avez-vous déjà entendue ?

Sébastien attendit quelques secondes une suite à cette accroche énigmatique. En désespoir de cause, il fouilla - dans sa mémoire encore en restructuration affective après les coups de butoir et les caresses - un prélude qu'il aurait oublié et qui contextualiserait les paroles du sage. Rien ne vint.

- De quoi parlez-vous ?

L'autre ouvrit la bouche comme un sourire d'évidence. Radieux, il lâcha directement sa réplique définitive.

- La voix du silence.

Devant la confusion extrême de son interlocuteur, Grachin s'employa.

- C'est vrai ? Vous ne savez pas de quoi je parle ? Vous qui écrivez sur le rien, ça devrait vous parler.

- Eh bien… non.

Un silence, rempli par le jeu d'acteur de celui qui venait de reprendre la main sur cette conversation surprenante.

- Avant, il y a bien des années, je ne savais rien… j'étais comme vous !

Nouvel écrasement. Sébastien tenta de ne pas se désespérer devant ces paroles qui n'étaient visiblement même pas dites pour blesser.

- J'errais aux frontières de mon inutilité, jusqu'à ce qu'un jour, l'inspiration commence à s'insinuer. Mais pas n'importe où. Non. Elle travaillait dans le silence, dans le vide.

L'enseignant ne daigna rien ajouter de plus. À son nouveau disciple de compléter sans doute. Un jour. Lorsqu'il quitterait ses habits tristes de plébéien. En partant, Sébastien reçut en cadeau un exemplaire du premier livre de Maximilien. Un geste qui prenait à présent une toute autre saveur. Quelques mois plus tard, le grand écrivain invitait son élève à chasser l'inspiration dans sa résidence strasbourgeoise, la fameuse maison Haberzeller dont tout le campus distillait des horreurs. Grachin étant d'un abord et d'un caractère très difficile, ses étudiants chuchotaient des histoires idiotes de laboratoires secrets, de messes noires et de sacrifices humains. Le voyage marquerait à jamais l'existence de Plumel.

06 - À première vue, ce pauvre homme n'a rien pour lui :
le courage extraordinaire d'un chauffeur de taxi.

Ces souvenirs de sa jeunesse estudiantine, chuchotés en lambeaux douloureux, arrachaient périodiquement Sébastien à la dégustation du paysage. La quasi-totalité du trajet se passa dans cette attitude entre deux eaux. Mais le réel se rappelait à lui par intermittence sous la forme normative d'écrans informatifs et publicitaires disposés le long de son compartiment. Les énormes moniteurs attaquaient patiemment sa rétine en lui rappelant que sa limite de stockage de données personnelles était bientôt atteinte et qu'il lui serait profitable de s'acheter une extension. De toute évidence, le programme n'était connecté ni à son compte bancaire, ni à sa situation salariale. La perte de son travail commençait déjà à grever son existence en ligne : il ne pouvait plus se permettre de maintenir un espace virtuel aussi complet qu'il en avait pris l'habitude, pas sans le soutien financier du lycée qui l'employait du moins.

Il usa donc sa dernière demi-heure de voyage à nettoyer sagement ses disques dématérialisés, supprimant à regret plusieurs milliers de vidéos déphasées, textes en double ou en triple exemplaire et de photographies floues ou hors cadre. Il fut aussi contraint de dégrader la qualité de sa vidéo de présentation personnelle sur le site de rencontre où il était inscrit – sans résultats probants – ainsi, plus dérangeant, que celle de son diplôme, où l'on ne pourrait désormais plus le reconnaître au milieu de ses camarades. D'ici quelques jours à peine, des solutions plus radicales devraient être mises en œuvre. Mais sa déchéance personnelle ne faisait qu'amplifier celle de la technologie en général.

Les nouvelles restrictions dues aux encombrements progressifs et à l'entropie générale du système avaient rendu la technologie plus humaine : on en venait à perdre ses souvenirs, à les trier, les effacer progressivement. Une mémoire vive, en somme, qui virait à l'Alzheimer. L'unique film d'une réelle qualité haute définition que Plumel conservait encore dans ses données était celle de sa dernière communication avec sa mère, décédée depuis. Pour combien de temps encore ? Avec son quota de chômeur, avec ses classements en berne, en viendrait-il à dégrader ses photos d'enfance ?

Les opérations de compression et de recodages étaient fastidieuses et leurs résultats impossible à contrôler. Malgré tout, l'ancien biologiste ne fut pas dérangé par l'opportunité de gratter un peu de temps dans ce temps périmé mais qu'il chérissait, tout en évitant la question réelle qui éventrait son périple : comment Maximilien Grachin était-il mort ?

Connaissant l'aigle – ou le lion, n'importe - impossible d'inclure le suicide dans le champ des possibles. Sa disparition ne pouvait être que le résultat d'un acte violent sur sa personne. Sébastien Plumel, conscient du poids extrême de la dette contractée envers son vieux maître, se sentait comme élu pour cette mission d'honneur. Malgré tout, il n'était en rien qualifié pour un travail d'enquêteur et sa mission première consistait plutôt à récupérer tout le matériel littéraire – de préférence, un ou deux chefs-d'œuvre – que le grand écrivain avait légué à la postérité. Katz lui avait d'ailleurs envoyé un mail salé lui précisant ses devoirs – il avait omis ses droits. Plumel devrait en outre, si besoin était, achever les textes et le remettre à son éditeur dans un état publiable.

Pour faire glisser ce temps de l'ennui, un petit boutonneux - affalé deux rangs devant lui - avait poussé à mort le volume de son walkman. Sébastien savait que cela ne s'appelait plus comme cela, que le truc avait un nom à la mode, genre i-music ou autre, mais il se sentait à sa place, en tant que vieux schnock relatif, en retard de deux révolutions ou plus. De toute manière, comment savoir ? On ne le mettait même plus au courant. Il détestait se sentir obligé de changer sa façon de voir les choses et de parler, tout cela pour s'adapter à l'air du temps.

Ce temps que le gamin souhaitait voir virevolter au plus vite, Plumel aurait voulu le faire ramper à contrecourant. Une vingtaine d'années auparavant, il imaginait l'avenir. Aujourd'hui, il en était réduit à tenter de comprendre le présent. Même si cela n'était pas la moindre de ses dégringolades, celle-ci lui faisait particulièrement mal, tant elle semblait irrémédiable.

Au moins, les morceaux que l'ado écoutait n'étaient pas du pipi de vache. Il avait eu le goût d'emporter du Art Mengo. La mer n'existe pas, le chef de gare et autres tubes un peu passés de mode égrenèrent donc le voyage. Sébastien se dit qu'il aurait au moins l'avantage, pour le reste de sa vie, d'être cycliquement à la page.

Une fois tous les trente ans, à la manière de la montre cassée qui donne la bonne heure deux fois par jour. En retour instantané de ses boyaux, il prit peur à l'idée que cette blague ne fonctionnerait plus à la seconde où la dernière montre à aiguille disparaîtrait de la circulation, et que ce jour était malheureusement proche. Il concéda le reste de son voyage à la relecture du premier volume publié de son maître - celui-là même qu'il avait reçu de sa main - interrompant ponctuellement son immersion lors de la descente des voyageurs, à chacune des stations aux noms improbables dans lesquelles on osait imaginer une vie civilisée.

La décélération vers Strasbourg marqua la fin de son rosaire littéraire. Arrivé peu après la centième page du roman, il referma le livre avec la satisfaction d'y avoir retrouvé un écrivain d'une très grande qualité, malgré les récents éclaircissements sur la réalité de son succès éditorial.

Les mots, purs, les idées, précises et profondes, enjambaient de mille lieues l'image du scandale. Grachin demeurait intact, au moins à travers les yeux de Plumel. Désormais seul dans son wagon et donc dernier passager à descendre, il s'extirpa de son siège, puis bringuebala ses lourdes valises jusqu'à l'escalier de service. Débouchant sur le gigantesque hall en verre qui ramena de la vie autour de lui, il posa tout son barda à même le sol et prit le temps de sentir l'atmosphère, les gens. À contrecourant de l'urgence de sa mission, il décéléra pendant quelques minutes devant un vendeur de livres d'occasion avant de pouvoir réellement se mettre au rythme de la ville.

Devant lui, quelques romans policiers, genre qu'il affectionnait en secret et dont il avait regretté l'absence tout au long de son interminable voyage – il fallait reconnaître que la biologie moléculaire, même racontée avec brio, n'offrait pas un divertissement adéquat. Il choisit un roman au hasard, sur sa couverture et sur son titre tonitruant – Mort à Strasbourg, tout un programme ! – en chargea la version numérique sur son disque le plus rapide, qui avait désormais - suite à plusieurs erreurs de sa part dont un formatage partiel accidentel ! - pas mal d'espace d'avance. Il quitta ensuite le grand espace vitré pour arriver sur une place pavée immense et proprette.

Un taxi ne tarda pas à repérer ce touriste embagagé et pila juste devant lui, avec un sourire aussi large que son accent alsacien.

- Vous allez où ?
- À l'hôtel Royal Lutetia, mon brave.

Sébastien prit bien soin d'insister sur le mot royal, plus propre à redorer un peu son égo qu'à renseigner le conducteur qui, de toute évidence, connaissait très bien son affaire. Celui-ci rentra malgré tout dans son jeu en insistant pour lui porter ses deux lourdes valises jusqu'au coffre. Il poussa jusqu'à tenir la porte pendant que son passager s'installait à l'intérieur du large véhicule.

Repensant à la bataille de haute lutte qui lui avait permis d'obtenir le remboursement de ses frais divers, Sébastien posa ses angoisses et doutes de côté l'espace du trajet, transigent même sur la barbe hirsute du conducteur, attribut qu'il ne reconnaissait utile qu'aux esquimaux ou aux hommes des cavernes. Second accroc, définitif celui-là, au professionnalisme du chauffeur : la petite musique pseudo-régionaliste qui tournait sur son antique lecteur de disque. S'enfuir à regret d'Art Mengo pour se voir refiler un air du genre Jojo anime la fête à la saucisse marquait la limite de ce que le biologiste était prêt à endurer. Il laissa néanmoins courir cette blague pour l'instant, car il avait un service à quémander. Prétextant un désir impérieux de voir le quartier de la petite-France, il fit faire à son conducteur un long détour.

- Vous êtes déjà venu à Strasbourg ?

- Non, mentit-il.

- Vous êtes là pour vos affaires ou pour le plaisir ?

- Ni l'un ni l'autre.

Il aurait pu répondre des choses plus sombres, mais le gars n'insista pas. Ce Strasbourgeois pur-jus savait lire les gens et leur état d'esprit - leur inclinaison à la méchanceté - ce qui lui avait évité bien des ennuis.

Les bâtisses colorées, les canaux défilaient devant l'enseignant défroqué, qui se força à jeter un œil vers cet extérieur si loin de ses pensées. C'était là le service minimum de cette petite comédie qui lui permettait d'éviter le plus lourd de son passé.

Pour quelques temps encore.

La frange Est de sa vie, cette période de quelques mois qui avait tant pesé. Il déclencha plusieurs fois les capteurs vidéo de ses lunettes au plus grand plaisir du taxi qui stoppa enfin ses chants pseudo-folkloriques et balança contextuellement des fichiers audio sur l'histoire de telle église ou restaurant devant lesquels ils défilaient sans heurt. Plumel se prit au jeu du touriste, limitant toutefois ses acquisitions à ce qui lui semblait primordial pour éloigner les doutes du barbu quant au motif réel de ce détournement de trajectoire. Entre deux chargements d'enregistrement, l'homme lui confiait ses bons plans, les choses de son goût et de son humeur, comme le fameux rayon vert qui hantait la cathédrale ou encore le baeckeoffe, spécialité locale de terrine de viande à essayer absolument.

Arrivé à bon port, le brave conducteur se fit, malgré les paroles asséchantes de son passager, un point d'honneur à lui ouvrir la porte de son véhicule et à débarquer ses bagages avec le même entrain que lorsqu'il le prenait pour quelqu'un de sympathique. Une fois sa course réglée et le taxi reparti, Sébastien s'aperçut qu'il avait perdu son dernier lien avec le voyage, avec la gare et donc avec Paris. Il n'était plus en transit, mais bel et bien arrivé.

L'hôtel était toujours aussi majestueux que dans son souvenir. Plus d'une dizaine de fois, il s'était dit qu'il s'y abîmerait la gueule une nuit entière, lorsqu'il serait célèbre. Célèbre, il l'était désormais, pour toutes les mauvaises raisons qui avaient dominé ses actes depuis cette époque. C'était ici que son envie avait pris le contrôle de sa conscience. Devant cette plaque dorée qui reflétait son visage, mêlant sa gueule honteuse au nom du prestigieux établissement. Cette hargne de réussir, qui causa son ascension et sa chute, à parts égales, l'avait quitté pour un temps. Ses habits de petit prof de lycée avaient rétréci ses ambitions. Se trouveraient-elles regonflées, à présent qu'il était de retour ?

La chambre, située au dernier étage, était bien plus vaste que ses besoins. Sébastien vola encore le temps de déballer ses affaires avant de débuter son travail. Il était sorti du jeu, tout en vitesse, de la contrainte salariale et de la cité. Il devait à présent rendre à son corps et à son esprit un rythme et un temps que les nécessités artificielles de la vie moderne leur avaient dérobé depuis trop longtemps.

La lumière, les sensations, les positions et mouvements de son corps dans l'espace. Toutes ces choses précieuses qu'il réapprenait au sein de ce temps mort. Il attendit encore un peu plus qu'il ne l'avait prévu, jusqu'à ce que l'éclairage naturel ait suffisamment changé pour qu'il culpabilise de son inactivité. Le plus lentement qu'il le pouvait, il prit la clé de sa porte, sortit du couloir et du hall.

Le centre-ville piéton, inimaginable dans la capitale, était ici une évidence et imposait l'allure humaine de la balade au reste de la société. L'avenue des Vogues étant moins animée qu'à son arrivée, Plumel put maintenir sa bulle introspective le temps de parvenir jusqu'à sa destination, celle qu'il ne pouvait plus contourner. Le long du chemin, son esprit avait tenté d'organiser une forme de symbiose, de coexistence pacifique entre présent et temps révolu, qui lui permettrait de mener son enquête sans entrave.

Dans cet esprit, et repensant aux conseils de son chauffeur, il se jura de ne jamais retourner à la Cathédrale où il avait déjà perdu assez de temps à chasser en vain ce foutu rayon vert lors de son premier séjour. Assez des légendes locales. Pour la première fois de son existence, il était là pour la vérité, le rationnel et tout ce qui ressemblait à la rédemption. La rédemption ? Un visage transperçait. Une ombre de son passé. Impossible d'être ici, dans cette ville, de traverser la place Gutenberg ou de tituber vaillamment devant une winstub sans l'entrevoir. Où était-elle ? La retrouverait-il dans la maison ? Tellement d'années étaient tombées. Quelle sorte d'espoir pouvait encore le bercer ?

Arrivé jusqu'à la partie nord de Strasbourg, il retrouva un peu de cette circulation automobile qui heurtait ses oreilles. Néanmoins, comme au diapason de ses envies, les véhicules circulaient au pas, générant un rythme tellement plus agréable pour tout le travail des sens, plus humain pour les humeurs induites et les réflexions. La capitale claironnait sa folie et ses habitants se révélaient plus cinglés encore d'accepter la dictature du bruit. Pas encore totalement guéri, il avait des malgré tout et des tout de même qui fleurissaient sur le bout de sa langue en pensant à toutes les facilités citadines : les commerces à toutes heures, les arts et les divertissements. Pas grand-chose comparé à l'air et au temps, mais pourrait-il un jour s'en distancier pour une vie plus simple ?

Sans même y penser, tant il faisait le parcours à l'instinct et à la mémoire, il arriva enfin.

La bâtisse, située légèrement à l'extérieur de la ville, n'était pas facile d'accès. L'aigle d'Alsace aimait à évoquer cette colline herbeuse aux chemins pentus. Rien de poétique, malgré la beauté du lieu. Non. S'il en parlait, c'était surtout pour la décrire comme le seul endroit où il pouvait s'offrir un lopin de terre décent, malgré les droits de misère que son salaud d'éditeur – qu'il allait, quelques années plus tard, lui présenter comme l'un de ses meilleurs amis – consentait à lui verser. Un lopin de terre décent ? Le domaine avait toujours paru gigantesque à Sébastien. Pourquoi un homme seul aurait-il besoin de plus ? Était-ce pour refléter le statut qu'il souhaitait projeter au monde ? Plutôt comme un miroir, à lui-même, plus certainement. Se convaincre lui-même de sa valeur, malgré l'aigre réalité de l'auto-lecteur qui avait dû ronger son estime ? Il chassa ces mots rieurs d'un revers de sa main, comme les mouches dont il avait perdu l'habitude.

Le portail rouillé, laissé à l'abandon depuis plusieurs années, témoignait bien mieux que le rapport de la police. L'inscription en fer forgé Haberzellerhaus, preuve des racines germaniques du lieu, se distinguait à peine de la végétation grimpante. Les rumeurs devaient donc, pour une fois, être vraies : le pauvre homme avait perdu la tête. Laisser une telle propriété tomber en ruine ? Un lieu qu'il chérissait et dans lequel il avait planté, de ses mains et de son temps, un trésor de raretés que tout botaniste rêverait de posséder ? On ne pouvait jamais admettre les défaillances d'un modèle : le géant dans l'ombre duquel Plumel avait grandi tombait de sa montagne.

Une fois abattu le premier obstacle de ce portail, lourd mais ouvrable, Sébastien envisagea quelques pas contrariés, puis hésita. Dans l'obscurité tombante, il ne reconnaissait pas tout à fait le domaine. Où s'était-il caché, le gigantesque chêne qui signalait l'entrée ? Le vieil arbre avait dû succomber à des parasites ou à son propre poids. À moins que son propriétaire n'ait finalement suivi l'avis général de ses invités en le coupant pour laisser entrer un peu plus de lumière dans son bureau du rez-de-chaussée. Cette disparition choqua d'autant plus Plumel que l'écrivain lui avait raconté avec moult détails et exagérations pardonnables l'histoire de ce magnifique chêne lombard, importé de Slovénie et qui faisait sa fierté.

Plus étonnant encore, cette verrière monumentale qui défigurait désormais la plus grande partie de la façade principale. Depuis combien de temps l'avait-il fait construire ? Un jardin d'hiver, encore à peu près beau, y avait été aménagé. La dernière marotte du vieux botaniste ? Passant outre sa déception devant l'ampleur des sacrilèges, Sébastien traversa l'espace qui le séparait de la maison, remarquant au passage le massacre des platebandes qu'il attribua à des animaux sauvages.

La porte d'entrée était verrouillée. Au moins, la police n'avait pas abandonné le lieu aux voleurs. Seule une vitre arrangée en multiples carreaux colorés l'empêchait d'actionner la poignée. En y regardant mieux, la plupart de ces petits vitraux de pacotille paraissaient prêts à chanceler. Il hésita un moment, plus par honte de dégrader la maison de son maître que par l'illégalité de son acte. Bien sûr, ses intentions étaient nobles, et après tout, il agissait bien sous les ordres directs de l'ayant-droit de l'écrivain ?

L'un des carreaux cassa facilement, mais le cambrioleur amateur avait tapé avec sa main nue, sans même prendre la précaution d'un mouchoir. Il s'entailla superficiellement l'une des phalanges de sa main gauche, qui déposa quelques gouttes de sang à même le sol de l'entrée avant qu'il n'arrête l'hémorragie.

Tant pis pour la discrétion, je signe mon crime, se dit-il en souriant. Il devait avoir en tête ces nombreux romans policiers où l'assassin est confondu par son ADN laissé négligemment sur place. N'ayant pas de casier ni d'antécédents quelconques avec les forces de l'ordre, il ne redoutait rien de cette bévue et poursuivit sa redécouverte de l'endroit.

Ses pas le conduisirent naturellement vers le bureau de Grachin, qu'il savait situé à gauche de l'entrée, immédiatement après le petit salon. L'intérieur de la maisonnée le réconcilia avec ses souvenirs. Rien n'avait changé de place. Du moins, rien que sa mémoire n'ait pris la peine de cataloguer comme important.

Éludant rapidement le couloir qui desservait le rez-de-chaussée, Plumel fit mine de plonger dans la pièce adjacente mais, changeant brusquement d'avis, resta sur son seuil : un souffle étranger l'avait précédé. Comme il se sentait faible à présent, s'étant aventuré sans plan ni prendre le moindre renseignement ! Venait-il de surprendre des voleurs ? Mais les bruits qui provenait de la présence adverse se déroulaient sans rage ni vitesse. Il s'agissait du rythme du quotidien. Des gestes répétés, vécus. Était-ce elle ? Il lui parut impossible que Mathilde continua à travailler ici. Plus d'une quinzaine d'années s'étaient écroulées sur la bâtisse, après tout. En tout cas, il s'agissait d'une silhouette féminine. Quelques pas de plus devinrent nécessaires, afin de calmer sa cervelle, en proie à une nouvelle mutinerie de doutes et fantasmes qui guerroyaient gaiement. De plus près, la silhouette s'avéra être un mensonge. Du moins, elle n'était pas celle dont il rêvait les retrouvailles. À sa place, une autre jeune fille, à genoux, qui lui tournait quasiment le dos, tout occupée à dessiner on ne savait quoi sur quelques feuilles volantes.

Repris en plein par ce profil banal qui effaça tout enchantement, Sébastien ne put empêcher la déception d'envahir son visage. Plus loin dans l'échelle de ses sensations, une forme de peur figea ses traits. Il venait juste de réaliser que si l'être qui était ici vivait effectivement dans la maison, il serait pris en faute, une fois de plus. Serait-il traité comme un vulgaire criminel ?

Une nouvelle erreur à graver sur son passif, la grande collection de plantages de cet homme à la conscience en étau. Plumel recula, cherchant fiévreusement un moyen plus sûr pour occulter son existence, le temps d'évaluer les risques et les opportunités. Quelques pas mièvres lui suffirent pour déranger une ou deux tasses qui avaient eu le mauvais goût d'être posées à même le sol. La symphonie porcelainée fut suffisante pour tourner la tête de la jeune fille. Son visage mal proportionné présentait sur la joue gauche ce qui ressemblait à une brûlure profonde. Se pensant en danger, l'ancien biologiste eut un geste de défense. Ridicule. Il n'y avait pas, dans les yeux bleus turquoise de celle qui lui faisait face, la méchanceté habituelle de ceux qui se trouvent en position de force. Les piétinés qui piétinent à leur tour, pour se venger de ce que la société leur fait subir comme écrasement au quotidien. Chez elle régnait un regard doux, sympathique même, qui suggéra immédiatement, chez Plumel, une faiblesse à exploiter. Loin de lui reprocher sa présence, la blondinette, qui lui arrivait à peine aux épaules, fit un pas en arrière, puis un second, partant pratiquement avant d'oser demander quoi que ce soit à l'intrus. Dans ses deux mains, une multitude de feuilles gribouillées. Devant l'inconnu, la jeune fille émotive se redressa et voyant le reliquat de sa stupeur, agita les mains pour le rassurer. Ses esquisses tombèrent et s'éparpillèrent contre le sol en tomettes salies, plus abîmées que dans son souvenir, mais toujours belles. Ses premiers mots achevèrent de lui présenter une personnalité malléable.

- Euh… Eh bien bonjour. Désolée de ne pas vous avoir ouvert. Je… je n'ai pas entendu la sonnette. Vous avez rendez-vous avec le professeur ? Il est parti, je sais pas où, depuis longtemps. J'attends qu'il revienne. Mais vous pouvez attendre avec moi, si vous voulez.

La jeune fille, sans doute un peu attardée, ignorait totalement le décès de son patron. Que faire ? Si Plumel lui apprenait la nouvelle, il perdrait peut-être accès au lieu. Au pire, elle fondrait en une scène d'hystérie sans intérêt. Au bout de quelques secondes de dilemmes plus stratégiques que moraux - futiles dans son esprit matérialiste - Sébastien décida de rentrer dans son jeu, ou du moins de ne pas l'en sortir. Pour rendre la petite monstresse blonde plus aimable, l'enquêteur approximatif déploya sa meilleure arme : les mots. Il se prétendit connaisseur en art - ce qui n'était pas totalement erroné - et lui déclara sans rire être tombé amoureux de ses griffonnages – que la lumière ambiante ne lui permettait, de toute manière, absolument pas de distinguer du néant. Il insista lourdement sur le fait qu'ils étaient de véritables œuvres d'art et qu'il s'engageait sur l'honneur – autre notion vagabonde – à lui trouver dans les plus brefs délais une exposition chez l'un de ses amis, galeriste à Paris.

Paris. L'évocation de la capitale fit des merveilles sur son imagination, à tel point qu'elle sembla se retenir de traverser la pièce pour courir l'embrasser. Il se redressa, bomba le torse d'autorité afin d'éviter ce désastre. Le geste retroussa ses ardeurs mais la lumière économe de la pièce en profita pour tomber sur ses poignets, révélant de profondes cicatrices. Quelle sinistre existence la petite défigurée avait-elle dû endurer pour en venir à de telles extrémités ? En miroir, elle se mit à creuser l'idée de gloire qui envahissait doucement sa petite tête de linotte.

- Oh oui, alors.

Puis, découvrant ses propres facultés cognitives.

- Mais vous savez même pas mon nom, comment vous allez faire pour me retrouver ?

Piégée par une attardée de moins de vingt ans, Sébastien savait qu'il ne devait sous aucun prétexte reculer. Il fallait camper sur ses positions, comme on le ferait devant l'animal qu'on cherchait à domestiquer.

- Eh bien, je sais que vous êtes ici, et puis le professeur est mon ami. Il vous connaît bien, non ?

- Ah ben oui, bien sûr ! Je récure, je nettoie, j'm'occupe de tout ici. Mais j'vous donne quand même mon nom, au cas où… c'est Inès !

- Très bien… Inès. Merci de me laisser l'attendre dans le calme.

- Oh ben… oui. Au revoir.

Un large sourire accompagna le retrait de l'être simple dans le coin opposé de la pièce, preuve supplémentaire qu'elle n'avait rien compris à son manège. Etrange personnage, Sébastien était étonné de la trouver ici. Maximilien était-il devenu faible, dans ses dernières années, au point de donner dans le social ?

Peu importaient pour lui les mensonges qu'il lui avait servis. Comme le disait Grachin, les impératifs moraux étant relatifs d'une époque et d'une culture à l'autre, ils n'avaient aucune valeur dans cet absolu que représentait la science. Le quadragénaire quelque peu défraîchi en était désormais persuadé : restaurer la réputation de son ancien maître, assurer la publication de sa dernière œuvre, équivalait à sauver son héritage scientifique, dans ce monde où l'image construisait ou déconstruisait la réalité.

Dans son coin, Inès s'occupait d'un petit chat, à l'apparence décharnée. *Joli couple.* Lorsqu'elle vu que Plumel regardait son compagnon avec un début d'intérêt, elle fit ses gros yeux et éructa des paroles affolées.

- Il est à moi. Celui-qui-griffe, c'est son nom. Je l'ai trouvé, il était à personne, alors il est à moi.

À voir son état de panique, cette boule de poils ébouriffée était sans doute le seul être dont elle se sentait proche, le plus important de sa vie. Pauvre enfant. Attendri un instant – un instant unique, pas deux – Sébastien redevint le plébéien que moquait Grachin afin de l'endurcir, le fils de prolo qu'il était avant son arrivée dans la capitale. Pourquoi avait-il été si cruel ? Avait-il malmené la jeune fille parce que sa présence signifiait une autre absence, en parallèle ? Inès n'était pas celle que Plumel s'attendait à retrouver. Et même s'il savait que la vie avait pour profession de tordre l'espérance, Sébastien n'était pas suffisamment homme pour contenir sa rage.

Son corps entier obsessionnait une réponse : où était Mathilde ?

Avait-elle changé d'emploi ? Tant d'années mornes étaient venues et reparties, ne laissant que leur distance pour constat d'échec. La femme mûre qu'elle était à présent ne pensait sûrement plus à son ancien soupirant. Osait-elle être heureuse ? Poursuivre sa vie sous d'autres cieux, la réussir ? La jeune Inès disparut dans une autre pièce, constatant sans doute qu'elle dérangeait des pensées qui semaient sa jugeote. Elle emporta son chat et quelques-uns de ses croquis empotés. Pieds nus et en robe de chambre, habitait-elle le domaine ? Logeait-elle dans une des dépendances ? Mais alors, comment avait-elle échappé à la déferlante médiatique au point d'ignorer même le décès de son employeur ? Inutile de perdre son temps avec ce personnage sans importance. Sébastien laissa partir la créature et, une fois débarrassé de cette présence qu'il jugeait abrutissante, se retrouva libre de développer ses raisonnements.

Le bureau de son mentor. Là où ils avaient éraflé tant d'idées préconçues et brûlées tant d'idoles. La première chose qu'il remarqua fut une autre absence : où donc était passé Nicéphore Niepce ? Le portrait imposant du maître à penser de Grachin avait disparu, ne laissant sur le mur que la trace rémanente du cadre. Il faillit rappeler la petite servante, mais évalua l'utilité de cette information inférieure au dérangement de sa présence. Une odeur de frais, de propre régnait. Thomas Katz avait sans aucun doute voulu supprimer toute trace du meurtre de Max. Lorsqu'il imprima dans son esprit l'image du sang versé et celle de ce corps, absent, les membres de Sébastien se mirent à flageoler. Il lui fallut toute la force de caractère du scientifique pour ne pas sombrer dans l'apathie. Cette tragédie devait lui fournir le moteur de sa quête et non la freiner. Pour Grachin bien sûr, mais aussi pour sa propre existence. Plus de temps à perdre.

Le reste des murs revêtait l'aspect triste d'usage, dans ce bureau purement utilitaire. Gris maltraité, abandonné au temps. Tel qu'il l'avait toujours fréquenté. Ensuite vinrent les meubles et bien sûr le bureau en chêne massif, le modèle rêvé pour un écrivain qui se voulait définitif.

Une petite voix méchante gigotait et murmurait. L'auto-lecteur ? Impossible de croire que sa vie entière était basée sur cette supercherie. En posant sa main sur le siège, en l'écartant et en s'asseyant à la place de l'aigle, Plumel éprouva à nouveau la rage de faire ravaler au reste du monde son image bâtarde de ce grand écrivain. Seule une nouvelle œuvre, sa plus grande, portée par son intellect et son énergie crue, pourrait terrasser les milliers d'articles et de bribes audios et vidéos qui raillait l'auteur de biofiction.

Sébastien redoubla de vigueur : il fallait arracher quelque chose au néant. À l'intérieur du seul tiroir non fermé à clé, il ne tarda pas à étaler plusieurs textes écrits sur des feuilles volantes. Une émotion trembla la main qui tenait de si précieux feuillets, des inédits. Les premiers mots qu'il lisait de Grachin depuis trop d'années. En vérité, et sans qu'il n'ait jamais osé l'avouer à personne, Sébastien Plumel avait toujours résisté à la tentation de lire le dernier livre de Maximilien. Cet ouvrage si détesté par ses camarades, cet impensable. Il s'était refusé à casser le mythe créé par ses premiers romans : l'élève avait détourné les yeux devant la nudité sénile du maître.

Trois années entières plus quelques mois s'étaient écoulées depuis la dernière apparition publique du grand écrivain, lors de l'humiliante présentation de son recueil de nouvelles devant un parterre de journalistes à pinces et crochets. La blessure avait touché ses anciens élèves, mais plus dans leur ego que dans leur cœur. La plupart n'avaient jamais aimé le vieux bougon. Cette bande moutonnière s'étaient pressés d'acheter l'ouvrage éclopé pour en bêler du mal, provoquant d'ailleurs sans doute et sans le savoir ses seules et uniques ventes. Sébastien n'avait pas suivi la manœuvre, sans pour autant reprendre contact ou défendre publiquement l'homme blessé. Un an à peine après les faits, il s'était lui-même retrouvé devant un scandale bien pire encore, et avait pu constater, à son tour, le manque cruel de solidarité de sa profession. Maintenant que Grachin était décédé, à qui pouvait-il demander pardon ? Quel autre geste pour réparer sa faute que de réparer la carrière de son ancien professeur en publiant un nouveau chef d'œuvre de sa main ? De sa main ou d'une main proche ?

Tous ces petits textes écrits de la main du grand homme, ainsi que l'évocation du sang dont son bureau avait été baigné firent remonter à la surface un objet : l'ultime note laissée par le mort. Le matin, la dernière matinée - celle de la disparition – c'est Inès qui avait trouvé la lettre. La petite sotte - dont la description ébauchée grassement par Thomas Katz avait fait penser à Plumel qu'il s'agissait d'une blague de l'éditeur - n'y avait rien compris et l'avait juste fait circuler vers le premier visiteur venu, comme toutes les notes communément écrites par son patron. Devant l'incapacité manifeste de la jeune fille, l'employé des postes s'était donc chargé d'avertir la police qui, depuis, avait fouillé de fond en comble le domaine sans rien trouver. Les autorités s'attaquaient à présent à l'étang voisin, mais les chances de retrouver un jour son corps - sa chair qui se décomposait quelque part, au vif de cette terre cornue – ou de pouvoir lui offrir une véritable sépulture, diminuait de jours en jours.

La notice manuscrite avait immédiatement été négociée par Katz. Le bonhomme, retord et pointu jusqu'aux ongles, avait fait jouer ses relations, promis et menacé, afin que les ultimes pensées de son meilleur poulain lui soient rendues et surtout que la presse n'en entende pas parler. Le parchemin sacré avait été retrouvé maculé de sang ainsi que d'une substance inidentifiable mais d'origine biologique. Clairement, l'homme dont l'écriture avait été formellement identifiée malgré son style erratique, n'avait plus toute sa raison. Mais comment concilier ce que l'on entrevoyait de son comportement avec l'image imposante de l'ancien vainqueur de plusieurs prix littéraires et scientifiques ? Quelques une des membres de ces illustres comités avaient au moins dû lire l'ouvrage ? Comment mettre de côté son premier roman, cette ode vibrante à la biologie qui, bien qu'écrite dans un style un peu gras, avait incité toute une génération d'étudiants, au moins par ouï-dire, à s'égarer sur les bancs de son petit amphithéâtre ?

Et son meurtrier ? Quel marché boiteux Grachin avait-il rompu ? Avait-t-il été victime d'un fou, d'un jaloux ou de lui-même ? Le contenu du papier était encore plus étrange que sa forme. L'ancien chercheur y déclarait léguer son corps à une science supérieure à celle des mortels. C'était du moins l'unique aperçu qu'avait lu l'éditeur à Plumel. Tout juste ce qu'il fallait pour illustrer l'impératif de son embrigadement. L'auteur y parlait aussi de sa plus grande œuvre, qui marquerait, enfin, sa place véritable dans l'échelle humaine. Tant de grandiloquence faisait plus penser au délire d'un homme malade, mais Katz avait parié toute l'estime qu'il conservait encore en Maximilien sur ses derniers mots. En vérité, sa missive ne faisait qu'évoquer, en oblique, les conditions pénibles de la fin de vie de cet homme autrefois brillant, et qui avait sombré au point de convoquer la puissance divine et les grandes promesses réservées aux fous et aux prédicateurs.

Sébastien fit son possible pour déloger cette fêlure de sa mémoire et, s'intéressant au présent matériel et concret – agrippable - qui se trouvait devant ses yeux, entama sans plus tarder la lecture d'un ou deux de ses papiers. Ces notes éparses étaient pour la plupart intéressantes, bien que dénotant un esprit torturé et certainement amoindri par la maladie ou ce sentiment de vieillesse soudaine qui provient de l'arrêt brutal d'une vie active. Mais il escomptait bien que la véritable pièce de résistance, le but de sa visite, ne pouvait résider dans ces aimables brouillons dont quelqu'un d'autre ferait peut-être un jour un recueil à l'intention des universitaires.

Plumel poursuivit la fouille minutieuse de ce qui avait toujours été l'une des plus petites pièces de la maison. Maximilien lui avait d'ailleurs déclaré que cela lui permettait de tenir ses idées en place. Son crâne se veinait de bile : à coup sûr, on lui avait fait une mauvaise blague ! Enervé, frustré, son regard et ses mains se faisaient brutaux, en proie à un malaise grandissant. Y-avait-il eu un vol ? La comédie dura encore quelques instants. Enfin, bizarrement caché dans une armoire, Sébastien trouva le véritable objet de sa quête : l'ordinateur de Grachin.

Il le reposa à sa place – celle qu'il devinait comme telle - et connecta patiemment les imposants câbles entre eux. Maximilien ne s'était jamais mis à la mode, pour lui sans charme, du courant porteur. Une fois la besogne dominée, il alluma la bête – qui devait avoir une bonne dizaine d'années - sans tarder. Les antiques écrans de chargements défilaient, pendant que Sébastien esquissait le scénario de ce qui suivrait. L'enquêteur s'attendait à la tâche, pénible entre toutes, de devoir requérir les services d'un spécialiste pour obtenir les mots de passe ou décrypter des fichiers que l'auteur aurait voulu protéger. Il se reprocha de n'avoir personne sous la main. Mais ce qu'il vit était bien pire. Sur l'écran enfin chargé s'affichait un unique logo, avec l'inscription sibylline : Le contenu de cet ordinateur appartient à la société Mémoire Vive. Merci de bien vouloir l'éteindre en attendant l'intervention de nos techniciens.

07 - *Un groupe d'élite dont la mission changera*
le cours de leur vie.

À quelques souffles du monde scrutateur des hommes, mais loin de leurs regards scandalisés, des millions d'êtres continuaient à se débattre. Tout vibrait, renouvelé par la chaleur d'un environnement enfin propice. Un événement crucial s'était enclenché, bien qu'aucune des créatures qui hantaient la profondeur bouillante n'auraient pu en définir la nature exacte. Ils n'en avaient pas besoin. Seuls les maîtres, leurs dieux extérieurs et tout-puissants, étaient concernés par ces choses-là, en tant que cause ou acteur. Les autres ? Ils ne demandaient qu'à survivre jusqu'au prochain cycle.

L'antichambre était emplie d'harmonie : aussi gluante que l'on pouvait la rêver. Impossible de se tromper sur l'endroit où la bande vengeresse de Cathodiens se trouvait à présent. Leur leader - celle d'entre eux qui était le plus proche de la victime - renifla frénétiquement les parois roses et violettes, à la recherche de phéromones déviants. Les autres s'aggloméraient en retrait, en panne de confiance. La grande Betalia – adjectif dégradant au possible pour la plus petite du groupe – avait tout à prouver à ceux qui se trouvaient contraints, statut oblige, de la suivre. Contraints jusqu'à une limite incertaine. Comment retrouver la trace sans gratter dangereusement cette surface ornée de milliers d'œufs larvés au premier stade : des mômes de la dernière chiée expédiée par leur mère à tous. Petites brelles : regardez-bien, les gars, il y a trois cycles à peine, on émergeait de là, frais comme le miellat ! Les piquants tout neufs. Pas même les rayures des premiers combats qui marqueraient à jamais leur place au sein du camp.

Le camp : ils en rêvaient tous, surtout lors de ces moments creux où la troupe de jeunes guerriers se retrouvaient au sein de l'une des salles de ponte, espace rond et merveilleusement empli d'alcôves croûteuses, juste à la bonne température. Un nœud de vie, d'où partaient plusieurs boyaux, permettant à la couvée de disséminer dans toutes les directions. Les membres de la troupe appréciaient de détendre antennes et pattes en une petite gymnastique méditative qui leur faisait oublier les horreurs de la vie loin de leur petit territoire. Sur les vingt-quatre Cathodiens qui s'étaient élancés à la poursuite du meurtrier, la puissante meute avait fondu à trois individus. Certains s'étaient perdus. La plupart étaient morts ou disparus. Les dangers, on en dénombrait de toutes sortes, dès que le camp devenait un souvenir. Des pièges du terrain aux proies qui oubliaient leur place et se faisaient prédatrices. Mais lorsqu'ils faisaient le compte de leur malheur, une seule chose émergeait, un symbole brut d'émotions tabassées : les effroyables chocs électriques. Ces décharges diaboliquement cadencées qui alourdissaient leurs corps sans remplir leurs estomacs. C'était là l'une des lois les moins compréhensibles de leur monde aveugle, empli de tunnels et de couloirs, qui ne permettait que très rarement de tels épanchements. On disait juste les maîtres ont leurs raisons.

- Nous avons tous notre poids à porter, disait souvent Gnurk le boiteux, avant de tomber dans une embuscade numérienne. Il vibre, le diable qui habite en nous.

Betalia ressassait de plus en plus souvent les paroles du vieux sage, dont elle prenait à présent le poids prophétique.

- Restez le plus longtemps que vous pourrez au sein du camp, les petits. Dehors, ça tape dur ! Croyez-en ma demi-patte !

Chaque être qui harponnait une expédition sur le départ redoutait ce moment où le choc viendrait le cueillir, toujours en vagues multiples et scandé en chapelets outragés. Certains se retrouvaient lourds au point de ne plus pouvoir se déplacer par leurs propres moyens. On les tirait comme on pouvait, en leur laissant espérer qu'une prochaine vague reprendrait l'excès. Il y avait de la solidarité dans la troupe. Mais même cette manœuvre était périlleuse, le flux risquant à tout moment de sautiller d'un individu à l'autre. Alors, la solution la plus simple s'appliquait la plupart du temps : on les mangeait pour qu'au moins leur cadavre serve à quelque chose. Il y avait cette cruauté-là aussi.

Le danger était partout, surtout lorsqu'on s'égarait pâteusement à quelque sentiment douçâtre. Quelle alternative lorsque l'on ne supportait plus le camp et sa vie de clou, en permanence à la même place ? L'aventure, l'expédition : tout plutôt que la vie des campeurs !

Tout... ou presque. Il y avait une expédition que seuls quelques-uns des membres de leur espèce avaient entreprise : des fous et des exilés. La surface. L'évocation du nom seul suffisait à dégonfler les braves. Tout valait mieux que d'essayer de remonter. À l'extérieur, tout était visible. Impossible de simplement reculer dans l'ombre pour disparaître aux yeux de ses adversaires. La lumière était pleine, trahissant le moindre mouvement des mandibules. Comment survivre ? Par quel moyen trouver un terrier où créer un clan digne de ce nom ? Les légendes et récits des rares aventuriers à en être revenus étaient sans espoirs.

L'esprit de Betalia avait dérivé un moment, mais impensable de perdre son temps à rêver plus loin, surtout en pleine chasse. Rien à gaspiller dans ce puits sans fond. La piste s'était refroidie depuis plusieurs giclées. Aucune odeur à se mettre sous le pif, rien qui ressemblait à leur proie du moins. Pourtant, la grande Betalia restait confiante : bientôt, elle et ses camarades rescapés se feraient un festin de l'horreur numérienne qu'ils pistaient sans relâche depuis plus d'un demi-cycle.

Malgré toute sa bravoure déployée, il fallait bien admettre l'évidence qui les frôlait depuis bien trop longtemps : tous ces chemins, ces embranchements qui éventraient la salle ne pouvaient leur donner qu'une seule option tactique. Leur proie avait encore une fois trouvé un moyen de les affaiblir : en traversant une salle de ponte, il avait eu le choix entre de multiples boyaux de sorties. Autant de chemins à couvrir pour ses poursuivants. Il faudrait, pour ne pas risquer de le perdre, diviser le groupe en individu, la force en rapidité. Impossible de laisser à la proie une seule chance de faire plus de dégâts. La perte avait été si lourde que leurs écailles en vibraient encore de rage.

Comment avait-elle réussi son coup ? Celle-ci, on l'avait trouvée encore plus près du camp que d'habitude. Comme si elle avait voulu se faire bouffer plus rapidement. Mais la sans-piquants courait comme quatre guerriers, et semblait connaître et déjouer toutes leurs tactiques. Ces satanées bestioles deviennent de plus en plus malignes, avait lâché Dong, dans un jet de phéromones colériques.

Betalia, de son côté, penchait plutôt pour des capacités télépathiques qui s'étendaient au fur et à mesure de leurs contacts. C'était sans doute la raison de cette incursion quasi suicidaire : la collecte d'informations, peut-être même la préparation d'une attaque à grande échelle. Une invasion, comme le camp en avait connu en pleine crise du mal-sans-nom, cette saleté de virus dont les bestioles avaient lâchement profité pour balourder une attaque qui s'était avérée particulièrement sanglante.

Le mal-sans-nom en avait milles. On ne s'était simplement jamais mis d'accord entre chef sur un libellé commun. Les sages de chaque camp l'avaient donc baptisé selon leur humeur. La saleté mémorielle, la mémocondrose, le mal amémoriale, mémorivore ou encore ramivore. Tous ces noms pour désigner la même odieuse maladie qui, après avoir débarrassé sn hôte de la totalité de sa charge – chose que les premiers malades avaient pris pour une bénédiction – les bouffaient littéralement de l'intérieur, leur faisant tout oublier, pour finir en légume.

Lors de l'épidémie qui avait fait le siège de leur camp, la plupart des guerriers s'étaient retrouvé sans défense, incapable de résister aux envahisseurs. Même son frère...

Impossible d'aligner deux idées sans penser à lui, le retrouver sur son chemin neuronal.

Son frère lui avait tout appris. Ce grand dadais connaissait tout, du moins, un peu plus que sa petite sœur. Comment chasser les insectes à miellat, faire le tour de garde et, plus important : l'art du guet. Où les guetter avec leur sale gueule molle.

Mais aujourd'hui, c'était vers elle que tous les regards – ceux qui restaient – se tournaient en quête de solutions. Ils n'en menaient pas large, les jeunes guerriers cathodiens, malgré leur impressionnante voûte dorsale épinée et leurs mandibules acérées. Kong, le jumeau de Dong en plus laid, fanait une partie de son temps à convulser sa tête vers l'arrière, vers leur propre trace, le chemin de la maison. Et pourtant, leur ennemi paraissait bien pathétique : une masse gélatineuse, un peu plus rapide qu'eux mais sans aucune arme visible. Une véritable aberration de la nature, ce qui rendait sa survie et la prolifération de son espèce encore plus mystérieuse.

Depuis leur sortie de l'œuf et les premiers récits des vieilles carapaces qui avaient croisé ces bestioles sans oser prendre part aux traques, les membres du petit groupe faisaient le même rêve, celui de tous les épineux de leur âge : découvrir comment ces immondes créatures, dépourvues de griffes et de dents, s'y prenaient pour tuer leurs meilleurs guerriers. À l'image de la victime du monstre qu'ils poursuivaient : l'assassin du frangin de coquille de Betalia. Comment comprendre l'immensité de sa perte ? Ils avaient partagé le même œuf durant toute la gestation et maintenant, pour la première fois de son existence, elle se recevait une salve magistrale de solitude, dont elle peinait à contenir les frissonnements. Pourquoi les meilleurs de leurs guerriers avaient-ils dû déposer leurs dards et ne laisser que leurs entrailles en témoignage de ces combats pliés ? Quelle arme secrète, poison, souffle de feu ou rayon magique employaient ces monstres ?

Dans leur besace, rien à se mettre sous la dent, pas même la ration de miellat coutumier. Comme c'était l'usage lors d'une traque, la meute se partagerait le corps de la proie. S'ils venaient à échouer, ce serait la mort qu'ils partageraient.

Enfin, l'immense salle de ponte s'acheva, avec sa conclusion aussi attendue que désespérante. Devant la petite horde, trois embouchures portaient quelques traces de mouvements récents. Aucune alternative. Quelques mandibules se frottèrent timidement. Situation chiffonnée pour des guerriers. Ils se séparèrent à regret, mais sans autres effusions. Kong regarda malgré tout encore longtemps en arrière, cette fois, en direction de Betalia.

La jeune guerrière ne donna rien de la sorte. Elle avait trop compris le poids de ce genre de regret, lorsqu'il se flaquait dans le cœur. Elle gicla vers l'avant, avec la simple envie d'en finir au plus vite. Seule, elle pouvait enfin cheminer à son rythme, c'est-à-dire s'imposer le rythme de son ennemi, et plus encore en monnaie de haine et de douleurs. Au final, la cadence d'une troupe n'était jamais celle du plus lent – celui-là, on le laissait rentrer en chialant au camp, dès les premiers boyaux. Mais elle ne pouvait être celle de l'individu le plus rapide. La proie, elle, n'avait jamais ce genre de soucis. Enfin seule, Betalia pouvait enfin donner ses pas les plus amples au terrain, le scarifier de ses courses effrénées entre les ravines.

Un temps, ce sentiment de liberté la fit tenir, ruisseler au-delà d'elle-même. Pourtant, au bout de quelques salles et de quelques dizaines de couloirs, un nouveau sentiment émergea : la solitude absolue et définitive, celle qui cisaillait les pattes. Dès l'éclosion, de grosses nourrisseuses l'avaient prise en charge, puis amenée à la sécurité du camp dont elle ne s'était pas éloigné de plus d'une centaine de pas depuis. Elle n'avait pas connu les attaques des insectes à miellat qui se croyaient tout permis dès lors qu'ils croisaient des larves mal dégrossies, ni les pièges du terrain : lacs acides et précipices. Elle ne pourrait plus désormais compter sur la moindre escorte. Malgré tout, le souvenir de ce premier périple, qui remontait en miroir de ce qu'elle vivait, lui donna encore un cadeau. Il l'aida à abandonner, par paliers, sa peur et ses regrets. Son existence n'avait pas été sans épines : en cascades, revinrent les attaques de parasites, les désastres naturels et autres famines auxquels le camp avait dû faire face. Il lui avait fallu sans cesse prouver sa valeur, sa capacité à faire partie de la minorité qui serait digne de se faufiler au cycle suivant. Betalia n'était plus cette quasi larve gluante ou la petite sœur accrochée à son frangin. Elle avait une quête à accomplir et, par-delà, un monde dans lequel trouver sa place.

Un long trajet s'en suivit. Petit à petit, comme le ver qui rongeait la paroi, l'habitude remplaça la hargne et la motivation. Elle n'abandonna pas, mais son esprit glissa un peu de perspective. Impossible de résister, sur un temps si long, avec la rage comme unique moteur.

Toujours seule, l'exploratrice traversa encore plusieurs dizaines de salles, remontant à chaque fois un peu plus, perdant plusieurs degrés ainsi qu'une bonne part de cette obscurité qu'elle affectionnait tellement. L'hideuse luminosité de certaines zones de transits la rendait parfois pratiquement aveugle. Elle ne pouvait alors se fier qu'à ses antennes, fort heureusement munies de griffes, pour tâter le chemin devant ses pattes. Au gré des erreurs et de leurs conséquences, elle apprit la prudence. Ses traits, désormais travaillés à l'ébauchoir d'une aventure de dangers permanents, muaient de la jeune guerrière forcenée à la survivante, réfléchie et posée.

Les salles gelées et les boyaux boueux continuèrent à se succéder, l'atmosphère émettant de plus en plus de cette brillance qui piquait ses dizaines d'yeux. Avait-elle donc fui définitivement, sa belle obscurité ? Les espaces, de plus en plus grands et vides de toute ressemblance avec sa vie antérieure, tentaient de lui faire oublier la raison de son exploration. Elle errait à présent sans but définissable.

Lorsqu'enfin, elle le retrouva.

Au bout d'une salle qui n'avait rien de particulier, bien après qu'elle ait arrêté de les recenser. Pile devant elle, essoufflé, l'assassin la regardait de ses dizaines d'yeux tubulaires. Avait-il cru que la sœur de sa victime l'avait oublié ? L'ignoble vermisseau frissonnait, mais ne cherchait plus à fuir. Dans son regard défait, une certitude désormais : elle le pourchasserait jusqu'à la surface s'il le fallait.

Il courba l'échine résigné. Priait-il les maîtres ? Quels étaient ses dieux ? Betalia resta un instant immobile. Elle n'hésitait pas, mais savourait ce moment de peur qu'elle inspirait à la créature. Elle le fit durer jusqu'à ce que ses entrailles lui rappellent son état de famine. Un croc dans la gorge. Net, pratiquement sans haine. L'animal s'effondra sans un râle, puis le repas commença.

Son frère était vengé. Un vrai délice. La peau est juteuse, fraîche. Au fur et à mesure du festin, une sensation merveilleuse envahit le corps de la fière Betalia, un bien-être qu'elle n'avait plus ressenti depuis son éclosion.

Pour la première fois de toute leur histoire emmêlée, un Cathodien avait réussi à tuer un Numérien, et avait survécu. Elle se voyait déjà revenir au camp, accueillie en héroïne. Le chemin serait long mais en valait largement la peine. Si la notion d'histoire avait existé chez son peuple, l'événement qu'elle venait d'impulser serait rentré dans les annales, haut-les-pattes. La sensation de joie était absolument folle. Au-delà même de tout ce qu'elle avait imaginé. Son corps entier semblait nourri d'une nouvelle énergie. Plus, il évoluait sous ses yeux.

Elle sentit une chose spectaculaire se dérouler, en son sein. Une transformation. Incapable de se voir de l'extérieur, elle ne pouvait dresser un tableau réaliste de ce qui lui arrivait. Par bribe, elle apercevait un de ses piquants se déchausser devant sa mâchoire qui rétractait ses crocs. C'était comme si une partie de son corps la quittait. Malgré tout, pas de peur. Si son corps lui échappait, quelque chose de profond dans son esprit devait savoir pourquoi. La métamorphose était certes douloureuse, mais elle n'imprégnait aucune idée de mort ou de déclin. Sans qu'elle puisse dire pourquoi, Betalia y voyait comme une mue.

Ses yeux démesurément ouverts et multiples à présent se trouvaient parfaitement adaptés à cet univers de lumière qui l'éblouissait il y a quelques spasmes encore.

Au terme du processus harassant, et après plusieurs tours méticuleux d'inspections effarés, elle dut se résoudre à l'évidence. Son nouveau corps était celui d'une Numérienne.

Avant qu'elle n'ait pu prendre totalement conscience de tout ce qu'impliquait sa métamorphose, des formes émergèrent de l'ombre. Dong et Kong. Ses camarades l'avaient retrouvée. Avaient-ils fait demi-tour rapidement ? La suivaient-ils depuis tout ce temps ? À ses pieds, son ancienne enveloppe corporelle gisait. Inutile de tenter de leur expliquer, ses cordes vocales métamorphosées et sa tête aux antennes désaccordées interdisaient toute forme de communication. La traque pouvait recommencer.

Les toits de Strasbourg jouaient à cache-cache avec l'éclairage public qui souffrait d'une forme rare d'apoplexie. Seule la cathédrale ainsi que quelques auberges de bord de Rhin survivaient à la nuit. L'ignoble message informatique projeté sur le moniteur du lion d'Alsace avait suivi Sébastien bien après son départ du domaine. Pourquoi ce crétin d'éditeur – cet éditout, comme l'avait baptisé Grachin en son temps - l'avait-il envoyé sur place si les reliquats virtuels du grand homme étaient déjà pris en charge par les techniciens de la Mémoire Vive ?

Frustré, ses doigts minces d'intellectuel agrippaient la rambarde du minuscule balcon de sa chambre d'hôtel, qui avait au moins l'avantage d'embaumer l'herbe sèche de cette fin d'été. Alors que tous les autres clients avaient déjà renoncé à l'éveil, Sébastien tentait d'apercevoir les étoiles. Le seul et unique véritable charme qu'il trouvait à la province – en supplément de son manque de vitesse - était justement sa carence relative en matière d'éclairage nocturne, qui garantissait une vue à peu près correcte de la voûte céleste. Il avait d'ailleurs pris l'usage de demander un balcon lorsqu'il se trouvait contraint de descendre de la capitale. Un lot de consolation dont il entendait bien profiter malgré les réverbérations mauvaises de cette drôle de littérature qui n'en finissait pas de déverser ses idées ridicules sur sa caboche. Les premiers textes récoltés sur le bureau de Maximilien présentaient un monde microscopique d'êtres qui rampaient sous le sol – mais était-ce seulement un sol ? - et se mangeaient les uns, les autres ? Jusqu'à quoi ? Quel était le sens de cette petite histoire ? Sa portée, en termes scientifiques ou littéraires ?

Malgré tout cela - malgré le bon sens, le mauvais goût et son instinct de survivre entre les deux - il ne pouvait abandonner la mission qui lui avait été confiée, non pas par cet opportuniste d'éditout, mais par son maître, au-delà de la tombe. Il ne lâcherait pas tant qu'il lui resterait des épaules. Des épaules minces mais sur lesquelles dévalait allégrement le poids insurmontable de la dette que, jeune étudiant, il avait contracté. Cet arriéré d'honneur, dont personne, même dans son proche entourage, ne comprenait l'ampleur. Impossible de s'y soustraire. Un pas de côté, une pensée fuyante voyait Maximilien Grachin envahir ses songes pour lui demander des comptes.

Après cinq années d'éloignement, comment l'aurait-il trouvé, son plébéien ? Grossi, hors de forme sans doute. Comment toiser de face le regard de ce grand homme qui avait déroulé son existence maigre comme un clou. Ascétique, concentré sur son immense tâche : être à la hauteur de lui-même. Quitte à s'inventer des échasses ? Sébastien s'était toujours reproché de ne pas l'avoir recontacté, après sa chute. Il serait alors peut-être devenu ce véritable ami, le dernier. Celui sur lequel l'écrivain aurait appuyé ses vieux jours. Il serait encore en vie. Peut-être ?

Dans quelle mesure Plumel était-il responsable de la mort de Maximilien ? Et comment transcender ce sentiment ? À l'heure la plus pénible de la vie de son ancien mentor, il n'avait rien fait de plus que les autres. Saumâtre, il s'était installé à la table des traîtres, dans l'ombre de l'histoire.

Au moment où il commençait à plonger dans cet état de conscience lugubre propice à toutes les mauvaises décisions, son portable retentit. À cette heure avancée de la nuit, ce ne pouvait rien être de bon. Effectivement, le numéro était enregistré dans son répertoire. Thomas Katz venait finir de ruiner sa journée.

- Alors, ce bon vieux Max, que nous avait-il pondu ? Des nouvelles, une thèse, un roman… un porno ? L'histoire d'un gars qui achète lui-même tous ses livres pour se faire une renommée ?

- Bonsoir Thomas. J'ai… j'ai fait des découvertes… déconcertantes.

Il y avait trop d'hésitations dans la voix de l'enquêteur amateur pour rassurer Katz. Sébastien n'avait pas eu le temps d'élaborer une stratégie. Pris au dépourvu, il hésitait lourdement sur la manière qui lui permettrait de sonder au mieux la stupidité de l'homme qui avait envoyé deux personnes faire, en somme, le même travail.

- Quelques textes épars… pour l'instant. Je cherche encore le chef d'œuvre.

- Des pièces ? Des notes peut-être ? Pour un roman qu'il n'aurait pas eu le temps de composer ?

- Pas sûr. À ce stade, je ne peux rien dire de plus.

- Bon, bien. Envoyez-moi toujours cela et je jugerai. Après tout, c'est moi l'éditeur, non ?

- Oui, oui, bien sûr. Il faut juste que je finisse de lire afin de voir s'il n'y a pas une piste vers le gros morceau. Vous comprenez, hein ?

- Pas vraiment. C'est un job plutôt simple, non ? Trouver son dernier manuscrit, le télécharger, et…

- Oui, mais, je me suis fait coiffé au poteau par la deuxième équipe…

- La deuxième équipe ? Vous me parlez de qui ?

- Ben des types de Mémoire Vive que vous avez envoyés.

- C'est vous qui êtes bourré ma parole ? Je n'aurais jamais confié le moindre boulot à ces abrutis. Ils vous ont dit le contraire ?

Des accents pointus de fureur transperçaient de la glose pâteuse de Katz, un manque de contrôle tout à fait singulier, qui trahissait une surprise véridique. Le phonographe qui jouait en fond s'arrêta brutalement dans un bruit de choc qui n'augurait rien de bon. Pris de revers par cette honnêteté inattendue, Sébastien dut improviser son diapason pour raccrocher ses mots à la situation.

- Je… je ne les ai pas vus. En fait, lorsque je suis arrivé, les disques durs étaient déjà colonisés. Impossible d'y lire quoi que ce soit.

- Les connards ! Mais de quel droit ? C'est moi, l'exécuteur testamentaire de Grachin. Ils recherchent peut-être un coup de pub en volant l'image des morts célèbres.

Au moins, il ne lui reprochait rien. Il était temps de conclure et d'essayer d'empocher au moins une petite prime de déplacement.

- Bon, qu'est-ce que je fais, moi ? Je remballe ?

- Surtout pas ! Il faut que vous alliez les voir et que vous récupériez tout ça vite fait.

- Mais je ne suis pas flic, moi. Ni détective.

- Je comprends vos scrupules, mais ne perdez pas trop de temps. Après ce qui vient de vous tomber sur le pif, je pense que vous êtes impatient de toucher vos sous !

- Quoi ? Mais qu'est-ce qui…

- Votre avocat ne vous a rien dit ? Je viens de recevoir une demande des conseillers du jeune pilleur que vous avez pillé… Crambier s'est enfin décidé à vous attaquer en justice !

Le téléphone tomba alors sur le sol du balcon, sans que Sébastien n'ait fait le moindre geste pour l'encourager ou le retenir. Au bout de quelques secondes de silence, l'éditeur raccrocha.

Plus aucune étoile n'était visible dans le ciel.

09 - *Un piège incroyable. Lisez vite pour découvrir*
comment un innocent se retrouve accusé de meurtre !

Sébastien négligeait son temps de brossage depuis le début de l'enquête. Il savait pourtant pertinemment que le mouchard installé sur sa brosse à dent communiquait régulièrement avec le mouchard général de son profil, dont il avait vendu l'usage à un site de commercialisation des données, qui lui-même le mouchardait à sa mutuelle. Son bonus allait bientôt sauter, mais lui n'était pas d'humeur à prendre soin de son enveloppe corporelle ou encore effectuer son footing, obligatoire depuis qu'il avait perdu son travail et risquait la dépression sans une pratique sportive accrue.

L'enfer des objets connectés, avec en toile de fond la dictature des assureurs. Plumel redoutait le jour où les winstubs Alsaciennes et autres charcuteries devraient fermer leurs portes, jugées pas assez light aux yeux des téléphones, montres et autres gadgets informatifs. L'avenir avait su donner toutes ses monstrueuses dimensions aux fantasmes des rêveurs de nombres bien droits.

Mollement, Plumel se résolu pourtant au temps minimal de brossage qui lui assurerait une journée sans fenêtres de rappels hygiéniques. À l'issue de ses ablutions, la matinée - lourde et ennuagée - fut consacrée à la recherche d'un interlocuteur digne de se prendre une pleine volée d'insultes et de menaces. Sébastien, motivé par sa ruine et nouvelle humiliation publique imminente, s'était juré de lâcher sur la sombre tronche de ces odieux voleurs de la MV tout ce qu'il avait toujours voulu débiter sur son compte de grossièreté, horriblement déficitaire à son goût.

Le formulaire de contact rempli furieusement la nuit précédente à partir de leur espace sur l'Omninet n'ayant rien donné, l'homme enragé partit en quête de l'agent qui s'occupait directement du dossier Grachin. Les pompes funèbres qui avaient en charge l'enterrement du défunt – à vide si l'on ne retrouvait pas le cadavre dans les trois jours – renvoyèrent l'enquêteur approximatif vers l'ancien notaire de l'écrivain, qui était toujours en possession du dossier. Celui-ci se montra à peine plus aimable, maintenant que les deux gardes du corps engagés à l'occasion de la cérémonie avortée s'étaient évaporés. Le petit bonhomme moustachu reconnaissait bien avoir rédigé les testaments - physique et virtuel - de Grachin, mais sans vouloir donner plus de détails à cet homme sans preuves ni tampons. Il enjoint son invité à prendre contact avec la représentante locale de Mémoire Vive, avec qui il avait déjà travaillé à maintes reprises afin de faire disparaître les résidus gênants des existences que l'on voulait, à l'heure du décès, parfaitement canonisables.

Contre toute attente, Sébastien avait donc obtenu le nom d'un type parfaitement digne de se faire enflammer. Son nom, Bartok, ainsi que l'adresse du siège local de la MV - qui se trouvait aussi être son siège social selon l'Omninet – suffit à Plumel pour se mettre immédiatement en route. Ils allaient l'entendre ! L'adresse des bureaux, situés trop près de la cathédrale pour éviter les troupeaux de touristes, ne le découragea même pas. Sébastien dut batailler pour s'orienter correctement, utilisant ses lunettes en mode trajet ainsi que ses bras pour baffer les touristes et se composer un chemin à peu près optimisé.

Visiter le siège de la MV serait sans doute une épreuve de force. Le quadragénaire avait déjà, comme tout à chacun, entendu parler de cette société dont le business model avait défrayé la chronique à sa création :

Que deviendront nos données numériques à notre mort ? Ce problème moderne concerne chacun d'entre nous ! Les courriels salaces, photographies compromettantes, mais aussi les créations virtuelles, les communautés auxquelles nous appartenions ; ces choses auxquelles, sans s'en rendre compte, nous avions dévoué la majorité de notre temps de vie. Disparaîtront-elles tout simplement ? Empoisonneront-elles le deuil de nos proches ou pourront-elles leur permettre de mieux vivre cette période difficile ?

Plus d'inquiétudes, la société Mémoire Vive s'occupe de conserver les mots de passe des comptes dont vous lui confierez la gestion, ainsi que des instructions précises quant à leur devenir... et bien d'autres services encore !

La discrétion est à la base de notre métier.

Aucune envie de roussir sous les fourches caudines de ces professionnels de la chirurgie juridique et lexicale, qui lui mettraient la tête à l'envers en moins de deux. Mais quel choix lui restait-il ? Une fois dégagé de la meute et déambulé dans le réseau secondaire des petites rues nettement plus charmantes, il ne fallut pas longtemps à Sébastien pour retrouver le bureau qui n'en était pas vraiment un. Un petit immeuble charmant, sans plaque ni gardes. Étaient-ils incognitos ? Sébastien allait-il tomber sur un centre de recherche confidentiel sans le savoir ? Rien de tout cela. Une longue jeune femme d'origine asiatique répondit après plus d'une minute d'un cognage qu'il voulait sévère à la porte. Quasiment en robe de chambre à cette heure déjà avancée de la matinée, Sébastien s'aperçut qu'il était en réalité chez elle et non dans un local commercial. L'Omninet se serait-il trompé ? Impensable.

L'enquêteur se présenta et annonça le motif de sa visite devant le sourire amusé de la jeune femme. Elle s'avéra être le fameux Bartok, mais ses atours charmants lui retirèrent toute capacité à l'incendier comme il se l'était promis. Plumel fit donc comme si tout était normal, comme s'il s'attendait à ce qui lui arrivait, et traversa l'entrée. Le lieu était propre, mais dépourvu de toute décoration. À l'image de la jeune femme qui ne portait ni bijou ni traces de maquillage. Sobre, voir clinique.

Il s'était attendu à se retrouver face à des locaux sécurisés, à devoir argumenter devant une armée d'avocats ses droits quant à la mémoire de l'écrivain. Devant l'air décontenancé de son hôte, la jeune femme, Noémie, crut bon de se justifier.

- Nous sommes une startup, vous savez.

- À vrai dire… je m'en moque. Je suis simplement là pour récupérer toutes les données que vous avez volées à Maximilien Grachin… et à ses ayants-droits.

Il se retint de dire *mon crétin d'éditeur qui ne m'a donné aucun document prouvant quoi que ce soit.* De toute manière, sa réponse calme fut définitive.

- En réalité, c'est monsieur Grachin lui-même qui a sollicité nos services quelques mois avant sa mort.

- Mais…

Stupeur : il n'y avait rien derrière ce *mais*. Comme un robot à qui l'on pose une question dont ses programmeurs ont négligé de lui fournir la réponse, Sébastien Plumel se rendit compte qu'il s'était rendu sur place sans voir aucune autre justification ou preuve que la parole d'un filou notoire. Comme il se sentait faible face à cette poupée qui souriait désormais poliment, à la manière dont lui-même souriait aux mendiants et aux représentants de commerces, lorsqu'il ne pouvait les éviter. Il fallait faire diversion et lui faire montrer son jeu.

- Vous… vous avez des papiers, un… un contrat qui… qui…

- Bien entendu, tous les documents nécessaires sont à disposition de la justice ou des ayants-droits… dès lors qu'ils peuvent se justifier d'un tel statut bien entendu.

Il se mit à sourire à son tour. De détresse. Il abandonna la bataille des droits en détournant une nouvelle fois le sujet. Mais vers quoi ? Tournant la tête pour la première fois vers le fond du petit appartement, Plumel crut à une blague : le mur était couvert de posters, mais d'un genre inédit. Des atomes, des composés chimiques représentés au niveau atomique. À y regarder de plus près, il s'agissait d'impressions de multiples écrans, et les molécules semblaient former des brins d'Adn en trois dimensions, mais non humain. Plutôt des vertébrés tétrapodes.

- Miss Bartok... seriez-vous biologiste ?

La jeune fille aux yeux légèrement bridés figea ses traits, interdite. Elle s'aperçut que Sébastien scrutait ses affiches géantes et eu un geste de mécontentement, qu'elle maîtrisa avec peine. Pour la première fois depuis le début de leur conversation, elle semblait réellement déconcertée.

- Disons... disons que c'est un hobby. Ouais. Un truc de ce genre, qui m'est tombé dessus l'année dernière, sans faire gaffe.

- Quoi ? Les oiseaux ?

- Les quoi ?

Noémie bascula brutalement son regard vers les images, comme si Plumel lui avait déclaré qu'ils étaient en feu. Elle les fixa pendant plusieurs secondes, sans plus prêter la moindre attention à l'enquêteur. Sébastien en profita pour feuilleter les livres étalés sur l'étagère du mur qui jouxtait les posters. Une bonne dizaine d'ouvrages traitaient de chimie organique, mais ils étaient tous d'un niveau proche du scolaire. À milles lieus des séquences dont la belle asiatique avait orné ses murs. Comme une enfant qui tenterait de comprendre Einstein. Voyant qu'elle ne décollait plus les mirettes, Plumel tenta de reprendre le fil de leur conversation.

- En tout cas, vous vous êtes méchamment plantés. Avec tous les bouquins que ces charognards de journalistes ont retrouvés…

- Monsieur Grachin ne nous a pas demandé de détruire le contenu de sa grange… et d'ailleurs, nous ne nous occupons que du contenu numérique de nos clients… Ce n'est pas de notre faute s'il était… vieux jeu et préférait le papier.

- Et donc… vous allez tout supprimer ? Ses manuscrits, tout…

- Pas dans ce cas. Notre contrat avec monsieur Grachin était un peu particulier, et tant mieux après tout. Notre société évolue vers des services plus avancés et personnalisés. A quoi bon tuer une nouvelle fois les morts en détruisant les dernières traces de leur vie numérique ? Notre service aide les familles à faire leur deuil.

Le discours cousu de bons sentiments de la jeune fille ne le convainquait guère. Sa jeunesse la rendait vulnérable à une confiance absurde et péremptoire en ses propres idées. Surtout, elle étalait sans vergogne cette croyance en elle-même, propre à ceux qui n'ont pas encore trouvé leurs limites. Ses mots trop préparés. Ça sentait le réchauffé : trop bien articulés, trop parfaits en bouche pour être sentis.

Déjà en position de force, elle enfonça le clou assez vulgairement – selon lui - en précisant que malgré sa tenue, elle avait commencé, de chez elle, sa journée de travail vers cinq heures quinze de la matinée et qu'elle était en retard sur trois autres dossiers aussi importants que le sien – en ajoutant une emphase de doute sur le terme sien. Il découvrit en outre qu'elle était à la tête d'une équipe d'une quinzaine de personnes qui travaillaient dans différentes régions, voir pays, et ne s'étaient jamais rencontrés en physique comme elle disait. Elle-même était la responsable locale d'une organisation qui comptait déjà plus de cinq-cents employés. Plumel trouvait l'appartement extrêmement exigu pour une responsable de ce calibre, mais ne souhaita pas engager la bataille sur ce front. Mieux fallait ne pas exciter d'avantage ce dragon chinois, plein de feu.

Ses mots s'enchaînaient désormais comme à la parade, oscillant avec une facilité déconcertante entre la presque menace juridique et le charme à demi convaincu. Lui ne gardait que ce dernier trait de sa personnalité, sans doute le plus véridique, alors qu'elle le congédiait le plus poliment qu'on le pouvait à son âge. L'ancien enragé quitta l'appartement de l'employée – Noémie, comme indiqué sur la carte qu'elle lui avait remis comme un cadeau de départ à la retraite - sans la moindre autre consolation.

Cette défaite était trop lourde, infiniment trop raide. Déjà sans retour, s'il avait effectivement perdu les dossiers du vieux sage. Sébastien avait cruellement besoin d'une victoire afin d'équilibrer sa sortie. Se baladant de rues en rues, sans trop de plans en réserve, il arriva jusqu'à la fontaine de Janus, sur la place de Broglie. L'homme courbé fut tout d'abord attiré par le nom du physicien : hommage nettement plus rare à la science plutôt qu'au sport ou à la chansonnette. Quelques pas de remerciements, puis Sébastien salua l'air apaisé du lieu, ses dimensions, son atmosphère propre à cette lenteur qui était sa religion non confessable. Il y reconnut un lieu ami dont il s'empara, pour y prélasser un temps ses blessures affectives.

À quelques dizaines de pas devant lui, une jeune femme rousse d'une vingtaine d'années relaxait ses orteils au bord de l'eau fraîche, amusée par la statue grandiose du dieu à double-tête qui l'ornait. Plumel continua à avancer, plus lentement. Alertée de l'intrusion par les vieilles chaussures grinçantes de l'ancien enseignant, la jeune femme se retourna et, contre toute attente, lui sourit.

Ainsi mis en confiance, le biologiste défroqué se hasarda à étrenner son nouveau métier d'enquêteur. Après tout, pourquoi pas elle ?

- Dites-moi... vous avez entendu parler de la disparition de Maximilien Grachin ?

- Qui ça ?

L'enquête débutait mal.

- Le professeur... l'écrivain qui a disparu il y a quelques jours ?

- L'auto-lecteur ?

La jeune femme explosa de rire. Sébastien rentra les épaules et baissa la tête, humilié par procuration. Il n'avait jamais autant senti le poids du scandale qui avait suivi la mort de son modèle. Au bout d'un moment, la rousse arrêta de glousser.

- J'ai lu ça dans DNA ou une feuille de chou dans ce genre... C'est bizarre ce truc. Un type qui meurt et dont le corps disparaît comme ça.

- Oui, oui. Vous ne connaîtriez pas quelqu'un qui aurait été en contact avec lui, récemment. Qui pourrait m'en dire plus sur...

- Vous êtes policier ?

- Euh, non...

- Journaliste alors ? Je le savais ! Vous croyez que c'est un coup des extra-terrestres ?

- Hein... non plus, je...

- vous êtes un détective privé ?

- Heu... Oui.

C'était presque vrai.

- Whouaah. Ben, moi, je ne sais pas, mais si vous voulez, allez donc chez Yvonne, j'y bosse comme serveuse. Y'a-toujours des clients qui connaissent du monde là-bas.

Plumel connaissait la petite winstub pour y avoir avachi quelques après-midis de déprime sur la qualité médiocre de sa production littéraire. Il y avait même brûlé l'un de ses textes les plus mauvais dans le four de la petite cuisine, sous l'œil amusé de la patronne et l'influence des bières alsaciennes. Lentement, la jeune fille s'en alla, mais avec un sourire à suivre. Des lèvres qui remirent un peu de vie dans son cœur.

10 – *Le chapitre que vous attendiez :*
L'incroyable histoire d'un rétroviseur fissuré

La jolie rouquine s'était envolée. Dans son sillage disparut la béquille sentimentale qu'elle lui avait, un temps, fournie. Comme pour souligner ses errements, le temps bascula pour le pire, par gouttes frénétiques, et sa mémoire se remit à l'assaut de ses yeux. Strasbourg, ville douloureuse où chaque caresse laissait Sa griffe ; chaque femme effleurée, Son souvenir charrié par croûtes fissurées.

La pluie glissait la démarche des flâneurs en saccades agacées. Sébastien hésita entre un abri de fortune et le courage d'affronter les gouttelettes. Il choisit à moitié le courage, par étapes. Traverser l'air hachuré de gouttes, jusqu'à l'ombre tranquille d'une boutique. Y attendre la fin, en surprenant de petites scènes urbaines de panique. L'un relève sa veste pour s'en faire une capuche, l'autre hésite devant le dilemme éternel : se cacher ou poursuivre.

Au sortir du règlement de comptes qu'il comptait organiser avec la MV et dont il avait été, au final, la seule et unique victime, Sébastien ne trouva pas d'autres pansements que ses souvenirs. Que faire d'autre, maintenant que le paysage lui était retiré par l'ondée ? Même si, pour chacun d'entre ses fragments de vie asynchrones, il connaissait la fin, et que cette fin était la source même de toutes ses brûlures. Plumel pouvait au moins encore contrôler les extraits qu'il présenterait à sa conscience. Peut-être le florilège de ses plus beaux sourires ?

Comme un océan qui reprenait possession d'une île, le quadra défraîchi n'avait plus d'autre alternative que de se laisser happer pour rendre le retour à son hôtel moins pénible. Le temps recula jusqu'à ce qu'il pouvait désormais appeler son âge d'or. Avant tous ses ennuis. Avant sa funeste rencontre avec le jeune Crambier. Avant la honte qu'il lui avait infligée. Avant toutes ces épines, il se revoyait, beau et bête. Lorsqu'il avait son âge, l'âge de cet affreux gamin qui avait pourri son existence, Sébastien Plumel avait signé le plus bel été de sa vie, ainsi que l'un des plus lourds en conséquences et débris sur sa trajectoire.

Dans ce film maintes fois joué, la première séquence était, invariablement, celle du train. Répondant à l'invitation de celui qui venait tout juste de consentir à devenir son directeur de thèse, Sébastien filait trouver l'inspiration. Le trajet jusqu'à la gare, puis de gare en gare – avec un roman de Philip Marlowe comme compagnon - et enfin de la gare à la maison Haberzeller. Une succession d'images apeurées s'accrochèrent à sa rétine. Qu'avait-il oublié ?

Le biologiste en herbe se savait incapable de réussir les préparatifs d'un tel périple au cœur de son moignon de créativité. S'il existait bien. Comme on est faible lorsque l'on se scrute ! Dans un élan de folie préemptive, le jeune homme concocta un plan impossible : embarquer avec lui un maximum de ce qu'il considérait comme référence et réussite littéraire, à la manière d'une digue, un filet de sécurité contre tous les aléas de la page blanche. Son maillage d'inspiration, comme il l'avait surnommé au jaillissement de l'idée, qui s'était lentement transformé en un boulet verbeux. Toutes les références possibles sur tous les sujets dont il aurait, de près ou de loin, éventuellement besoin. Un trop-plein d'horizons qui contrecarrait la méthode de l'éloignement en pleine face. Pauvre petit étudiant qui avait trouvé le remède au remède qu'on lui avait prescrit ! Plumel se retrouverait assailli – physiquement d'abord, puis psychiquement - s'il s'entêtait dans son idée. Cette abondance superficielle se révèlerait vite indigérable. Indirigeable vers un acte littéraire propre et direct.

Loin de toutes ces considérations de haut-vol et de long terme, le mulet qu'il était devenu - à cause de sa méconnaissance profonde de lui-même - avait débarqué avec une vague adresse griffonnée sur un bas de page. Hors de question de se payer un taxi. Une personne, puis deux, lui indiquèrent gentiment des chemins qui s'annulaient. À droite, puis à gauche, toujours à rebrousse-sens mais en pleine certitude. Leur bienveillance comme des fraises hors saison, lui coûta une bonne heure, puis une deuxième à rétropédaler.

Plus tard dans la matinée, sa connaissance des dédales strasbourgeois s'était nettement améliorée, à l'exception de tout ce qui concernait de près ou de loin la maison de son professeur. Une dizaine de personnes s'étaient déjà fourvoyées à ses dépens, lorsqu'il trébucha sur un stratagème un peu plus cohérent : demander aux commerçants du coin.

La toute première tentative dans ce nouveau registre fut un échec cuisant, car le vendeur de pizza s'avéra ne parler ni français, ni même italien, et bien que son accent japonais ait pu être agréable et exotique, il fut parfaitement inutile au jeune égaré. La boutique suivante était une coutellerie. Sébastien avait déjà entendu parler du fameux couteau alsacien, le Massu, qui faisait la fierté de la ville de Thiers, voisine. Fatigué par toutes ses déambulations infructueuses, il profita du soleil vivace pour faire une pause devant la vitrine, afin de repérer un modèle qui lui plaisait avant d'entrer et de faire d'une pierre deux coups. Nul doute que le commerçant serait plus enclin à aider un client qu'un parfait inconnu.

- Le mien est plus joli que tous ceux-là !

Derrière lui. La voix était jeune et féminine. Sébastien se retourna et vit une belle blondinette qui lui souriait.

- Mon couteau, c'est mon père qui me l'a donné. Juste avant qu'il ne parte je n'sais où. C'est la seule chose qui me reste.

La candeur de la jeune femme éventra Sébastien. Jusqu'au cœur. Quelques phrases s'échangèrent. Plumel lui fit le conte de ses mésaventures et en profita pour lui demander son chemin. La jeune fille radieuse insista, non seulement pour le lui indiquer, mais aussi pour le conduire elle-même. Était-elle honteuse du comportement de ses compatriotes ? À la grille, mains croisées derrière le dos, mais souriant : Grachin attendait son fils prodigue dans une pose faussement décontractée.

- Ah, elle vous a enfin trouvé !

Le jeune homme lança un regard perdu à sa bienfaitrice : celle-ci éclata d'un rire aérien. C'est ainsi, sur le porche de la maison, qu'il en tomba amoureux.

Mathilde. La première évidence de son existence.

Par bribes, il apprit son histoire. Elle travaillait depuis l'enfance pour le grand écrivain. Sans doute l'admirait-elle. Un signe contraire, pourtant : la gêne épaisse qui envahissait la pièce dans laquelle ils se retrouvaient. Excès de respect et de bonnes convenances ? Elle ne lui avait jamais confié la clé de ce jeu d'ombre.

Les souvenirs de Sébastien étaient rouillés, grinçant en relecture. L'amoureux transit qu'il serait à jamais se rendit vite compte qu'il ne faisait appel qu'à l'image de Mathilde. Au contraire, son idée, c'est-à-dire l'idée d'elle, en tant qu'être doué d'une pensée et d'une volonté propre s'était dissout au fil des années. Il ne lui restait d'elle qu'une rémanence de contes de fées, impropre à peindre les formes sublimes de sa rébellion. Plumel le savait pertinemment, il percevait les contours chanfreinés de toutes ses imperfections, mais en abdiquait simplement l'existence. Il se savait incapable de la contenir, en propre, dans son esprit. Trop d'air et de liberté, un caractère qu'il n'arrivait toujours pas à cerner. Devant la tâche imprenable, il préféra revenir à son rétroviseur, même fissuré.

Les journées qui suivirent l'arrivée de Sébastien furent consacrées à l'acclimatation, décélération brutale pour ce citadin qui ne voyageait que par les livres. Trouver sa place, les lieux qui porteraient ses idées, ceux qui les étoufferaient aussi, afin de calmer ses erreurs. Jeter tout le superflu.

Surtout ça.

Les livres trop lourds, trop bien écrits pour être utiles à comprendre quelque chose. Comment percer l'architecture du livre, son ossature, trop bien dissimulée par les esthètes de l'apparence ? Il lui fallait du brut et de l'honnête : l'inverse de ce qu'on lui avait appris à aimer à l'école. Car sa quête requérait, avant même d'apprendre un art de la composition et de la phrase, de désapprendre tout ce qui l'avait fait trébucher et esquinter ses mots lors de ses précédentes tentatives. Retisser ses filets lâches qui ne retenaient que l'air du temps.

Guetter une idée, la piéger. Puis une autre afin de faire vibrer la première. Mélanger sans étaler, garder concentré. La chambre de l'étudiant, quasiment monacale, fut le théâtre de ce combat. Aucune distraction possible, seul le travail d'un esprit libre était autorisé. En y repensant, le quarantenaire qu'il était aujourd'hui trouvait bien des ressemblances entre sa cellule d'alors et la pièce dans laquelle Noémie Bartok l'avait accueilli si fraîchement. Était-elle dans la même recherche créative, ou se moquait-elle juste de l'esthétique de son lieu de vie ? Pour contenir cette intrusion de son présent affligeant, l'empêcher de pourrir son mausolée en cours de songe, il lui fallut se forcer à revenir - en pensées car il ne pouvait encore le faire physiquement – dans la petite chambre.

La première bataille de Sébastien fut d'éviter à tout prix de remplacer ses idées fausses par celles de son maître. Il avait compris, d'instinct, qu'il lui faudrait, non pas absorber les idéaux d'un autre, mais générer les siennes. En propre.

À titre d'exemple, il insista pour utiliser son ordinateur lors de ses séances d'écriture, ce qui fâcha considérablement Grachin, rigidement rétif à toute technologie autre que le papier et la plume. Même si son éditeur avait réussi – par les fers de la finance – à forcer le lion de Strasbourg à ne lui transmettre que des textes dactylographiés, il perdait le plus clair de son temps à griffonner des notes, puis demandait à la secrétaire de l'université de les lui retaper. Comment s'y prenait ce vieux charmeur pour faire trimer cette femme peu accommodante sur ses manuscrits ? Jamais Plumel n'osa y penser.

Durant la totalité approximative – celle de sa mémoire - de son séjour alsacien, le jeune homme vécut, non pas en ermite, mais en retrait de la vie de la maisonnée. Trop conscient du formidable pouvoir de dispersion que la jeune Mathilde exerçait déjà sur lui. Comme les soirs d'avant tempête, il chérissait ces phases muettes de distraction, toujours dédiées à nourrir son œuvre à venir.

Grachin avait-il vu les liens qui s'étaient tissés à l'arrière du visible ? Les non-dits trop clairs pour perdurer. L'aigle observait tout, mais laissait faire. Ce jeu dura près de deux semaines avant que Mathilde ne brise, par saccades heurtées, l'isolation volontaire de leur hôte.

La première fois fut un choc, la deuxième le désarçonna encore. Plumel retrouvait la jeune fille dans sa chambre ou dans n'importe quelle autre pièce, assise, debout ou couchée. Devant lui, mais ses yeux vides et fixes. Au bout d'une semaine de ce régime, le jeune homme s'étonnait presque de ne pas la retrouver à l'intérieur de son placard, alanguie dans sa salle de bain ou autre.

Ses irruptions incongrues n'étaient en rien le fruit d'une personnalité sans-gêne ou d'une forme de folie. Ce comportement rendait d'ailleurs la jeune fille rouge de honte dès lors qu'on lui en parlait. Mathilde souffrait d'une forme latente de somnambulisme, rétive à toutes les formes orthodoxes de traitement. Le mal, diagnostiqué par un grand spécialiste ami de Maximilien, n'avait pas empêché celui-ci d'embaucher la jeune femme. Malheureusement, de mois en mois, son état allait en empirant. La nouvelle de ce petit malheur, ce désastre intime qu'il sentait dans sa chair comme étant un peu le sien, rompit net tout effort que l'étudiant aurait pu accomplir. Incapable sous ce poids par procuration de trouver une chaîne causale, une suite d'idées pour ébaucher son premier ouvrage. À cette époque, Sébastien était encore un enfant, dans ses sentiments. Le malheur n'était pour lui qu'une légende ou un pays étranger. Aussi, lorsque le jeune Plumel entr'aperçut la possibilité de lever l'hypothèque qui grevait sa créativité ainsi que l'existence de sa future bien-aimée, il bondit sans hésiter.

Un matin, lors d'un petit-déjeuner maussade car il inaugurait une nouvelle journée vierge, le jeune homme apprit que Mathilde avait enfin obtenu un rendez-vous avec une sorte de spécialiste de son affliction. Le début de la conversation avait été brumeux, mal dégrossi par ses oreilles en deuil. Le message finit néanmoins par arriver jusqu'à sa cervelle. Le professeur Patel, sommité du monde médical – totalement inconnue de Plumel - avait été, il y a bien des années, celui qui avait pratiqué son diagnostic. Il avait donc accepté de reprendre son cas, pour juger de l'opportunité de modifier son traitement qui s'était révélé incapable de calmer ses crises de somnambulisme. Sébastien, sans trop savoir pourquoi, ou sans trop se l'avouer, se proposa pour l'accompagner.

- Je vous dois bien cela à tous les deux, se contenta-t-il d'expliquer, avec dans sa voix la plus grande candeur dont il était capable.

Ravi de pouvoir se concentrer sur son écriture en lieu et place de la corvée de cette sortie, le grand écrivain donna sa bénédiction la plus totale à la promenade.

L'été était doux, accueilli par les rues colorées des maisons à encorbellement. Les deux jeunes gens défilèrent par des petites ruelles dont Mathilde avait usé les pavés depuis sa plus tendre enfance. C'était elle qui guidait le pauvre Sébastien, chaperon bien inutile. Plumel laissait planer ses pensées en direction de la jeune fille, faisant le décompte des possibles sans écouter ses histoires doctes – ou imaginatives - sur tel ou tel édifice voisin.

Ils déambulèrent ainsi jusqu'à l'officine du médecin, joyeusement oublieux du retard qu'ils accumulaient à chaque pause et détour vaguement touristique. Était-ce la première fois que la jeune fille avait un garçon à ses pieds, de toute évidence prêt à tout faire pour lui plaire ? Ce sentiment doucâtre tempéra ses appréhensions naturelles. Tout au long du trajet, Mathilde arbora le plus joli des sourires, sans ombre portée à la perspective d'alourdir son déjà pénible traitement.

Quand ils débarquèrent enfin, le praticien, mis en retard par la promenade indolente des jeunes gens, ne fut pas très hospitalier. La consultation, rapide et sans âme, donna un résultat proprement ahurissant. Le médecin, un homme gras à moustache, suggéra tout simplement à Mathilde d'arrêter son traitement et toute prise de médicament.

- Ces pilules-là, votre corps les rejette. Pour vous guérir, jetez-les toutes et apprenez à vous reconnaître. Faites beaucoup d'exercices pour fatiguer votre corps et vous vous remettrez à dormir normalement. Corpore sanum !

Les conseils du médecin-girouette décontenancèrent la pauvre Mathilde. Sébastien ne l'avait jamais vue aussi perdue, comme si on lui avait enlevé les directions de son sens commun.

- Mais il faut bien que je fasse quelque chose quand même... une action ? Autre chose que juste rien ?

- Eh bien... pourquoi pas ? Vous devriez peut-être visiter la cathédrale.

Était-ce une blague ? Plumel agrippa les rebords de son siège, choqué par la suggestion iconoclaste du praticien. En parfait rationaliste, le jeune apprenti-savant haïssait, à cette époque et aujourd'hui encore, la perte de temps et d'énergie que constituait la religion et la prière. Pourquoi les sons émis en une langue ou une autre auraient-ils la vertu d'abolir la réalité ? Pourquoi auraient-ils un pouvoir plus grand que le brame du cerf ou le cri d'un éléphant ? Bâtie sur le vent de l'espérance aveugle, elle ne lui avait jamais rien apporté de prouvable, et la moindre mention de quoi que ce soit de cet ordre tordait son être. Voyant le jeune protégé de son ami devenir vert pomme, le docteur Patel prit soin de lui expliquer sa position.

- Pour moi, cette jeune fille doit trouver le repos *naturellement*. Mais pour vous, jeune homme, vous ne pouvez pas dire que vous connaissez Strasbourg tant que vous n'avez pas vu le rayon vert qui illumine de temps en temps la cathédrale. C'est fantastique. Il s'agit d'un des vitraux qui projette une lumière parfaitement alignée avec...

Le jeune amoureux cessa d'écouter le palabreur pour concentrer ses sens sur Mathilde. Le nouveau traitement que Patel lui conseillait, c'est-à-dire du vent sous ordonnance, était-il raisonnable, même en tant que placebo ? La réputation du praticien, peut-être acquise en soignant des vieilles rombières auprès desquelles sa moustache frisée faisait encore effet, ne masquait-elle pas un poseur ?

- C'est une très bonne idée ! Moi qui suis strasbourgeoise de naissance, je n'y ai jamais mis les pieds !

L'affaire fut entendue, à la seconde où Mathilde prononça sa sentence. À son esprit défendant, le grand dadais maigrelet et si influençable que Plumel était alors, trouva soudainement l'idée seyante. En sortant du cabinet médical, ils se mirent donc à trottiner sans un mot de plus vers l'édifice. La jeune fille aux anges et le garçon en route pour son enfer personnel. Sa créature intérieure, celle qui obtenait toujours gain de cause en temps normal, hurla à la trahison. Une autre déesse dominait ses pensées et leur assouvissement.

Les pas s'enchaînèrent. Au sein même du troupeau de touristes que déjà, Sébastien conspuait. Jusqu'à se confondre avec lui. Jusqu'à la façade monumentale. Un sourire de Mathilde annula toutes ses envies de fuite. Ils entrèrent.

Assez jolie vue de l'extérieure, armée de lignes classiques et élancées, l'intérieur de la cathédrale ressemblait d'avantage à un magasin qu'à un lieu de culte : livres, cierges en vente. Dans un coin, on notait même avec horreur la présence d'un bas-relief qui n'était éclairé que lorsqu'un badaud insérait une piécette dans un horodateur épais et vulgaire. Le procédé ridicule ne révoltait toutefois pas les quelques touristes qui finissaient toujours par craquer et insérer l'obole, à la grande joie de Mathilde qui semblait fascinée par la scène éclairée. Les membres de la délégation du domaine Haberzeller stationnèrent encore un peu. Un peu trop longtemps, sans doute, car le projecteur cessa de faire son office. Quel part de jeu, de test dans la réaction de Mathilde ? La jeune fille se mit à regarder Sébastien avec ses yeux de biches. Sans un mot mais comme un défi. L'athée ne résista que pour la forme et, culotte baissée, sortit son portemonnaie. Ses hautes résolutions siphonnées par un unique regard.

Au sortir de cette séance peu glorieuse, Sébastien se sentit malgré tout plus proche que jamais de Mathilde. Le sort de la jeune fille, sa santé s'était peu à peu superposée dans l'esprit de l'étudiant à son propre bien-être. Pour lui, l'un était devenu la condition de l'autre. Or, depuis qu'il avait appris sa maladie, une question agaçait ses pensées. À l'époque, les objets connectés n'avaient pas encore posé leur emprise sur le quotidien, mais ils étaient déjà très bien implantés chez certains malades. Pourquoi Mathilde ne s'équipait-elle pas d'une montre ou d'un bijou qui l'avertirait en cas de rechute ? Rien de plus simple que de connecter son podomètre à une alarme, ou quelque chose dans ce genre. Et pourquoi ce charlatan de Patel ne lui avait-il pas proposé ?

- Parce qu'il me connaît mieux que toi !

- Tu es allergique à la modernité ?

À ce moment, Mathilde stoppa nette sa marche. Sébastien crut qu'il l'avait blessé, mais elle ne s'était arrêtée que pour pouvoir prendre le temps des mots justes.

- À la modernité, non. À l'esclavage, oui. Etre en permanence équipée de mon petit espion personnel, ça ne me dit rien.

- Tu as peur qu'on te le pirate et qu'on vole tes données…

- Même pas. Mais te rends-tu compte ce que cela signifie ? être l'esclave de soi-même, en somme. Si je fais cinquante pas aujourd'hui, je m'oblige à en faire cinquante-et-un demain ?

- Mais justement, c'est pour ton bien, pour ta santé et…

- Je préfère franchement mourir que de voir ma vie gérée par un programme. Et mes données personnelles, je les garde pour moi.

Vendre mon profil, un accès à mes activités sur l'Omninet, les choses que j'aime ou non… c'est inhumain. Je ne suis pas quantifiable. Je ne suis pas la norme. Quand j'étais enfant, on nous faisait frémir à coup de récits imaginaires sur des mondes dans lesquels les individus vivaient dans des prisons à ciel ouvert. Toutes leurs actions se trouvaient filmées, analysées, critiquées. Aujourd'hui, on nous vend ce cauchemar. Et nous sommes censés nous enchaîner nous-même !

La réplique avait cloué Sébastien. De cette conversation naquit son aversion tenace pour ce que la jeune fille nommait les objets enchaînés. Qu'aurait-elle dit de ce monde dans lequel la totalité des consommateurs étaient eux-mêmes devenus des marques, des produits qui vendaient non seulement leurs données, mais aussi leur goût et fidélité aux sociétés qui s'affiliaient à leurs flux informatifs ?

Ils reprirent leur promenade sans plus un mot, et le reste de la promenade fut sans encombre. En apparence. L'intérieur de Plumel bouillonnait, mais rien d'altier et de définitif ne venait. Rien à déclarer. Aucun mot pour Mathilde, aucun mot pour son livre inexistant. Ce lieu, ce temps, censés lui apporter la paix et la liberté de créer étaient devenus le tombeau hurlant de ses frustrations.

Les journées défilaient, en double. La surface le présentait sans cesse en train de chercher, de réfléchir, peut-être même s'amuser de temps à autre. La profondeur n'était qu'un abîme qu'il avait progressivement renoncé à sonder. La fin des vacances de Plumel fut marquée par un immense sentiment d'échec. Rien n'était venu. Aucune lumière, pas même un début de méthode pour vaincre les blocages insensés qui grippaient ses mains à chaque occasion où une feuille rencontrait un stylo.

Le jeune homme qu'il était se désespérait de ne pouvoir aligner les mots avec la facilité de celui qu'il voyait de plus en plus comme son modèle. En acceptant son invitation, il avait espéré retrouver les conditions dans lesquels le lion opérait, la formule magique qui lui donnerait une inspiration continue.

La respiration secrète de l'écrivain.

À défaut, le gringalet déposa dans sa besace un autre trésor qu'il conserverait toute sa vie : un art de vivre. Sébastien prit progressivement goût aux balades en lisière de cette petite forêt de hauts-chênes qui parcouraient le domaine. Isolé du tonnerre de la vie, libre de se déplacer à son rythme et surtout de faire du surplace. Il appréciait le contact avec certaines espèces animales qu'il n'avait jusqu'à présent vu que dans des livres. Les inoffensives couleuvres en particulier, qu'il tentait de crayonner avec ses deux mains gauches. Des ébauches estropiées qu'il prenait un haut plaisir à brûler dans les fourneaux de l'une de ses winstub de beuveries, là où il saoulait ses ambitions. Le rituel pyrotechnique irritait Mathilde au dernier degré. La jeune fille, malgré ses suppliques répétées, n'avait jamais décroché la permission d'admirer la moindre de ses croûtes. Trop d'orgueil mal placé, enkysté derrière le cuir de la chair. Trop de lui-même, trop proche de ses entrailles. À vif. Grachin pouvait bien cracher toute sa bile : la peau encaissait et ne faisait qu'ajouter au tannage. La moindre remarque de Mathilde l'abattait tout entier : du cuir adipeux à la charpente osseuse.

Hors du royaume des êtres humains, le jeune orgueilleux s'autorisait plus de vérité. Il se faisait volontiers étudiant humble de la nature. Sébastien pouvait laisser glisser des heures entières à découvrir des cours d'eau minuscules qui apparaissaient et disparaissaient entre deux rochers, peuplés d'espèces inconnues d'insectes. Jour après jour, le rythme de la ville s'effaçait en lui et une forme de quiétude s'installait lorsqu'il parvenait à taire ses frustrations littéraires et amoureuses. Un calme qu'il pressentait comme la clé du succès littéraire et scientifique de Grachin. Il aurait radicalement aimé écluser sa vie entière dans cet état clos et suffisant. Ce sentiment surgissait comme une vérité brute, la vague émotionnelle la plus honnête qu'il ne vivrait jamais, lui prêtant de petites ailes pour rêver quelques temps au-dessus des faits trop durs.

Tout bascula trois semaines - jour pour jour, comme un fait exprès - avant la fin de sa retraite. La fin de la soirée était douce, annonciatrice d'un automne qui prenait ses marques et ses aises. Le jeune amoureux – il pouvait bien se l'avouer, au moins dans la nudité de ses souvenirs, une quinzaine d'années après les faits - rentrait d'une de ses incursions. Le jeune dépité avait prolongé sa balade, l'étirant d'un bon tiers de sa durée. Il savait qu'elle serait l'une de ses dernières. Comment retenir ces odeurs, même celles des fruits trop mûrs, bien plus réelles et instructives que n'importe quel livre spécialisé ? Tout devenait si précieux au fur et à mesure qu'il se rapprochait de la maison. Par deux fois, il bifurqua, évitant le chemin d'évidence comme n'importe quel animal devant son abattoir. Tout était prétexte à saisir.

D'un coup, des cris fendillèrent le vide devant lui. Était-ce là l'expression concrète qu'il avait tant recherchée de cette voix du néant dont Grachin lui avait rabattu les oreilles ? L'idée amusa Plumel un moment. Il fit un pas de côté, pas franchement vers cet événement nu de toute signification. De nouveaux cris. Un animal, qui s'était pris dans un piège ou avait été victime d'une chute grave. Sans plus y réfléchir, pris par l'urgence des suppliques qui montaient en gamme, il se dirigea au jugé et finit par trouver l'origine de la plainte.

Victime d'une nouvelle crise de somnambulisme, sans doute causée par l'arrêt brutal de son traitement, la pauvre Mathilde venait de se réveiller au bord de la chute. Son corps, à peine retenu, pendait dans le vide d'un grand puits sans profondeur visible, probablement abandonné. Pour ajouter à l'horreur, ce qui restait de l'ouvrage chancelait littéralement sous son poids.

En toute précipitation, Sébastien se jeta au sol, agrippa les deux bras de Mathilde et tira de toutes ses forces et de toutes celles de sa rage en face de l'incompétence manifeste du médecin qui l'avait persuadée de l'absurde. Sous les pressions désordonnées de son chevalier sans armure, la jeune fille lâcha à moitié, épuisée par les efforts déjà fournis et entaillée sur toute la longueur de son bras gauche. La plante de ses pieds nus râpait contre une légère pointe de pierre, qui représentait à la fois un supplice et son dernier véritable point d'appui avant la chute. Désemparé, Sébastien pris le bras encore valide de Mathilde avec ses deux mains et tira à nouveau comme il le pouvait, comme le Parisien intellectuel qui se retrouvait dans une situation désemparante.

Au bord du désastre, en retard de deux ou trois qualités pour sauver la jeune fille, l'étudiant trouva dans tout ce qu'il ne lui avait pas encore avoué les ressources qui lui manquaient. Ensemble, ils ne laissèrent pas la peur l'emporter. Mathilde regroupa son énergie, calma son souffle, refusa que la panique ne paralyse son corps. Alors que Sébastien se désespérait de ne pas être assez fort pour la soulever, elle sortit soudain de sa poche son couteau, qu'elle enfonça profondément d'un coup sec, entre deux pierres.

S'en servant comme d'un appui, il lui permit de remonter suffisamment pour faire basculer son corps vers l'avant. À force de négociations incessantes avec la paroi et en s'accrochant aux bras de Sébastien, elle tira, poussa sur toutes les cales improvisées qu'elle trouva. Au terme de près de deux minutes d'efforts intenses, Mathilde parvint enfin à s'extraire du puits. Épuisés, les deux jeunes gens restèrent plusieurs minutes allongés, leurs souffles lourds s'harmonisant. Petit à petit, il l'aida à se relever. Ensemble, Sébastien la tenant par le bras, ils se mirent en route, vers la maison. Il y eut peu de mots échangés lors de leur retour, encore trop vissés sur la catastrophe avortée pour crever cet abcès qui retenait leur avenir.

Le preux chevalier, étonné par ses propres prouesses, raccompagna sa demoiselle jusqu'à la buanderie qui faisait office de cabinet de médecine. Le lieu, abandonné à tout entretien, possédait donc un charme typique d'une certaine époque - avec sa boîte de pansements et de mercurochrome forcément périmé mais qui, du coup, avait au moins l'avantage de piquer moins. Était-elle prête à céder à ses avances ? L'idée traversa la cervelle de Sébastien, mais une autre y régnait déjà, plus forte encore. Après s'être assuré qu'elle était, autant que possible, remise de ses chocs, Plumel prit congé et se précipita dans le bureau de Maximilien, dans lequel il fit irruption sans même frapper.

- Vous savez ce qu'il vient d'arriver ?

Essoufflé, haletant comme un bœuf, les mots d'urgence et l'expression exorbitée ne perturbèrent pas Grachin outre mesure. Il prit néanmoins un ton légèrement plus haut, pour s'accorder au minimum de son interlocuteur.

- Je vous ai vu rentrer, toi et Mathilde. Je m'inquiétais de l'heure tardive de votre escapade. Elle a encore fait une de ses crises ?

Devant le mur d'incompréhension, Sébastien retint ses coups, en considérant que l'employeur de la jeune fille n'avait pas la moindre notion de la gravité des événemets qui venaient de se consumer.

- Un peu plus que ça, cher maître. Cette fois, elle a carrément failli se tuer ! Et tout ça à cause d'un satané puits dont la poulie est à moitié écroulée. On le voit à peine affleurer, vous vous rendez compte à quel point c'est dangereux ?

Mis sur la défensive par l'agressivité éruptive de son jeune disciple, l'auteur tenta de se montrer conciliant.

- Oui, oui, je comprends. Il faudra faire un peu plus attention. Peut-être mettre un panneau ou…

- Mais vous êtes inconscient ? Il faut être fou pour garder ce puits ouvert. Vous devez absolument le faire écrouler ou au moins le recouvrir !

La pensée, qui paraissait sans doute absurde à Maximilien, éveilla en lui un sourire distant. Devant l'incompréhension manifeste de Sébastien qui débordait en colère, l'enseignant choisit ses mots. Dompter le jeune impétueux sans user de cette brutalité qui est la marque, le révélateur des impuissants.

- C'est un très vieil ouvrage.

Une pause contemplative, qui marquait le début de la leçon.

- Mon père l'a monté, pierres après pierres : la fierté de son existence. Peut-être d'avantage que ma naissance, qui sait ? Ce qu'un homme fait de ses mains, ce que son labeur cumulé engendre…

Une trêve tacite fut signée. Sébastien rentra dans la conversation, toujours curieux d'en apprendre plus sur la vie de Grachin, et conscient que la bouderie serait veine et puérile.

- Je ne savais pas que cette maison vous avait été léguée…

- Non, non. Mon père était le jardinier d'un riche propriétaire. Son seul fait de gloire a été de faire sauter des trains pendant la guerre. Toute sa vie, il s'est tué à la tâche sans pouvoir me transmettre le moindre héritage. J'ai racheté cette demeure avec tout l'argent que j'avais et en prenant un crédit sur ce que je n'avais pas encore !

Il souriait en prononçant ces mots, mais sa voix trahissait une douleur contenue. Rétrospectivement, le Plumel d'aujourd'hui se disait que l'auto-lecteur avait payé à un fils le lourd labeur de son paternel.

Mais les mots de Maximilien revinrent tinter l'esprit de Sébastien. Une fois la brisure de l'histoire de Grachin et des explosifs de son père amandée, le bureau était redevenu calme. À bout de mots, l'écrivain, debout et mains croisées dans son dos, se contentait de poser le regard sur son portrait de Nicéphore Niepce, qui le regardait avec ses yeux éternellement doux, comme pour signifier une communauté d'esprit qui les relayait à travers les siècles. L'étudiant brisa sans vergogne la transe de son maître.

- Alors ?

Grachin réorienta ses pupilles sans tourner sa tête ou son buste. Dès les dernières miettes de leur conversation éparpillées, il avait visiblement transferé son atention vers un autre interlocuteur, de plus haut vol.

- … vous allez me le dire ?

Sébastien ne lâchait pas, forçant son enseignant à redescendre afin de lui répondre, sur un ton sec qu'il espérait dissuasif.

- Quoi donc ?

- Ce tableau. Vous le regardez intensément à chaque fois que nous discutons. Je suis certain que vous mourrez d'envie que je vous demande pourquoi vous avez accroché ce portrait au milieu de votre bureau ?

- Tu veux dire, ce seul portrait ou pourquoi celui-là en particulier ?

- Eh bien… les deux.

Candide et honnête. Sans parade, donc. Maximilien s'exécuta. En lui parlant de son histoire familiale, Grachin avait fissuré l'armure. Il devait l'assumer.

- J'aurais pu mettre Darwin ou d'autres, mais seul Nicéphore Niepce m'inspire. Connais-tu son histoire ?

- Je ne sais même pas qui est ce type, alors, son histoire…

- Tu ne connais pas Niepce ?

Les bras du grand professeur en tombaient sans arrières pensées. Il semblait découvrir toute la crasse de l'Éducation Nationale qui fabriquait industriellement les taches culturelles de l'avenir de la nation pour laquelle il avait encore à l'époque, un amour blanc.

- Eh bien, je vais te le présenter. Il s'agit du scientifique qui a inventé la photographie.

- Ah bon, je croyais que c'était…

- Daguerre ?

Le regard de feu de Grachin incitait Sébastien à retenir ses mots, mais le mal était déjà sur la table, alors autant ne pas risquer plus en jouant l'absurde hypocrisie de nier ses propres lacunes.

- Ben… oui.

- Pas du tout. Tout comme Edison a volé à Nikola Tesla les principes du courant alternatif et s'est attribué bien d'autres inventions, Daguerre endossa la figure du découvreur de cette merveille. Mais sans Niepce, pas de développement photographique.

Les yeux de son jeune élève ne marquèrent sans doute pas suffisamment d'émotions pour relayer le poids de cette information. Grachin en prit ombrage.

- Bien sûr, ta génération s'en moque. Ça ne vous fait ni chaud ni froid avec vos appareils modernes, plus besoin de développer quoi que ce soit, tout est instantané... Mais vous y avez perdu un processus qui apprenait la patience, et sans doute beaucoup de réflexion.

Sentant qu'il s'était laissé entraîner à une de ses rengaines contre la technologie, Maximilien revint sur son sujet.

- Niepce vécut une existence de famines et de bouleversements. Avec son frère, rien ne comptait d'autre que ses inventions. Cet homme a tout connu : la monarchie, la révolution, l'empire... Il a travaillé plus de dix ans pour mettre au point son système. Pour finir, Daguerre lui a volé les lauriers de la gloire et il est mort pauvre et sans amis.

- Et c'est votre modèle ? Je ne suis pas sûr que suivre son exemple soit...

Les mots du jeune Plumel filaient désormais sans barrage. À trachée ouverte. L'écrivain dut s'employer afin de juguler le torrent.

- Cet homme était un génie, mais pas un homme d'affaire. Pour réussir, il faut plus que des idées.

- Mais moi ? Comment puis-je espérer faire une carrière…

Le jeune homme voulait dire *comme la vôtre*, mais il se révolta immédiatement contre la tournure falote.

- … une carrière littéraire en plus de mes recherches, si j'ai de telles lacunes ? Vous savez très bien que dans le monde scientifique d'aujourd'hui, si on veut réussir, il faut faire plus que des recherches. Il faut faire du médiatique. S'exprimer dans des livres, diffuser ses idées auprès d'un large public.

En bruit de fond de leur conversation et des inquiétudes légitimes du jeune homme, leur monde si moderne, c'est-à-dire en chavirement toujours accéléré. L'écrivain s'assit, sous le poids que prenait leur échange. Un temps se dispersa doucement, regards baissés. Que répondre ?

Le scientifique, déjà accompli, avait été le témoin de tant de changements dans son domaine. Il avait négligé la bataille éthique, pour laquelle il estimait d'autres mieux placés. Le constat sans appel retournait ses boyaux. Par relâchements et abandons successifs à la sphère médiatique, chaque scientifique était devenu une sorte d'agent publicitaire pour sa discipline. Fini les barons reclus dans leurs tours d'ivoire.

L'Omninet, comme avant lui, l'âge de la communication à la radio, la télévision ou encore Internet, avait radicalement déstructuré le temps et l'espace. Il fallait être rapide et partout. Réagir à des milliards d'événements, être pertinent ou en avoir l'apparence pour la majorité du public. Après avoir mariné pendant près d'une minute, il livra sa vérité d'un trait qu'il espérait précis et définitif.

- Admettre ses trous, les taches de son éducation et de ses connaissances est la première étape, la plus décisive. Après, il faut chercher à en apprendre toujours plus, à nettoyer ce qui peut l'être.

Il orienta son buste éternellement décharné vers la plus imposante de ses étagères et en sortit un ouvrage volumineux.

- Tiens.

- Qu'est-ce-que c'est ?

- Du détachant.

11 – *Investissez sur le bonheur : Gagnez jusqu'à 20 fois votre mise !*
Une lecture qui pourrait changer votre vie.

Les poings serrés, ankylosés de frustration. Le souvenir de cette séquence formative de sa vie levait progressivement son emprise, laissant le quarantenaire contempler l'odieuse vérité. Son enquête, à peine débutée, s'était déjà heurtée à plusieurs murs qui lui paraissaient plus hauts que ses compétences et sa motivation cumulées. Enfin de retour à son hôtel, Sébastien prit la décision d'en apprendre plus sur cet adversaire qu'il n'avait pas vu venir. Comme un enfant qui part à la guerre sans affûter son arme. L'enquêteur - même s'il aurait eu du mal à accepter le titre au vu de ses piètres résultats – s'était laissé aveugler par les mensonges de Thomas Katz. Au moins autant que par son amateurisme. La fleur au fusil, mais rien dans la musette que le très friable sentiment d'accomplir le labeur de la justice.

Fraîchement insécurisé par cette rencontre, l'homme, encore tremblant sur ses bases qu'il avait découvertes fragiles, échafauda un plan pour parvenir à tordre le rapport de faiblesse qui faisait de lui la proie et la victime éternelle. Une fois de plus, il comprit qu'on devait sans relâche avancer masqué sur cette ligne vertigineuse de contradictions qu'était une vie humaine. Pourvu que cette fois-ci, cette humiliation, ne lui permette pas d'oublier la leçon.

La colère, cette chose très lente et très rapide à la fois, lui avait appris tant de choses incompressibles sur les situations et les êtres à éviter. Impossible que la société de la jeune fille ne soit arrivée là où elle en était – en terme de renommée, et surtout avec des locaux commerciaux inexistants – sans avoir accumulé les péchés et les ennemis. Plumel devait donc trouver un levier qui soulèverait toutes les objections au rapt des données qu'il croyait posséder de plein-droit. Pour se faire, son esprit désormais ouvert à toutes les bassesses, était déterminé à employer la méthode avec laquelle ses élèves s'étaient débarrassés de lui.

Le business center, seul lieu de son hôtel équipé d'une connexion vers l'Omninet, se trouvait sous le siège éternel d'une bande de gamins dégénérés, l'image même qu'il avait projetée à Grachin lors de leurs premiers entretiens. Par lassitude du combat, Plumel les jugea inamovibles. Il monta donc directement jusqu'à sa chambre.

Après une sieste de plus d'une heure, dilapidée à se morfondre pleinement sur sa condition et les crimes des autres envers sa petite personne, il se résolut à dénicher un lieu où il pourrait se connecter.

L'après-midi était tempéré et la place Gutenberg offrait ses terrasses aux touristes. La salive, les crocs, le ventre qui grondait méchamment. Pourquoi n'avait-il pas négocié avec l'éditeur un appareil de connexion portable ? Au lieu de siroter un Monaco au soleil, Sébastien se retrancha sur une sorte de web café vétuste qui possédait au moins l'avantage de lui offrir une cabine privée, d'habitude dévouée à assouvir d'autres instincts. Il lui faudrait mettre ses sens en sourdine. La devanture vétuste ne promettait pas grand-chose en matière de confort ou de propreté, et c'est exactement ce que Plumel obtint.

Le gros type horriblement barbu qui tenait la caisse ne voulait visiblement pas savoir ce qui se déroulait à l'intérieur de sa cabine. Les pupilles dilatées d'épuisement, il scrutait de manière obsessionnelle son propre écran. Encore un junkie de l'information, un de ceux qui ne supportait pas la moindre perte ou ralentissement de connexion. On les retrouvait souvent à des emplois de ce genre : as de patron, pas grand-chose à faire, un câble performant pour ne jamais tomber en rade. Sauf lors des pannes généralisées bien entendu.

Sébastien utilisa donc la totalité de ses trente minutes de connexion - payées d'avance et en liquide - dans une paix relative, ne souffrant que des traces du passage des clients précédents, exacerbées par son imagination qui, pour une fois, se faisait vivace et colorée. Tant mieux ! Cela lui imposa de se concentrer plus encore sur le présent et tout particulièrement sur ce monde de détresse qui s'était ouvert à lui dès les premières requêtes.

L'Omninet révélait tout. Il suffisait d'un mot ou de l'alliage de deux termes suffisamment dénotatifs pour déclencher une avalanche informative. Les mots *morts* et *données*, ajoutés à *effacer* donnèrent plus de quatre-vingt millions de réponses, avec un rapport notoriété/influence plutôt équilibré. Les articles venaient de tous types d'utilisateurs, mais le système les estimait tournés dans le même sens. Consensus, et donc vérité. Rassuré par ces chiffres, et comme le faisait d'ailleurs la quasi-totalité de l'humanité, Plumel se contenta de lire la dizaine de textes et autres médias qui formaient la première page, car elle voulait tout dire. Partout, les mêmes hurlements :

Comment supprimer les vidéos du suicide de mon fils ? Comment empêcher ma femme de me fêter mon anniversaire sur mon profil, malgré sa mort ? Comment révoquer les abonnements de mon mari à des sites sadomasochistes ? Aidez-moi à éviter d'annoncer à ma mère que son mari était connu sur le réseau en tant que prostituée Vietnamienne.

Toute la misère humaine se payait cash lorsqu'un individu décédait. Le deuil était devenu une opération à cœur ouvert au sein des fantasmes intimes du disparu. L'overdose d'images, d'informations et surtout d'opinions, toutes en quête de dissémination, avait donné lieu à la propagation de toutes les pratiques possibles et imaginables. Le phénomène atteignait une vitesse qui surpassait de loin celle de la morale et des lois.

Dans un monde où tout était possible et connu, la tentation se faisait règle pour la plupart des individus. On dérogeait à la norme pour ne pas être débordée par elle, incarner la ringardise de celui qui n'expérimentait pas, qui se plantait au milieu du guet, sans voir la crue l'emporter. Il fallait être dans le mouvement, décomplexé par instinct grégaire ou par la simple *pensée magique* qu'on échapperait toujours aux conséquences de ses actes. Mais les conséquences tombaient toujours, avec un décalé temporel qui agissait en bras de levier, engendrant une cascade de dégâts.

L'Omninet enregistrait tout, à l'image de l'Internet du cycle précédent. Sa singularité provenait de la dynamique du système, de sa capacité inédite à régurgiter toute information à n'importe quel moment. Progéniture viciée de l'informatique quantique, des connexions neuronales et numériques se formaient en permanence entre les données stockées. Progressivement, d'itérations en ajouts, les individus complétaient leurs profils, agrémentaient leurs données de métadonnées, de commentaires permettant, par strate, de mieux cerner, de remonter les informations intéressantes au milieu du banal.

Tout émergeait, surtout le limon. La boue, éternellement majoritaire, des informations que l'on aurait préféré oublier, particulièrement lorsque la personne en question venait de décéder. Au moment où la cohorte des proches recherchait des souvenirs, des images, des vidéos, ils enclenchaient naturellement l'algorithme du moteur universel. Celui qui avait gagné la guerre, ou du moins survécu à ses compétiteurs. Parmi les amis du défunt, c'était le grand jeu du meilleur archéologue, celui qui dénicherait l'anecdote amusante ou l'image d'enfance. On ne pensait jamais à mal. La recherche débutait par le nom, les informations, les mots-clés. Comme un chien à qui l'on montre un os, le moteur modifiait ses priorités, ses critères. Toutes les informations, sans plus de distinctions, remontaient le long des pages de recherches, pour se frayer un chemin vers la notoriété.

Une femme dont la fille était morte depuis deux ans mais qui continuait à apparaître sur son fil d'information, affichant les photographies d'une orgie des plus torrides, acheva de convaincre Sébastien de la réalité du problème, même si cela n'allait pas vraiment dans le sens du scandale qu'il chassait pour son compte.

Tous les articles liés à la MV dégueulaient d'éloges, formant un concert étrangement harmonieux dans ce monde où tout n'était que scandale médiatique. La prise de parole sur le moindre thème devait être pointue, acérée, clivante : seul moyen d'attirer de l'attention et un public. Lassé par cette bienveillance insolite du net tout entier, Plumel frôlait l'envie démente de taper son propre nom, afin de retrouver ce quotidien de scandales et de dénigrements. Tout son stock d'infamie amassé là, quelque part sur le réseau des réseaux, la saleté qu'il aurait souhaité déterrer à propos de son ennemie.

Cette pensée lui fit lâcher son clavier. Abattu, même si Sébastien ne se faisait plus d'illusions quant à son avenir. Il savait déjà qu'on ne lui accorderait pas la possibilité d'un comeback. Plumel avait brisé le délicat compromis sur lequel tout reposait en s'attaquant à la communication. Il aurait pu insulter la religion, la morale, la politique ou l'argent et se serait toujours trouvé une majorité frondeuse par principe pour le soutenir. Mais la communication n'offrait aucun purgatoire. Impossible de se défendre lorsque l'on a cassé sa propre voix.

Il lui fallait réagir, rétablir par bribes solides les bases de sa normalité. Poursuivre le fil de sa vie, le raccommoder. Il força ses doigts à recoller aux touches, et ajouta de nouveaux termes. La deuxième page de requête, plus spécialisée avec des mots-clés secondaires tels que justice, avis, ou controverse ne donna pas plus de résultats. Visiblement, l'ensemble des utilisateurs de ce service ainsi que leurs familles avaient apprécié le travail fourni et, sans doute tout autant, la discrétion au sujet du linge sale de leurs morts. Dépité, Sébastien lança tout de même une compilation des résultats qu'il envoya vers son espace personnel, malgré les messages qui, de nouveau, signalaient son engorgement. Depuis son renvoi, le lycée s'était désabonné de son flux de données : rien à foutre de savoir si un prof viré faisait bien attention à son hygiène de vie ! Leur assureur avait suivi le mouvement, ainsi que l'association des parents d'élèves, et plusieurs marques ne demandaient plus que des rapports sommaires. Plumel avait perdu une belle partie de ses revenus affiliés et de son espace de données induis. L'Omninet, largement géré par des sociétés pour lesquelles l'enseignant défroqué n'avait pratiquement plus la moindre valeur en tant que consommateur potentiel, lui fermait ses bras. Sébastien était cruellement conscient des conséquences qu'auraient un échec de son enquête sur ses milliers d'images, de vidéos et de représentations virtuelles en relief qui représentaient sa mémoire, la trace rémanente de son existence, de sa place dans un monde d'images.

L'appétit visuel de la civilisation en était à son apogée. Les gens, devenus des obèses digitaux, occupaient le plus clair de leur vie à amasser des données inutiles, des photographies qu'ils ne regarderaient plus que par accident. Le gavage informationnel en était à un point tel que, neuf fois déjà sur les deux dernières années, l'Omninet tout entier s'était retrouvé totalement paralysé. Les disques-durs de tous ses serveurs remplis à ras bord : impossible de naviguer, d'accéder. Indigestion. En réponse, des décrets s'étaient étalés sur quelques milliers de pages, mais le véritable remède venait du système lui-même qui implémentait depuis quelques mois une politique de quotas.

Ce rationnement progressif, vu par la plupart des utilisateurs comme une atteinte à leurs *droits informatiques essentiels*, avait ralenti la fréquence des plantages, sans les arrêter tout à fait. On assistait parfois à des coups de mou, des coups de calcaire. Tel espace virtuel, lieu de distribution d'informations habituellement rutilant, n'arrivait même plus à mettre à jour ses propres données. Alors, la valse des excuses reprenait. On ouvrait de nouveaux hangars, toujours plus grands et remplis de serveurs de dernière génération. On promettait des nouvelles technologies à grands coups d'images de synthèse. Ça durait un mois ou deux. Tout était redevenu rapide, puis, patatras. Une société sortait un nouveau service, un nouveau format vidéo encore plus beau, des curriculum vitae en relief, des avatars encore plus réalistes mais toujours plus lourds à stocker, et c'était l'encombrement.

Dans ce contexte d'écroulement relatif de tout l'édifice qui avait remplacé la société physique, des entreprises comme Mémoire Vive avaient été accueillies en véritables héros. Les nettoyeurs, ouvriers de basses œuvres, étripant les données inutiles, supprimant toute trace indigne de l'activité virtuelle des décédés. Noémie Bartok et ses confrères vidangeurs avaient, selon leurs propres campagnes d'affichage pleine de morgue, permis à chaque utilisateur de conserver douze pourcent de capacité de stockage en plus, et ce sur l'ensemble de la planète. Le chiffre était invérifiable, mais leur action était globalement reconnue et appréciée, même au sein des autorités qui ne comprenaient pas réellement le nouveau monde dont elles avaient tacitement abandonné la gérance.

Bien entendu, la MV ne comptait certainement pas en rester à un rôle d'éboueur de cadavres numériques. De nouvelles options offertes aux souscripteurs de testaments virtuels étaient annoncées par flots médiatiques constants : de la transformation de leur page personnelle en lieu de recueillement, jusqu'à la création d'avatars – une fonction encore en bêtatest.

On pouvait déjà imaginer la conception de répliques virtuelles des défunts, générées à partir des données laissées à la postérité aussi bien que de celles fournies lors de séances d'entretiens avec des spécialistes de la nouvelle intelligence artificielle : le fameux *deep learning*. Afin de reconstituer au mieux la personnalité d'un défunt, le monstrueux programme, fruit de millions d'heures de labeur, compilait un ersatz de miracle. Le logiciel tentaculaire tentait – les avocats avaient refusé tout terme contractuel ou équivoque - à partir d'informations disparates, de combler les trous tout seul, en tournant en boucle des simulations de conversations diverses et variées.

Les premiers interlocuteurs/testeurs de ce nouveau service s'étaient déjà épanchés sur leurs blogs – sponsorisés par la société – sur le côté bluffant de l'expérience. C'était comme si ma mère me parlait en direct, mais en mieux. Maintenant qu'elle est morte, j'ai pu enfin tout lui avouer ! Les commentaires dithyrambiques affluaient, malgré le caractère très fermé de ces premiers brouillons de fantômes. L'emballement était tel que l'on considérait la possibilité de les implémenter du vivant même des gens. Leur emploi était sérieusement considéré, dans le but de préparer des négociations difficiles ou de tester la compatibilité de nouvelles relations sur le long terme. Un programme simulation de vie entière était certainement dans les tuyaux.

Dans quelques générations, aurait-on encore besoin de vivre sa vie dans ce monde physique si limité ?

Seul autre client à entrer dans l'échoppe durant les recherches boueuses de Sébastien, un gros homme, assurément éméché et que le tenancier de l'établissement connaissait au point de le tutoyer. Le gars voulait parler à son épouse, et faisait comme s'il suffisait de demander à la machine pour obtenir satisfaction.

- Miranda ? Miranda, mon amour !

La voix chargée de toutes sortes de boissons irritait les sens du biologiste. L'individu n'en avait rien à faire. Il continua encore, répétant sa rengaine par deux fois. Puis, sans y croire lui-même.

- Tout est oublié. Reviens !

Lorsque Plumel se décida à partir, un peu précipitamment, les deux bonshommes en venaient aux mains. L'intellectuel ne jugea pas utile de prendre parti entre les deux mastodontes et se retira discrètement.

Le chemin du retour fut à l'image des résultats obtenus, maussade et sans relief. Même les recherches de type Mémoire Vive scandale ou Mémoire Vive escrocs ne donnèrent que du propre. Une giclée toute rose d'articles positifs sur la manière dont la société avait nettoyé le réseau de fichiers scandaleux ou en arrêtant des escrocs qui faisaient chanter des familles en deuil.

Comment Sébastien avait-il osé chercher des crasses à une société de nettoyage de réputations ? L'idée le fit sourire, à rebours. La soirée touchait à sa fin et la nuit commençait, accueillie par une lune roulée en boule, pleine de ricaneurs aux yeux de l'homme battu. Ambiance de fin du monde : les derniers bistros et commerces fermaient leurs portes. Coutume de petits joueurs, typique des villes de province, mais qui apportait une forme de douceur de vivre propre à édulcorer un peu ce naufrage qu'était devenue l'enquête de Plumel. Près de l'hôtel, un petit restaurant encaissait les derniers clients dans le calme. Le patron, souriant, plaisantait avec ses habitués.

- Au moins, maintenant, ils vont arrêter de nous bassiner avec cette histoire.

- Ah oui ! Moi, ils ont saccagé mon jardin, sous prétexte que j'habite près de la Haberzellerhaus ! Ils croyaient quoi ? Que je l'avais buté et enterré là ?

L'évocation du domaine de Grachin fit bondir l'enquêteur soudain ressuscité, qui s'approcha du petit groupe.

- Pardon, mais… vous parlez de la disparition de…

- Oui, oui. Vous savez pas ? Ils viennent de l'annoncer…

- À la télé ?

- Non, vous croyez quoi ? La télé, c'est pour les gens connus. Même avec sa combine débile de bouquins, ils l'ont déjà oublié, à Paris. Pfiut ! C'est la radio locale qui nous a balancé la nouvelle : la flicaille a enfin retrouvé la dépouille du macchabé !

12 - *Promotion unique : un livre offert contre une bonne critique !*

L'ouvrage que Maximilien remit à son jeune élève ce jour-là, à l'issue de leur conversation à vif, était bien entendu une biographie de son modèle. Sébastien lu l'ouvrage autant par devoir que pour nettoyer les taches culturelles qui voilaient sa relation avec celui qu'il pressentait déjà comme un maître à suivre tout au long de sa carrière.

Dans ce monde aussi laid que la vie était belle, le jeune homme savait qu'il ne rencontrerait que peu d'hommes capables et volontaires pour lui ouvrir des portes. D'abord ébloui par ce phare d'apparence inabordable, il était parvenu, comme Mathilde dans le puits, à se hisser au-delà de ses forces seules. Inspiré, progressivement élevé par sa compréhension renouvelée de cette beauté propre à la vie. À l'aune de la beauté sa dulcinée, et pour elle, comme un écrin, le disciple se voyait capable de transmettre un peu de cette beauté à son maître. L'élève échafauda toute une mécanique pour ce don. Ce geste en retour. Il parviendrait à grandir encore son enseignant grâce à la compréhension qu'il obtiendrait de sujets qui tenait à cœur au vieux sage. Comme une échelle dont il remplacerait les paliers trop usés et donc trop rêches. Il se fit un devoir de compulser, d'une couverture à l'autre, le livre que Maximilien lui avait confié.

L'ouvrage était long, son style pesant mais Sébastien en apprécia, en corolaire et consolation, la précision des informations fournies. L'auteur, un illustre inconnu qui se disait descendant de l'inventeur, racontait en outre la longue bataille de Nicéphore Niepce pour isoler les composants chimiques cruciaux dans le développement d'une plaque photographique. La découverte débuta, comme souvent dans le domaine des sciences, par une erreur. Niepce laissa toute une nuit une plaque de négatifs dans une armoire contenant une centaine de produits chimiques, et le résultat marqua le début d'une année entière de fébriles tentatives. La plaque avait été développée certes, révélant ainsi la première image photographique, mais quels produits avaient été actifs dans le processus ?

Pour le savoir, Nicéphore Niepce mis au point une méthode, logique mais exténuante. Durant plus d'une année, il mit chaque matin une plaque non développée dans l'armoire qui avait réalisé le premier miracle et retira l'un des produits. Il lui fallut plus de trois cents essais pour découvrir la bonne combinaison d'ingrédients. La prouesse, la continuité folle et brute dans l'effort, forçait l'admiration, le respect et l'envie. L'envie de ce monde ancien aux résultats différés. Ce monde du temps que l'on prenait sans calcul de rentabilité. Plumel ne put s'empêcher de se demander quelle partie de son monde si moderne n'existerait pas sans celui qu'ils avaient massacré à coup d'optimisation et de médiatisation.

Il fallut trois jours de contrainte pour achever le pavé. Le soir-même, Sébastien aborda le sujet, lors du dîner. Assis en face de l'enseignant, mais rassuré d'avoir à ses côtés Mathilde qui se montrait souvent, de par sa forme d'intelligence intuitive, plus sagace que son âge et son faible niveau d'étude ne l'aurait laissé envisager.

Maximilien se déclara tout d'abord flatté du zèle de son élève. Il apparaissait dans une attitude et une disposition d'esprit que Sébastien prit, à tort, pour de la détente. À ce moment, sondant la qualité de sa relation avec Grachin, l'apprenti biologiste eut la mauvaise idée de tenter de faire de l'humour. Quelle était la blague ? Quinze ans plus tard, impossible de s'en souvenir. Peut-être une vague mise en boîte ? La seule chose qui revint à son esprit fut la réaction du maître qui prit affreusement la mouche. L'élève, prit par cette faute imaginaire, s'enfonça encore en tentant de se justifier, puis en invoquant les ennemis mortels du lion de Strasbourg.

- Mais vous le savez très bien. Les critiques sont unanimes sur un point au moins.

- Lequel ?

- Vous n'avez aucun sens de l'humour.

- Et croyez-vous qu'il s'agisse d'un défaut ? Pour un scientifique, il s'agit, au contraire, d'une des plus admirables qualités. Je vois les choses telles qu'elles sont. Les gens qui fabriquent de l'humour sont de biais par rapport à la réalité. Ils ne voient pas droit et…

- Vous dites cela parce que vous n'avez jamais pratiqué cet art, mais essayez et…

- Je pourrais faire des blagues, mais seulement dans des domaines qui me sont chers. Or, comme vous le savez, la biologie n'intéresse pas grand monde…

- Je vous mets au défi.

Un temps. Grachin tenta de contenir quelque chose qui poussait en lui. La vérité. Elle explosa dans sa voix, brusquement éraillée, sans plus aucune retenue.

- Vous vous trompez, encore. L'humour est une arme faible pour comprendre le monde tel qu'il s'éparpille. C'est la vigie de quelques intellectuels qui planent bien loin du réel. Avec sa portée borgne et bricolée à coups de sous-entendus, elle enjambe largement le radar des imbéciles, c'est-à-dire de tout le monde.

Maximilien n'était plus ce calme, cette maîtrise incarnée qui rampait ses idées sans jamais les dévoiler tout à fait. Sébastien avait brisé un compromis dont il ignorait l'existence. Grachin avait-il dilapidé sa nuit à ressasser l'entretien qui avait suivi la mésaventure du puits, mûrissant sa véritable réponse ? Ses propos suivants confirmèrent l'intuition de son élève liquéfié.

- Niepce n'est pas seulement un modèle pour moi, c'est aussi un repoussoir. Il a vécu une existence des plus honnêtes, restant confiant en son avenir jusqu'au bout. Et il a échoué. Oui, en un sens, vous aviez raison lors de notre précédente conversation. Mon modèle n'est que partiellement digne d'admiration. Il a vécu quelque chose de très moderne. Contrairement à Daguerre, il n'a pas su profiter de ce monde avare et aveugle à toute beauté. Il n'a pas su escroquer une vie décente à ce monde de nains !

La réaction de Plumel fut instantanée. Son cerveau collecta toutes les idées fausses qu'il avait sur son enseignant pour les lui régurgiter.

- Mais vous, cher professeur ? Votre réussite, créée par la force de votre verbe, de vos mots sur le papier, n'est-elle pas la preuve du contraire absolu de ce que vous venez de me dire ?

Sébastien n'avait jamais vu une telle expression chez Grachin. C'était le moment critique de leur relation. Le jeune biologiste tenait, sans le savoir, le point nodal de la vie même de son maître : son mensonge. Quelles pensées traversèrent l'auto-lecteur, alors qu'il se mit à regarder au loin, en direction de son hangar où, déjà, s'entassaient quelques dizaines de milliers d'exemplaires de son premier succès ? Avait-il été tenté de tout révéler à Plumel, juste pour lui prouver l'erreur du jeune présomptueux ? Un moment, sans doute. Mais il choisit de se protéger, d'une façon que seul le quarantenaire qu'était aujourd'hui Sébastien Plumel pouvait comprendre. Il contre-attaqua férocement.

- Et vous ? Savez-vous pourquoi vous n'avez rien été fichu d'écrire malgré vos deux mois de calme complet ? C'est précisément à cause de ce calme ! À cause de ce manque de peur, de vitesse, d'exigence. L'exigence, il faut vous la forger de vos contraintes, de vos manques. Mais vous, espèce de mollasson du bulbe, vous êtes heureux de votre sort, incapable de déchirer votre peau pour grappiller plus ! Il vous faudra vous tordre vous-même afin de décider ce que vous méritez et de forcer les autres à se conformer à votre réalité.

Sébastien se sentait totalement désemparé. Un coup d'œil à sa droite lui permit de vérifier ce qu'il avait vaguement ressenti. Mathilde s'était éclipsée dès les premiers éclats de voix. Avait-elle fait ce geste afin d'éviter à son sauveur de perdre la face devant elle ?

À cela, à cette logorrhée venimeuse contre tous et punitive contre son disciple, Grachin n'ajouta rien de plus, mais son regard profond fit, pour la première fois de sa vie, peur à Sébastien. Un sentiment guttural, profond. Comme s'il venait de déclarer une guerre qui se finirait par des pleurs amers.

Mais ce n'était pas cette sensation sombre et grinçante que Plumel rapporterait à Paris et dans sa mémoire. Ce n'était pas cette peur nue qui le pourchasserait jusqu'à son retour en Alsace, quinze années et des pipettes plus tard.

Ce soir-là, lorsque Sébastien, encore tout penaud du train qui venait de lui rouler dessus, ouvrit la porte de sa chambre, Mathilde était là. Cette vision, devenue à moitié naturelle au jeune homme, tant le somnambulisme de la jeune fille avait empiré, le rasséréna un peu. Il s'avança vers elle, et tapota sa joue pour la réveiller. Mais elle n'était pas endormie. Elle lui sourit en lui rendant sa tape.

Mathilde remercia son sauveur de la manière dont elle savait qu'il rêvait depuis leur rencontre. Cela se fit naturellement et sans promesse d'avenir. Choyé par sa dulcinée les jours suivants, le jeune homme découvrit toute la complexité féminine et l'éventail des interactions et des contorsions qu'il lui faudrait, pour le reste de sa vie amoureuse, accomplir.

Sébastien était encore resté plus d'une semaine à Strasbourg. Il n'avait jamais plus essayé de faire de l'humour avec son maître, reparlé du puits, de le détruire, de Niepce ou d'autre chose pour lesquelles il pourrait se faire étriper. Il sentait la corde hurlante sur laquelle son maître tirait, sa vengeance sur une enfance qu'il devinait avortée. Le souvenir de ces moments redonna envie au quarantenaire qu'il était aujourd'hui devenu, d'en savoir plus sur Maximilien, quitte à briser l'une des promesses qu'il s'était faite. Maintenant que la mort du grand écrivain était confirmée, que son cadavre rejoindrait enfin la terre de ses ancêtres.

13 – *Apprenez le secret merveilleux d'un vieux sage !*

Ici au moins, plus de risques de se faire manger. La fraîcheur relative dont jouissait la grande Betalia aurait été perçue, du temps où elle était encore une Cathodienne, comme un froid polaire, insupportable. À s'en geler les écailles. Mais, d'écailles, elle n'en avait plus. Son sang était désormais chaud et la température qui irradiait sa peau lisse, nettement plus adaptée que dans le fond bouillant du camp.

Désorientée, la guerrière édentée errait sans plan. Sa mâchoire approximative, meurtrie par le simple fait de mastiquer le miellat, envisageait sénilement les insectes qui se posaient sur elle sans crainte. La lumière, la température : tout ce qu'elle connaissait était devenu utopique, exclu. Son champ des possibles ne se composait plus désormais que d'un fil, celui de sa respiration. Le simple fait de vivre encore. Un peu. Dans ce grand nulle part qui s'était ouvert à elle lorsque tout le reste s'était refermé, elle attendait que sa vie change ou se termine, sans préférence. Où trouver l'ailleurs salvateur ? Vers la surface ? La jeune apprentie guerrière qu'elle était alors avait toujours réprimé son attirance contre nature pour l'étendue glaciale, abhorrée de tous. Maudits soient les maîtres qui lui avaient soufflé ces idées contraires. Et pendant qu'on y était, maudits soient-ils d'avoir permis sa transformation en cette chose hideuse. Mais à quoi pensaient-ils ? Maintenant qu'elle avait perdu d'un bloc son clan, ses amis puis son corps en dernier lieu, elle comprenait la raison profonde de ce désir dont elle n'avait jamais soufflé mot à épine qui vive. Ce pourquoi éclatait au grand jour, comme la mauvaise saison. Le clan qui lui avait tenu lieu de décor tout au long de son enfance, les amis avec lesquels elle avait grandi, ce corps même qui l'avait contenue tant d'années : rien de tout cela n'avait jamais été sien. Les maîtres n'avaient fait, au fond, que rétablir sa nature profonde. *Maudits soient-ils donc, pour cette nature profonde.*

Paradoxalement, la seule rémanence de cette époque était le poids qui agitait toujours ses entrailles. Betalia s'était retrouvée totalement édentée, privée d'épines. Sans défense. Obligée de fuir ses anciens camarades, Dong et Kong. Ceux-là même qui galopaient toujours à sa poursuite, persuadés d'être en mission pour la venger. Le froid les tiendraient-ils à l'écart ? Au cours des deux cycles de chasse qu'elle venait de subir, il avait suffi qu'elle fasse une halte un peu trop prononcée pour que leurs vibrations viennent vriller ses antennes. Il lui était désormais facile de les entendre et de les sentir venir, avec ses appareils sensitifs plus longs et plus aigus que jamais, comme la proie aux aguets qu'elle était devenue. Parfois, cette granularité nouvelle dans l'échelle autrefois approximative de ses sensations lui faisait fuir l'éclatement vague du miellat ou même certains insectes. Ridicule, mais inévitable. Les réglages plus fins, le rivetage définitif de son esprit à son nouveau corps prendrait un temps dont elle ne disposait pas. Dans ce contexte d'angoisse, le moindre frémissement de l'air ambiant était perçu comme une menace mortelle.

Alors, cette immense salle dans laquelle elle errait à présent, cette salle qui puait littéralement les phéromones animales, comment ne pas y voir sa dernière demeure ? Qu'importe la nature de la bestiole qui se cachait à sa vue et à ses antennes, de manière quasi parfaite. Au fond d'elle, mais à peine sous la surface, Betalia lui souhaitait de gagner le combat qui les opposerait certainement. Elle se sentait si étrangère à ce qu'était devenue son existence pour mériter quoi que ce soit de plus. Pourquoi grappiller le temps des autres, en utilisant ce corps étrange qui ferait une excellente nourriture ? Autant l'offrir au grand recyclage dès maintenant.

Néanmoins.

Néanmoins, il y avait toujours les réflexes. Les réactions qui jaillissaient de ses boyaux, de son passé et de celui de sa lignée, même reniée. Toutes ces choses dont elle ne contrôlait rien et qui formait encore la majorité de son être. La menace se concrétisa sous la forme calme et liquide du premier véritable Numérien qu'elle n'ait jamais rencontré. Depuis son frère. Quelque chose s'alluma ou s'éteignit à l'intérieur de sa conscience. Conditionnée depuis l'enfance, sa réaction immédiate fut l'attaque.

Pauvre Betalia, pauvre chose, flasque et pathétique ! Son nouveau corps, inadapté à l'esprit de la guerrière, ne lui obéissait que très difficilement, laissant la bestiole qui lui faisait face, visiblement assez âgée, parer calmement ses coups gauchés. L'ancienne combattante d'élite se faisait humiliée par un vieillard. Au bout d'une dizaine de ces assauts dépenaillés, et s'apercevant qu'elle faisait plus de mal à elle-même qu'à son adversaire, Betalia cessa tout mouvement, résolue à son sort. C'était la fin de son étrange aventure. Mais l'autre, que faisait-il ? Aucun de ses membres ne se dressait vers sa gueule pour l'achever. Pas de cris de victoire ou même de menace. À la place vinrent des mots, les premiers qu'elle comprenait depuis sa transformation.

- Du calme, jeune tigresse !

Tigresse, ce terme lui était totalement inconnu. L'autre lui sourit, comme s'il savait exactement ce qu'elle avait dans la tête.

- Une tigresse, c'est une grosse bestiole qui vit à l'extérieur.

- À l'extérieur, sur la paroi ?

Le vieux Numérien éclata de rire, tout en spasmes et bave éructée.

- Non, non. Cette bestiole-là est grande comme un million de fois ce que tu appelles la paroi.

Betalia était incapable de croire les propos du vieux fou. Mais, en parallèle, elle savait que tout ce qui était dans son esprit, tout ce qu'on lui avait appris depuis l'entame de son enfance était faux, alors, elle éteignit son sens critique et tenta d'en apprendre le plus possible sur ces croyances nouvelles.

- Et… comment est-ce que tu sais tout ça ? Tu l'as vue, toi, la surface ?

- En quelque sorte. Je l'ai vu dans la charge.

- La charge ?

- Oui, ce poids que tu portes, que nous portons tous. Crois-tu qu'il soit là simplement pour nous embêter, casser nos reins sans rien nous offrir en échange?

La néo-Numérienne s'était toujours posée cette question sans jamais hasarder d'autres réponses que celle de son clan. La charge transcrivait le poids des fautes de chaque être, que les maîtres ajoutaient ou retiraient en cas de bonne conduite. Là encore, comme s'il lisait en elle, le vieillard lui répondit.

- Tu n'as pas besoin de me croire sur parole. Lis en toi. Certaines réponses y sont sûrement déjà, et pour le reste, je t'enseignerai comment lire la voix de tes camarades, le contenu de leur charge.

Les Cathodiens considéraient le poids comme un déshonneur, une punition d'ordre divin et, plus concrètement, un handicap à leurs chasses. Les nourrices lui avaient toujours enseigné cette vérité, perçue comme brute et minérale : indébordable. Quel choc pour Betalia de s'apercevoir que certains Numériens y puisaient une richesse, comme un livre ouvert sur la nature profonde de leur univers. Un répertoire désordonné sur une montagne d'informations qui leur paraissaient lourdes de sens ou bien absurdes. Selon l'arrivage toujours fou et précaire des courants électriques qui, toujours, prenaient et donnaient le poids du cycle.

Au cours des spasmes suivants, la vie de Betalia fut toute entière orientée vers la découverte du contenu de sa charge. Il y avait des chiffres, il y avait la cuisine, sorte de caverne très lumineuse où l'on stockait la nourriture, le verre d'eau dont on pouvait juger le contenu comme dégoûtant ou délicieux. Mais le plus troublant n'était pas toutes ces choses nouvelles qui habitaient sa charpente corporelle. Derrière elles, lorsque la jeune Numérienne accédait au contenu de sa charge, Betalia voyait la vie à travers des yeux et ses sentiments étrangers.

Quel trouble de poser ses antennes et de les remplacer par des oreilles. De percevoir, en sous-texte, des interdits, des droits, des cultures qui ahurissaient son entendement. Et ceux qui portaient ces jugements de valeurs n'étaient ni des Numériens, ni des Cathodiens. C'étaient des êtres hideux, sur deux pattes. Ils n'avaient pas de mandibules mais des figures – bien que Betalia ne put déterminer avec certitude la partie de leur corps qu'elle observait – des têtes ridicules, avec de petites dents même pas pointues ni griffes d'aucunes sortes. Leurs terriers paraissaient impossibles à défendre. L'invasion serait facile. De plus, ils étaient incapables de s'organiser pour se comprendre entre eux.

Toutes les informations glanées à l'intérieur de son corps étaient ridiculement disparates, comme une histoire entendue au milieu d'un vacarme de retour de chasse. Cela l'incita, au cours du cycle suivant, à chercher la présence de ses nouveaux congénères numériens, ne fût-ce que pour lire les informations que contenaient leurs tripes. Quelques contacts d'antennes suffisaient souvent à absorber le sens, la partie la plus cruciale du message que chaque être transportait, le plus souvent sans en avoir conscience. Elle apprit aussi assez vite, lorsque la bribe qu'elle trouvait lui paraissait de la plus haute importance, à échanger une partie de sa charge avec celle des êtres dont elle croisait la route. L'opération provoquait à chaque reprise de petits chocs tels qu'aucun Cathodien normalement constitué ne l'aurait supporté. Mais les Numériens sur lesquels Betalia expérimentait, en dépit de leur apparence fragile, ne semblaient pas souffrir plus qu'elle des étincelles et des vagues de courant. Les rares contacts auditifs qu'elle établit, lorsque l'individu d'en-face l'initiait, lui permirent de conclurent que ces bestioles – dont elle partageait l'apparence - ressentaient nettement moins les effets des secousses que leurs ennemis naturels, pour lesquels chaque impulsion délivrait un coup quasi mortel. Le vieux sage qui lui avait appris à puiser dans ses ressources revint la voir de temps à autres, avec de nouvelles notions, des leçons qu'elle tentait toujours de graver dans la partie précieuse de sa charge, le trésor de sa nouvelle existence.

Après plusieurs cycles et contre-cycles de découvertes, elle acquit néanmoins une notion des plus étranges : certaines informations lui paraissaient totalement contradictoires avec les autres, irréconciliables. D'ailleurs, le simple fait d'accueillir les deux idées l'une à côté de l'autre et de les relier s'avérait impossible au point de devoir en détruire une afin d'éviter d'horribles remontées acides et purulentes. Dégoûtée au plus haut point par ce processus, Betalia entreprit de chasser ces erreurs de la nature afin de purifier cette richesse jusqu'alors inexploitée.

14 - *Soyez les premiers à lire ce livre !*

Après son déjeuner, Sébastien posta immédiatement sur l'Omninet la liste complète des ingrédients qu'il venait d'ingérer. Plus exactement, il autorisa son assiette, connectée avec son téléphone, à le faire en son nom.

Pire qu'un simple exemple de narcissisme numérique, cette autodélation était devenue, pour lui, un impératif économique. En tant que chômeur, et jusqu'à ce que son enquête s'achève, Plumel en était réduit à accepter toute sorte de tâches virtuelles : dire du bien de tel produit, du mal d'un concurrent, remplir des piles de questionnaires. Sur l'échelle de la consommation, il était devenu un produit à faible valeur ajoutée. Aussi devait-il faire plus d'efforts pour se rendre désirable auprès de marques susceptibles de s'intéresser à lui jusqu'à souscrire un abonnement qui leur permettraient de prendre connaissance de toutes ses habitudes et surtout de ses vices. Son flux informatif, actualisé en temps-réel, devait être irréprochable.

Il se devait, en outre, de consigner des informations extrêmement détaillées sur la nourriture qu'il avalait chaque jour et sur ses phases de sommeil. En permanence, un récit complet de ses dépenses, de ses humeurs, de ses symptômes et de leurs traitements s'inscrivaient à l'intérieur de ses données personnelles, renvoyées à toutes les sociétés qui avaient un intérêt à s'abonner à son flux informatif. C'était à ce prix qu'il se maintenait à flot financièrement ainsi que sur le réseau, en tant qu'être quantifiable. Surtout, ne pas disparaître médiatiquement.

Passées ces tâches rébarbatives, il sortit reprendre le cours de son enquête. Au coin, entre la rue de son hôtel et une autre, un peu plus tranquille et traditionnelle, la petite librairie de province, avec son rayon policier mélangé à des ouvrages fantastique et de science-fiction – outrage ultime pour cet adepte des thrillers sanglants – ne payait pas de mine. L'achalandage *petit-bras* fit sourire le Parisien. Aucune prise de risque : on hisse le drapeau blanc de la nouveauté et on recycle les valeurs sûres ! Au menu, le triptyque muséal : les grands classiques, les meilleures ventes du moment et les ouvrages scolaires. Plumel ne peina malgré tout pas à trouver l'objet de ses recherches. Bien évidemment, il se doutait que le seul auteur local contemporain serait mis en valeur, surtout au lendemain de la découverte de son cadavre, propre à relancer le scandale qui avait mangé son décès.

Ignorant superbement les titres de la presse locale, Sébastien s'approcha du comptoir, où il avait reconnu la couverture de l'ouvrage dont les exemplaires s'étalaient sur plusieurs rangs serrés.

- Soyez les premiers à lire ces livres !

L'annonce goguenarde, placardée au-dessus de la petite étagère où trônaient *biofiction* ainsi que *les carrefours du néant* donna envie à Sébastien de casser la gueule au libraire et surtout, à travers lui, à ce petit merdeux de Thomas Katz. Il imaginait sans peine la mâchoire de ce traître écrasée comme le crottin qu'il était, sa grande gueule contre le pavé. Prêt à toutes les bassesses pour refourguer les cartons de livres invendus que l'écrivain avait dissimulés dans le hangar de son domaine.

Prenant sans doute Sébastien pour un membre du troupeau de vacanciers ayant trouvé la référence du livre dans l'un des nombreux articles annonçant la découverte de l'escroquerie, le jeune vendeur lui sourit de la manière la plus avenante qu'il put. Sa tête, ornée d'un couvre-chef absolument odieux sur lequel était représentée la marque de son magasin, dodelinait avec fierté, comme s'il représentait en ce moment-même la totalité de sa région et peut-être même son pays tout entier. Il fut vite déçu en découvrant l'accent parisien - pointu comme une mauvaise lame - de son hôte. Le commerçant de livres se raidit et procéda au règlement de l'ouvrage sans d'avantage de démonstrations inutiles. Il perdit néanmoins toute contenance lorsque Sébastien lui indiqua vouloir emporter la version papier du recueil de nouvelles et non sa reproduction numérique.

- Quoi ? Vous voulez *du physique* ?

Comportement des plus loufoques de Plumel, à cette époque moderniste au possible, où les tirages papiers des romans ne représentaient rien de plus que des supports publicitaires pour leurs contreparties multimédia.

- Mais… j'ai fait une belle pile… je ne sais pas si…

La vente d'ouvrages physique, d'*objets-livres*, n'avait jamais été formellement interrompue, elle était juste devenue *has-been*, comme la plupart des choses qu'appréciaient Sébastien. Il insista donc avec un malin plaisir, jusqu'à ce que l'autre lui cède un de ses exemplaires, accompagné d'un regard plein de confusion.

Mais il y avait pire. Pour parachever sa journée, là, sur le comptoir de l'homme à casquette, à côté de l'insulte faite au maître... un nouveau totem de la honte ! Le livre de Crambier. Le jeune fanfaron s'était finalement décidé à cracher quelque chose. Son titre, l'imposture, ne présageait rien de bon. Plumel ne put s'empêcher de glisser un exemplaire dans son sac, pendant que le vendeur cherchait la monnaie de son premier achat, payé lui aussi en monnaie de pauvre, physique et usée. Ce vol, acte honteux au possible, fut semblable dans son esprit à celui d'un pervers qui ne trouverait pas le courage d'acheter la revue capable de lui procurer des sensations fortes.

Plus encore, il lui était impossible, sans y être contraint par la justice, de donner de l'argent à ce petit crétin de Crambier. Plutôt mourir. Il s'imposait donc le déshonneur de devenir voleur pour en éviter un autre, bien plus grand à ses yeux. Aucune alternative pour ne pas lui donner plus de crédibilité en achetant son torchon : valider, avec ses sous, cet ingrat qui – il le sentait dans ses tripes - lui avait consacré tout un chapitre calomnieux. Était-ce là l'une des escroqueries nécessaires dont lui avait parlé Grachin ? Celles qui permettaient de voler la vie que l'on estimait mériter ? Cette pensée le rassura mollement. De toute façon, impossible d'éviter ce titre aux relents de vengeance. Parlait-il réellement de son ancien enseignant ? Exposait-il en détail sa version de leur mésaventure ?

Sans prendre le temps de rentrer à son hôtel, Sébastien se posta à la terrasse de la winstub indiquée par la jeune rousse de la veille, qui se trouvait non loin. Il commanda un petit serré au garçon – qui était justement la jeune fille, toujours avenante – et osa enfin s'aventurer sur le chemin qu'il s'était toujours interdit d'emprunter.

La chaise, étonnement plus agréable à son postérieur que ses homologues parisiennes, lui permit de se plonger directement dans l'ouvrage. Non pas la sombre bouillie que promettait son ancien élève - bouquin qu'il avait condamné au purgatoire du fond de son sac - mais la dernière œuvre de Maximilien Grachin. Il admira, d'abord par la tranche, la qualité du papier, de la couverture, tenta une première effraction par le milieu : deux phrases avenantes, prête à l'entrainer vers quelques heures de détente. Mais en relevant la tête, son regard fut attiré par celui de la belle rouquine qui semblait l'inviter à tenter sa chance. Que faire ? Avant tout, en un réflexe d'une modernité effarante, Sébastien ressentit le besoin impérieux de savoir où en était sa réputation. Comment l'aborder autrement ? À l'instant où son registre linguistique sortirait du strict rapport de clientèle, il savait que le téléphone ainsi que les autres appareils de la serveuse lui enverrait les informations contextuelles jugées pertinentes.

Il devait donc faire le point. Maintenant qu'il ne possédait plus d'emploi, sa connexion se retrouvait éclopée : punition sociale ultime. Sur son téléphone, l'accès à l'Omninet était malaisé, limité aux données texte et, bien évidemment, aux différents classements qui régulaient son existence. Il consulta sa place au sein des différentes hiérarchies thématiques – au niveau local, il savait le national hors de portée. Les listes spécifiques se trouvaient divisées en trente-deux caractéristiques qui recoupaient l'ensemble des rôles d'une vie humaine. Avec cinquante-trois pourcent d'opinions sexuelles favorables, il était le deux-milles cent-quatre-vingtième mâle de la ville. Un score minable, causé par une petite aventure arrosée avec l'une de ses étudiantes qu'il avait recalé ensuite à l'examen final. Avec le *huit pourcent sexuel* qu'elle lui avait accordé, sa moyenne ne s'en remettrait pas avant des années. Il pouvait malgré tout espérer l'irruption sur son profil de quelques nymphomanes égarées qui lui mettrait des quatre-vingt pourcent sans même le rencontrer, histoire d'augmenter leurs statistiques personnelles. Avec le temps, il retrouverait bien son statut *potable*. Dans les circonstances présentes, impossibles d'envisager quoi que ce soit. La littérature serait, comme souvent, son baume.

L'ouvrage physique déconcerta quelques chalands qui y perdirent leurs pieds jusqu'à la trébuchade. Portables scotchés aux doigts et musique rivée à leurs esgourdes, ils avaient si peu d'attention pour la vie réelle. Pour quelle raison user son temps sur ce *texte mort* ? Comment s'imaginer le choc frontal que représentait pour ces êtres légers la survivance même de ce livre papier : impossible pour l'auteur d'effectuer des mises à jour, à moins de tout réimprimer ; pas de musique d'ambiance ; aucune place pour laisser des commentaires, des votes ou pour accéder à l'espace privé de l'écrivain et acheter ses autres romans.

Mort.

Mort et isolé. Pas la moindre communauté de lecteurs qui vous conseillaient d'autres livres ou vous expliquaient la signification profonde de telle obscure portion de phrases.

En un mot, pour Plumel : la paix. Un moment pur de déconnexion. Le livre n'informait pas en temps-réel son assureur de ses difficultés de lecture, afin que ce dernier n'ajuste sa prime au risque oculaire accru. Il ne transmettrait pas la mesure de sa tension nerveuse lorsqu'arriverait les inévitables fragments érotiques ou effrayants.

Grachin n'avait pas perdu sa virtuosité. Par-delà les gadgets modernes et le discours rutilant, le contenu littéraire brut résistait à sa dispersion, au milieu de l'artificiel transmedia et des objets enchaînés au réseau. Le papier sentait bon. Les quelques pages et extraits feuilletés au hasard semblaient toujours de bonne facture. Par contraste, la traditionnelle préface, écrite par un écrivain trop peu connu pour avoir été un premier choix, sentait le faux. Le texte puait en arrière-cour, charriant une rengaine chargée d'hésitations et de murmures adversaires. Le plébéien ne put s'empêcher de se mettre dans la peau de la victime à qui l'éditeur surfacique avait exigé rien de moins qu'un devoir d'écolier. Tout faisait penser à une dictée consentie sous la menace, et ingéniée dans l'optique illusoire de faire penser, de soumettre les consciences à l'utopie qu'ils tenaient là un nouveau miracle de la littérature, dans la veine du précédent ouvrage accouché par le fameux écrivain.

Quel avait été le degré de responsabilité de Thomas Katz dans l'effroyable chute et tout ce qui s'en était suivi ? Aurait-il dû refuser l'ouvrage, lui adjoindre un correcteur inventif, le faire signer sous pseudonyme ? N'importe lequel de ces stratagèmes aurait au moins sauvé la réputation de cet homme qui méritait mieux, sinon par ses ventes, du moins par la qualité littéraire de sa production.

Et la vérité s'éventrait devant Plumel, sans qu'il n'ait le courage d'admirer ses boyaux couler de face. Il ne s'agissait pas uniquement pour lui de sauver la réputation de son vieux maître, mais à part égale – sinon plus – de sauver la façon dont il avait structuré son existence.

À l'image de son modèle, il ne s'était jamais permis de prendre une épouse, juste quelques aventures diaphanes depuis Mathilde, sa rose au milieu des buissons. Froid en société, nu en amitié gratuite : aucun pas de côté. Tout pour ne jamais se mettre à distance de son objectif unique : sa carrière. La science et la divulgation de ses merveilles au plus grand nombre. Comme Grachin, il avait toujours cherché les relations utiles au bon moment, et celles qui relevaient de plans à plus long terme. Il avait suivi l'exemple du lion d'Alsace jusque dans sa pratique de l'écriture, meilleur vecteur de dissémination pour son nom et ses idées. Infiniment plus accroché au réel que les publications des magazines scientifiques que plus personne ne lisait, chercheurs inclus.

Grâce à tout cela, il avait senti, jusqu'à son scandale avec le jeune Crambier du moins, qu'il était en train de réussir sa vie. Sa vie, ou cette chose sur laquelle il pensait devoir coller le label *existence*, modelée presque entièrement selon une grille de lecture qui menaçait désormais de s'effondrer totalement sur lui.

C'est donc armé de ce contexte horrifiant qu'après plus de trois ans de valse molle, Sébastien tourna enfin la couverture du dernier ouvrage de son maître à penser. Comment aurait-il pu en être autrement, après tout le mal que la cohorte rageuse de ses anciens condisciples en avaient craché, traitant leur ancien professeur de quasi traître ; allant jusqu'à le renier, ou pire, le railler publiquement ? L'abstinence de cette lecture avait été sa solution viscérale, l'unique pensum de sortie, afin de conserver intacte l'image de ce père à moitié.

Comme s'il pouvait rester une île, perdue dans ce temps révolu et crépi de grandeur, le dépositaire de son héritage. Les découvertes qui s'étaient accumulées depuis ces derniers jours avaient de toute façon considérablement écorné cette image, suffisamment pour en faire un homme, puis un vieux fou. Il pouvait donc commettre cet ultime sacrilège à sa mémoire.

La nouvelle qui ouvrait le recueil s'intitulait *Le vide habité*. Dès ses premières lignes, le texte donna un frisson à son lecteur. Comme si Grachin lui parlait directement. Indécent au dernier degré.

15 - *Le vide habité : un récit palpitant et tragique.*

Les esprits s'échauffent autour de la machine à café.

- Eh ben Erik, c'est quoi, cette histoire de vide habité ? Encore un de tes trucs philosophiques sur le sens de la vie ?

- Non. Cette fois, c'est du sérieux. Hier, j'étais à un concert de violoncelle dans un endroit intimiste, une sorte de cave très sombre et très petite : on pouvait même entendre les mouches péter. Le gars jouait la quatrième suite de Bach : superbe ! Mais au bout d'un moment, un truc dingue s'est passé : j'entendais encore la musique, mais entre chaque note...

- Quoi ? Ne reste pas comme ça, à me planter des clous dans la tête.

- Tu l'auras voulu. C'était super bizarre... comme si le résidu entre chaque note me parlait, me chuchotait quelque chose que je ne pouvais vraiment discerner. Un peu comme des parasites, mais en vivant. C'était...

- C'était quoi, merde ?

- Quelque chose d'humain, quelque chose d'humain transparaissait.

- Merde, re-merde et triple merde !

- Arrête de dire des grossièretés ! Je te parle de poésie là, et toi, tu rabaisses. Tu ne te rends pas compte, gros lourdaud. Toi, tu ne vas pas à des concerts, mais à des matchs.

- Ok, mais finis-la, ta tirade.

- Moi, comme je suis un gars sensible et tout, dès que ça a commencé, je n'arrivais plus à penser à rien d'autre. Du coup, j'ai complétement loupé le morceau. Je n'ai plus profité de rien.

- Et ça a duré comme ça pendant tout le concert ?

- Non, au bout d'un moment, entre deux mouvements, j'ai quand même réussi à prendre un papier et un crayon pour écrire tout ce à quoi je pensais, ce que j'entendais.

- Ah oui, ton âme de poète ! Et t'en as pondu combien de pages ?

- Autant qu'il le fallait, assez pour tout décrire : le souffle, l'espèce de respiration, l'appel. J'en ai cherché partout la cause. Tout en écrivant, j'examinais les spectateurs autour de moi, le musicien, son instrument. Après, je me suis dit que j'étais devenu fou car le bruit n'avait l'air de déranger personne.

- T'inquiète pas pour ça, on sait tous que t'es un peu cinglé.

- Malgré tout, je ne pouvais m'empêcher de croire en ce que j'entendais. Alors, j'ai écrit mon trouble. Quand j'ai finalement achevé ma tirade, je me suis senti de nouveau bien, je pouvais enfin revenir au concert. Mais j'ai pensé que je devais aussi écrire ça, alors, c'est reparti !

- Mon pauvre, il t'en arrive, des conneries. Tu devrais peut être écrire un bouquin ?

- Et c'est là que je me suis rendu compte que le bruit avait changé, il avait un peu pris la forme d'un enfant asthmatique qui cherche son souffle. Mais le plus bizarre, c'est que ça se déclenchait toujours juste avant l'attaque du violon, comme s'il discutait avec le son.

- Ne t'inquiète pas, je m'occuperai de ton chat quand ils t'auront emmené à l'asile.

- En attendant, je continue si tu le veux bien. A un moment, je me suis concentré sur les enfants, assis à même le sol.

- Et c'est là que la police des mineurs t'est tombée sur le râble ?

- Il y avait une petite fille, sa mère caressait ses cheveux, au premier rang. Bouche ouverte, c'était comme si elle avalait les notes, du moins c'est ce que j'ai cru.

- Et puis ?

- Et puis, non. Elle a fermé son clapet, je me suis dit que mes soucis étaient finis, mais ça m'a repris de plus belle !

- Et finalement, t'as pigé d'où elle venait, ta voix ?

- Oui, c'est vrai que c'est ça le plus dingue : au bout d'un moment, j'ai même fini par comprendre ce qu'elle voulait me dire.

- Et alors, tu vas me faire poiroter jusqu'à quand ? Je n'aime pas les mecs qui font des effets.

- Elle me disait d'arrêter de l'écouter et de profiter du concert !

- C'est profond ça, si profond que je pense que je vais tomber dans les pommes !

Le patron fait sa ronde : la pause est terminée. Les compères se séparent.

Tout en travaillant, tout en faisant semblant de travailler, tout en rentrant chez lui, tout en faisant semblant d'écouter sa femme lui raconter sa journée, Erik repense à tout ça. Et dans les creux du silence, il cherche désormais une petite voix qui lui dit de ne pas l'écouter. De profiter du spectacle. Il cherche et redoute.

16 – *Cet homme indigne abandonne son enfant*
à une mort certaine !

Au bout d'une demi-heure de supplice, Plumel recula enfin son siège. Il avait parié sur un repli de ce soleil qui gênait sa lecture, mais devait à nouveau s'admettre battu. Tout se payait cash, avec une plus-value sur les ratés. Aucun texte, pas le moindre acte littéraire n'était gratuit. Ils grattaient à vie la cervelle de leurs auteurs et lecteurs, au prorata de leurs espérances déçues. Surtout, en sourdine et au diapason des erreurs qui galopaient la vie d'un homme, ils accomplissaient des boucles baissières, envisageant avec délice ce néant glouton.

En littérature, dans celle de qualité, celle qui montre ses viscères, chaque mot possédait une signification parallèle au sens que lui attribuaient les glossaires. Un monde interne au livre, imprimé en-dessous de chaque terme véhiculé, exhibait la vérité nue de l'auteur, par-delà les contraintes grammaticales d'une langue cadenassée.

C'était du moins le cas dans l'œuvre de Maximilien Grachin, selon ses aveux en propre. Les études rigoureuses des quelques contemporains qui s'étaient engouffrés suffisamment en profondeur dans ses deux romans pour réellement la comprendre ébréchaient de nombreux sous-textes au sein de son travail littéraire. Il y avait donc là, dans ce petit dialogue de fou, un indice escamoté. Peut-être même un message, si l'on considérait que l'époque à laquelle ce texte remontait coïncidait sans doute, selon les calculs approximatifs de l'enquêteur, avec celle du début de la réclusion volontaire de l'auteur, le moment où il s'était progressivement retiré du reste du monde parisien pour racler ses ambitions en province.

La lecture du petit récit brut et vulgaire s'était assimilée, pour Sébastien, à un accident frontal avec son passé. En pente douce, il céda rapidement à la tentation de remonter le temps jusqu'à sa première conversation avec Grachin, durant laquelle le vieux maître lui parla de cette voix dans le vide, celle où se trouvait sa créativité, comme le navire abandonné. Il revécut ce moment, dans le petit bureau partagé de l'université, ce moment où l'étudiant avait demandé à son enseignant s'il devait arrêter d'écrire. En contrebande, tapi dans son subconscient, il chérissait ses fragments, n'attendant que l'occasion pour ressusciter sa vieille fripe de jeune gars, de chercheur plein d'avenir, même si elle s'accompagnait toujours, en horizon, de ses croûtes mal cicatrisées. Coït interruptus.

Le café avait refroidi sans qu'il n'y ait posé ses lèvres. Ses odeurs tièdes de trop tard le ramenaient vers la réalité, pourtant le jeune homme résistait encore à l'effacement. Il avait envie de revoir Mathilde, de replacer son parfum capiteux dans les narines éventées du quadragénaire, de fourrer ses seins blancs dans sa bouche défraîchie. L'enseignant défroqué réprima toutes ses évocations douçâtres, mais ne put empêcher un autre souvenir de s'agripper. En fraude, le traître se fraya un chemin à travers toutes les barrières méticuleusement établies au fil des années et là, dans ce grand moment de désarroi que vivait Plumel au sujet de sa quête, il lui éclata dans la gueule.

La première faute de son existence. En réminiscence poisseuse, ce déficit chronique sur son déjà maigre bilan remontait de manière régulière au cours des moments de doutes, attendant les failles critiques pour sortir ses crocs.

Rien ne l'avait préparé à l'erreur, à affronter la défaillance des actes de sa vie. À l'époque, quelques mois après ses fameuses vacances en Alsace, Plumel était encore comme un enfant, armé de confiance mais sans recul. On ne lui avait toujours pas appris qu'il n'était pas parfait et qu'il ne devait surtout pas faire comme s'il l'était. La faute à son modèle ? Par l'exemple, Grachin avait failli. Le maître n'avait jamais offert à son élève la clé pour le surclasser en humanité, ou tout autre domaine de la vie sensible. C'était d'ailleurs le seul reproche qu'il pouvait lui faire, même aujourd'hui. Dans ce rétroviseur toujours plus fissuré, il y avait, en échos rieurs, l'attaque des accents protecteurs qui l'avaient nimbé dans un cocon de certitudes trompeuses.

Fuyant pour une fois les regards de la petite rousse qui tournait autour de sa table, l'enquêteur brisa la dernière digue qui retenait encore cette résurgence. De plein fouet, il prit à nouveau les embruns de cette nouvelle qui l'avait cueilli à froid, quelques mois après son séjour strasbourgeois.

Cette matinée, l'un de ses souvenirs les plus ardents et profonds. L'université tout d'abord. Son visage jeune, sa ligne pratiquement athlétique, sans rien entreprendre pour la conserver. Contrairement à ses habitudes d'alors, il était arrivé plus d'une demi-heure avant le rendez-vous qu'il avait sollicité avec son directeur de thèse. Ses genoux trahissaient sa nervosité, au point que la secrétaire du grand professeur leva à plusieurs reprises un regard courroucé sur ce gringalet qui se permettait d'obstruer ainsi le flux de ses pensées. Enfin, le professeur fit entrer Sébastien et l'élève épancha ses malheurs.

- C'est… c'est à propos de cet été.

- Oui ? Eh bien, qu'est-ce qui t'amène ? Une nouvelle espèce de couleuvre que…

- Je ne vous ai pas dit, mais Mathilde…

Grachin resta impassible à l'évocation de son nom. Comment pouvait-il ignorer son état ? Jouait-il la comédie ? Le trait jaillit en un instant, de la caboche de Sébastien à ses yeux. Aussitôt réprimé. L'expression de son élève dut néanmoins déranger le grand professeur, qui marqua une voix plus grave, sans la condescendance qui lui était propre.

- Mathilde ? Quoi Mathilde ?

- Eh bien, elle vient de m'appeler et… elle est enceinte.

Il n'y eu aucune réprimande. Juste un silence qui dura quelques secondes. Il ajusta ses idées à la nouvelle situation, puis remit ses priorités en place et, à l'image d'un programme à qui l'on aurait donné les variables d'un problème, délivra sa solution.

- Je vois. Je m'en occupe. Oublie toute cette affaire. Tu es le plus brillant jeune garçon de ta promotion et je refuse que tu gâches ta carrière sur une erreur de jeunesse.

Il s'en suivit une conversation sur la relativité de la morale et la rigueur nettement supérieure et impérissable de la science. Sur le coup, Sébastien voulut réagir. Se révolter contre sa lâcheté et la facilité avec laquelle Grachin avait balayé toute alternative. Dire qu'il souhaitait prendre ses responsabilités, qu'il s'agissait de sa vie, de son enfant… mais rien ne vint. Penaud, regard et épaules battues, il se contenta de glisser hors du bureau, à l'issue de la tirade de son maître. Ce fut cette nuit-là qu'il inaugura sa plus belle tradition, répétée malheureusement plus de fois qu'il n'osait se l'avouer.

On n'en était pas encore là, même si Plumel avait déjà repéré les petites liqueurs alsaciennes qui feraient affreusement bien l'affaire. La petite serveuse rousse sortit Sébastien de ses rêveries douloureuses en lui demandant de régler sa note. Les clients de l'après-midi commençaient à partir et son service s'achevait. Plumel décida de faire comme eux, sans oser aborder la jolie fille, puis se ravisa, prétextant d'une nouvelle attaque de soif pour reprendre un brin de conversation.

- Vous voulez quoi ?
- Une bière, bien sûr.

- Bien sûr… mais vous ne croyez pas que vous en avez bu un peu trop ? Vous voulez pas un coca à la place ?

- Un coca ? J'ai pas bu cette saloperie depuis je ne sais pas combien de temps.

- Mais vous sortez d'où ? Vous avez jamais entendu parlé du type qui n'a pas bu de coca pendant plus d'un an ?

- Et alors ? Il a perdu du poids ?

- Bien plus ! L'algorithme de l'Omninet l'a viré des statistiques ! Il n'était carrément plus représentatif du Français moyen, avec ses deux litres et demi de sodas par an. Plus crédible pour les marques qui lui payaient un abonnement en régie pour l'accès à ses données personnelles.

- Oh putain !

- Vous l'avez dit ! Du coup, impossible de trouver un job : toutes les boîtes avaient peur d'être déclassés par contamination. Le gars était carrément introuvable sur l'Omninet. Il fallait partir en mission et farfouiller jusqu'à la cinquième page de recherche pour trouver sa photo. Et encore, en basse définition.

- Et il s'est flingué ?

- À peu près. Overdose de Sprite. Dans une tentative désespérée pour…

- Faire du buzz ?

- Compenser.

- Expier sa faute ? Pauvre con.

L'individu ne savait pas que le pardon, comme l'oubli, était un truc dépassé à l'ère de l'Omninet. La merde remonte toujours à la surface. Battu par cette histoire qu'il sentait prophétique de son propre cas, Plumel paya ses consommations précédentes et s'en alla sans pousser ses tentatives de drague. Il se disait qu'il reviendrait bien, un jour ou l'autre, et préférait ajouter à son passif des regrets que des remords. De toute manière, il devait, avant toute autre chose, épurer ses dettes.

17 – *Notre héroïne marquée à jamais : son calvaire en exclusivité.*

La torpeur de ce nouveau cycle, déclenché sans préavis, s'effaçait peu à peu. Trois de ses pattes stagnaient dans un état d'engourdissement prolongé. Pas bon, pas bon du tout. Les réveils, autrefois en fanfare, se faisaient de plus en plus pénibles. Les ordres donnés à sa patte la plus antérieure, celle qui, en temps normaux, guidant une bonne moitié de l'ensemble, se révélait si improductifs qu'elle dut s'y prendre à plusieurs reprises, activant tendons endoloris après nerfs froissés, afin d'en reprendre un contrôle à peu près correct.

Le moindre prédateur se ferait un plaisir de lui rappeler les lois de la nature, celles que Betalia avait lues dans la charge d'une de ses camarades il y a quelques spasmes à peine. Bancale et frustrée de cette nouvelle trahison de son enveloppe corporelle, la jeune Numérienne parvint à grand peine à s'extraire de la cache dans laquelle elle venait de digérer sa fin de cycle. Sa mise en veille, état de somnolence contraint et purement improductif, l'avait obligée à suspendre sa grande quête, celle de l'exploration des charges de tous les êtres qu'elle croisait, ainsi que leur nettoyage.

Mais cette pause et ce réveil poussif n'avaient en rien mangé ses ambitions. De toute manière, les résultats étaient déjà présents, bloc rude et intangible de réalité. Au bout d'un petit millier d'opérations, d'abord sur ses congénères, puis sur toutes les petites bestioles susceptibles de contenir ce qu'elle cherchait, elle en était venue à une certaine forme de maîtrise de son sujet. Elle était capable, dès le premier contact d'antenne, de dénombrer la taille et, souvent, la pertinence du chargement de son interlocuteur. Cela lui permit d'accumuler assez rapidement plusieurs dizaines de bribes du plus haut intérêt, selon ses propres critères expérimentaux.

Il en résulta d'ailleurs une certaine forme de redondance. L'apprentie scientifique qu'elle devenait n'accordait plus la moindre forme de courtoisie aux individus dont elle fouillait et vidangeait les informations. Des milliers de choses nouvelles affluaient en vagues contradictoires : les visages de ces êtres étranges qui semblaient pulluler à l'extérieur de la surface de son monde et dont elle avait appris à ne plus s'effrayer ; les objets et concepts qui lui paraissaient ridicules ; les lieux fascinants mais incompréhensibles.

Durant sa stase forcée, la température avait encore chuté. Au moins, les Cathodiens ne seraient pas tentés de la traquer jusqu'ici. Il lui fallut faire encore deux ou trois fois le tour de la petite caverne où elle s'était abritée avant de retrouver une certaine forme de mobilité, sur toutes ses pattes sauf une. La trainarde reviendrait bien dans le rang, un cycle ou l'autre. Claudiquant vaillamment le long d'un couloir entièrement fait de miellat – dont son ancienne incarnation se serait régalée – elle sonda un petit insecte ailé, mais cloué au sol sous son propre poids. Encore une victime des chocs électriques qui, à chaque entame de cycle, s'amusaient à ruiner les fragiles existences des habitants de son univers.

La charge de la petite bête volante contenait cinq informations en tout et pour tout. Rien d'anormal par rapport à sa taille. Les deux premières n'étaient que des bribes, indéchiffrables au premier abord. Le genre d'échardes indélogeables, car toujours en quête de son complément : la bribe qui lui permettrait de se compiler en un tout bourré de sens. Une forme vivace et mauvaise pour qui comptait, que l'unité perdue rendait indéracinable. Une troisième information, plus intéressante, formait une vibration. Libérée du corps de l'insecte, elle s'arcbouta dans l'air et libéra un son : trois ou quatre notes bien arrangées qui s'évaporèrent juste après l'écoute, comme des bulles de savon. Le mot *Beethoven* stagna un instant, sans plus de signification pour l'ancienne guerrière.

Les deux dernières informations, assez communes, mentionnaient des combinaisons de symboles intitulées Synoptique. *FavienGrimmMaximilienGrachinWilliamAmbrose*. La même chaîne incompréhensible qu'elle avait déjà vu des dizaines de fois. Suppression immédiate de cette redondance qui l'insupportait. L'insecte, ainsi allégé, s'envola gaiement en faisant la fête à l'optimisatrice, qui reprit son chemin.

Cette première petite victoire redonna de l'énergie à Betalia, qui ne tarda pas à trouver un nouvel être à purger de son inutilité. L'animal étrange, dont elle n'avait jamais vu d'équivalent, se présentait sous la forme d'une sphère parfaite, autant qu'elle put en juger. Seules aspérités, de minuscules antennes qui se présentaient et se rétractaient en cadence chaloupée, comme si la bestiole interrogeait toutes les directions pour savoir vers où flotter. L'inquisitrice mandibulée s'approcha de l'étrange créature et déploya ses propres antennes pour établir un contact.

La douleur fut aussi immédiate que punitive. Une immense charge envahit le corps de Betalia, se propageant à tout son être, comme pour l'engloutir sous son propre poids. L'exploratrice imprudente reconnut immédiatement ce qui venait de s'emparer d'elle.

Le mal-sans-nom.

Sans l'épaisseur d'un souffle, sans même lui donner une respiration pour se reprendre, la chose entama son travail, rongeant en un coup plusieurs des informations les plus précieuses qu'elle avait emmagasinées. La surprise fit chanceler Betalia. Autour d'elle, la petite sphère tournoyait, développée de toutes ses antennes vers sa victime. La Numérienne voyait sa charge s'affiner à vue d'œil. Toutes les pièces du gigantesque puzzle qu'elle avait entrepris de résoudre, les fragments de réponses patiemment collectés qui viraient vers l'abîme.

Partout, la maladie reconduisait sa tâche impitoyable.

Ce fut la panique, la débandade de tout son édifice émotionnel. Ses pattes encore valides s'activaient dans toutes les directions, incapables de coordonner leur empressement. De toute manière, il n'y avait plus rien à fuir : le mal était en elle. L'une de ses mandibules molles trouva tout de même le réflexe de mordiller cette maudite sphère qui n'en finissait pas de tournoyer. La prise de l'odieux insecte lui permit de l'envoyer valdinguer sur une paroi, où elle alla s'écraser en un bruit définitif.

Ce son de victoire impulsa en elle le courage de se ressaisir. Supprimant l'horizon maussade de ce qu'elle ne pouvait pas faire,

Betalia tourna tous ses sens vers son propre corps, oubliant la sphère et sa distraction, les parois, la lumière, les températures ainsi que le sol sur lequel elle était étendue. La chose avançait avec logique. Elle pouvait donc être comprise et son action contrôlée. L'exploratrice se mit à lire son propre corps, comme elle l'avait mille fois fait avec les autres. Que contenait sa charge de nouveau, à présent ?

C'était vif, ça avait des couleurs irritantes, sonnait comme une furie. De la destruction, du négatif en plein. Une expression au plus pur de la colère. Dès que Betalia commença à la regarder en face, la maladie s'arrêta tout à fait de s'animer. Paniquait-elle à son tour ? La Numérienne poussa plus loin son exploration. À l'intérieur, une surprise. Une fois écartée la couche adipeuse des sensations, il n'y avait pas le mélange coutumier et chaotique d'informations qui provenait du jeu du hasard, cet arrangement vivant que Betalia rencontrait indifféremment chez les petites et grosses créatures qu'elle examinait.

Au contraire, le mal qu'elle combattait était rigoureusement carré dans l'organisation de ses données. Il s'agissait de la création d'une intelligence externe et courroucée. Les maîtres ? La charge était-elle réellement le châtiment divin dont lui avaient parlé les nourrices ? Impossible de tirer un trait entre deux points si distants. Avant tout, il fallait survivre au présent. Betalia voyait désormais, au sein même de sa charge, la saleté qui recommençait à bouger, comme pour tester son adversaire.

L'ancienne guerrière n'eut pas le temps d'échafauder un plan en bonne et due forme. Il n'y eut que ses réflexes qui la sauvèrent. En un geste de sa pensée, elle fit la seule chose qu'elle savait vraiment faire. Elle déplaça la maladie, comme une vulgaire information. De proche en proche, de nerfs en tendons, elle fit transiter son mal vers la périphérie de son être, loin de ses organes vitaux. Au final, après de longues minutes de combat, elle parvint à l'isoler intégralement dans l'une de ses pattes, celle qui était encore engourdie. Le silence se fit total. À partir de là, que faire ? Tant qu'elle parviendrait à maintenir cet état de concentration extrême, elle pourrait endiguer la chose, la bloquer tout à fait. Mais après ?

Au loin, puis, de plus en plus proche, un petit insecte à miellat, semblable à celui qu'elle avait sauvé un peu plus tôt, s'introduisit dans la salle de sa bataille. Betalia pourrait facilement transmettre à l'être minuscule son ennemi comme un vulgaire tas d'informations. Ce serait si simple et rapide. Bien entendu, la surcharge serait fatale à l'animal, bien avant la maladie. L'insecte glissa au-dessus de sa tête. Il resta un moment, curieux du manège étrange qu'était devenu le corps de la pauvre Numérienne, plié en quatre et gesticulant.

Puis, il s'en alla.

Impossible d'affliger l'insecte innocent avec l'atrocité qui l'habitait. Betalia connaissait désormais la seule solution qui s'offrait encore à elle.

D'un geste sec pour ne pas trembler, elle sectionna son membre engourdi et parasité.

Epuisée, à bout de toutes forces et privée de la majeure partie des trésors d'informations glanées tout au long de ses cycles de quête, Betalia effondra le reste de son corps. Son membre amputé lui faisait face.

Elle venait d'esquiver le pire. Mais l'attaque qu'elle avait subie ne possédait pas de parades, et elle ne se voyait pas risquer une partie de son corps à chaque fois qu'elle sonderait de nouvelles espèces.

Il lui faudrait, à l'avenir, agir avec prudence.

18 – *Libérez les objets ! Le lierre est immortel !*
Découvrez le réseau de fanatiques qui menace l'Omninet.

La nuit. Le lit était propre et douillet. On ne pouvait rien lui reprocher. Non, le blâme revenait en plein à la conscience de Sébastien. Saleté de berceuse criarde et malveillante. Plumel avait beau tenter les moutons, les histoires, le poirier et tout ce qu'il pouvait, son sommeil, pourtant alourdi par deux bonnes bières de chez Yvonne – prélude à la déferlante qu'il entrevoyait pour bientôt – se trouvait contrecarré par une idée. Une de ces folles qui rodait et faisait trop de bruit pour la reléguer au lendemain. Une présence, dans son lit.

Est-ce que cela avait tenu à un ensemble de choses, ou un détail particulier ? Sébastien ne se souvenait plus ce qui l'avait, au tout début, intéressé chez Mathilde. Dans son cou, toujours l'impression tendre de ses baisers, ineffaçable malgré les années. L'invocation de la jeune fille appela d'autres sentiments, qui devinrent gestes nécessaires, trop longtemps repoussés. Qu'était-elle devenue ? Absout désormais par le temps, qui avait fait du jeune homme qu'il avait été un étranger à ses propres yeux. Pourtant, quelque chose de sale traînait encore. Impossible de l'expirer par des mots ou des idées. Exténué à toute autre possibilité, Sébastien se leva de son lit, sortit en catastrophe, et descendit dans le hall de l'hôtel.

Le business center, désert à cette heure avancée de la nuit, demeurait ouvert vingt-quatre heures sur vingt-quatre. L'argent ne dormait jamais, l'Omninet non plus. Il se connecta immédiatement à la borne automatique qui se trouva être plus amicale que le caissier du cybercafé et nettement moins onéreuse. Qu'allait-il ficher là, à cette heure ? Il avait eu quinze ans pour s'inquiéter du sort de la jeune fille à tout faire de monsieur Grachin, et maintenant, en chaussettes et pyjama, il était là, à tenter d'invoquer son nom sur le réseau des réseaux.

Plumel prit de nouveaux quelques respirations appuyées, puis résista à une attaque en traître du passé, qui souhaitait à tout prix empêcher ce qui allait se produire. Un acte qu'il avait évité plus d'une quinzaine d'années durant. Finalement, il débrancha son cerveau voilé de doutes, et se connecta.

L'écran d'accueil félicita Sébastien de sa visite, ajoutant à son profil deux points cadeaux – gratification dont il n'avait jamais compris la signification – et lui présenta un résumé de ce qu'il avait manqué depuis sa connexion sur la petite borne du cybercafé. Impossible de ne pas subir ces écrans sur l'interface officielle du business center. La quasi gratuité du service de recherche était à ce prix.

L'actualité était riche et foisonnante : l'Omni venait de fusionner avec un conglomérat des poussières. Ces petits groupes indépendants, souvent proche des hacktivistes, et qui représentaient la seule alternative au monopole, s'essoufflaient comme des arbres morts. Il ne s'engageait pas une journée sans l'annonce d'un rachat de ce type. Piratés par leurs propres supporters qui les trouvaient insuffisamment radicaux, ou par des agences grises qu'on disait proche de l'Omninet, les grains – cellules autonomes des poussières – croulaient sous leur propre poids.

Il ne resterait bientôt plus que quelques fous, des micros-nations virtuelles, ainsi que la Chine – fermée plus que jamais - qui refuseraient leur intégration. Après une nouvelle série d'écrans du même genre, Plumel put enfin accéder à l'écran de recherche. Sa première tâche fut de définir un filtre sur le type de média ainsi que la zone géographique et le type d'informations demandées. L'outil de recherche spécialisé dans les personnes habitant en France apparut dans en mode texte, et avec son apparence basique, celle que Sébastien prenait toujours.

L'enquêteur se concentra sur le clavier et tapa rapidement le nom et prénom de sa Mathilde sur l'Omninet. Tout aussi rapidement, la page de résultats arriva. Il n'y avait strictement aucune trace d'elle. Nulle part. Il étendit sa recherche au monde, sans plus de résultats. S'était-elle mariée ? De toute manière, le système possédait à coup sûr son patronyme de jeune fille. Incroyable. Il essaya de nouveau, en écrivant cette fois en nom de famille celui de cet oncle qui l'avait pratiquement élevé : toujours rien. En désespoir, il essaya Mathilde Grachin, puis, avec un sourire aux lèvres, Mathilde Plumel : pas un résultat de plus.

Mathilde avait-elle mené le reste de son existence démunie de tout scandale et de tout acte public ? Était-elle devenue nonne ou vivait-elle en Chine ? Sébastien ne pouvait se l'imaginer perdue dans ce coin du monde, où les troubles engendrés par l'énorme problème démographique menaçaient chaque jour de se métastaser en révolution. Un milliard de vieillards pour trois-cent millions d'actifs : l'addition à la tronçonneuse de la politique de l'enfant unique.

Sébastien repensa à l'aversion de sa douce amie envers les objets connectés, à son refus absolu de vendre ses données personnelles aux marques et aux spécialistes de ce qui était le mieux pour les individus normés dans la moyenne. Il fusionna son récit avec celui de l'individu dont l'overdose de Sprite le poursuivait depuis deux nuits. Avait-elle subi le même sort ?

Alors que ses genoux recommençaient à battre la cadence de ses angoisses, l'enquêteur vit une icône qui lui souleva ses espoirs. Le logo du Darknet était installé en bas de l'interface, en transparence approximative, camouflage paresseux. Les chérubins qui consumaient toute leur vie désœuvrée dans le business center avaient dû trouver les astuces pour activer ce réseau gris, pas interdit mais, à chaque itération de l'Omninet, plus difficile à configurer et atteindre. Sébastien hésita un moment, jouant un peu avec l'icône comme un fruit défendu, regarda autour de lui pour s'assurer qu'on ne le verrait pas... puis cliqua. Opposés farouchement au couplage des services qui était la marque de fabrique de l'Omni, les partisans du Darknet, sur lesquels toutes les poussières s'accumulaient et se reposaient, prônaient un modèle totalement éclaté. Bien entendu, les filtres de sécurité et autres logiciels de protections détectaient l'installation de ces outils en tant que virus et les supprimaient, avec une belle pénalité de points, bien ronde et conséquente. Les mômes devaient avoir l'habitude de ce genre de bidouillage, car le lancement du programme ne déclencha absolument aucune alerte ni sanction. Plumel, qui ne s'était jamais aventuré aussi loin dans la zone sombre du réseau, se trouva totalement perdu au sein de la jungle d'interfaces qui s'offraient à lui, au design agressif et anarchique. Lorsqu'il s'aperçut qu'il serait obligé de connecter tout un tas de modules bigarrés entre eux simplement pour lancer une recherche, et que les filtres s'écrivaient en lignes de commande, il abandonna toute tentative, se proposant d'aborder les gamins plus tard, afin qu'ils le guident.

Plus loin dans ses réflexions sur les réseaux alternatifs et leurs inconvénients, une autre idée surgit : avait-elle été l'une des nombreuses victimes prises dans l'oubli ? Pourquoi pas ? Pourquoi cette atrocité, sans équivoque le pire virus que les hacktivistes n'aient jamais déployé, l'aurait-elle contourné ? De quel précédent aurait-il pu tirer cette élégance ? Il y a des événements qui n'épargnent aucune vie, pas même celle des anges. Le visage poupon de Plumel s'assombrit à cette perspective brutale. Depuis l'attentat, plus de trois ans s'étaient écoulés. Pourtant, plus de cinq pourcent des utilisateurs manquaient encore à l'appel. Certains malfrats et autres marginaux avaient profité de cette perte irrémédiable de leurs profils pour se faire oublier. Sans regrets ! Mais Mathilde ? Quel intérêt aurait-elle eu à se laisser disparaître ? Quel intérêt pour quiconque ? Même si la totalité de leurs données personnelles avait été écrasées par cette saleté, pourquoi ne pas recréer un profil, recommencer leur ascension dans les classements ? Sébastien se perdait en conjectures alambiquées et abyssales, incapable de poser une grille de lecture en propre sur ces gens de l'ombre qu'il ne comprenait pas.

À l'opposé de l'idéologie proposée par Mémoire Vive, se développaient des groupes anarchistes qui prônaient un mode de vie dont on ne comprenait pas grand-chose d'autre que la certitude qu'ils n'étaient pas contents. Ces visions pessimistes et revendicatives se concrétisaient par l'émergence de manifestes cryptiques et remplis de fautes d'orthographe, de logiciels libres mais claudiquant, et surtout, dans l'imagerie populaire, de ces terribles virus qui rendaient la consultation de certains sites comparables à un sport de combat. Le plus périlleux avait sans aucun doute été le programme Oubli.

Par-delà le simple effacement des données jugées trop anciennes, le virus supprimait en réalité tous les types de données jugées inutiles par son concepteur. L'homme, qui répondait au doux nom de code Zeus, avait sans doute dans l'idée que les photographies de chiens, de chats et d'animaux domestiques en général n'avaient aucun intérêt, ainsi que celles de stars se baladant dans la rue ou mangeant un sandwich. Il avait élaboré un algorithme résolument génial en se fondant sur le principal problème de l'humanité : l'encombrement progressif de ses données.

Sous couvert de proposer à ses contemporains un nouveau service révolutionnaire de compression de leurs informations, il leur avait demandé de classer leurs fichiers par degré de ressemblance et par catégorie. L'individu prétendait sur son espace personnel – volé à un utilisateur pauvre et décédé de sombre manière - que son logiciel pourrait déceler leurs points communs et les indexer de manière à gagner de la place. En réalité, sur chacun des dossiers, quatre-vingt-dix-neuf pourcent des éléments étaient supprimés, ne laissant qu'un exemplaire consultable. Mal calibré en première analyse, l'événement fut considéré comme une arrivée de l'été sur les données. L'accalmie sur les restrictions qui suivit son déploiement fut saluée par le banc complet des chefs et des sous-chefs.

Le plus étrange – le plus révélateur - était que jamais personne ne s'était rendu compte de la supercherie avant qu'il ne la révèle lui-même, plus de deux ans après le début de son déploiement. Sites, blogs, commentaires, vidéos. Le nettoyage par le vide. Le réseau avait maigri de plus de cinquante pourcents de sa graisse, mais contrairement à ce qu'avait cru Zeus, les utilisateurs ne le remercièrent pas pour cette prise de conscience du bienfait de faire le tri dans leurs affaires. À ce jour, plus de dix-huit millions de plaintes s'étaient accumulées contre l'homme, qui avait préféré la fuite. Personne ne parlait plus de cet événement, mais l'on attendait le prochain désastre dans la peur et la haine de ces fous qui semblaient avoir acquis un pouvoir divin. Dans ce monde numérique si fragile, les dieux, les super-vilains et les monstres étaient réels et leurs pouvoirs terrifiants.

La nuit touchait presque à sa fin et Plumel savait que le lendemain lui demanderait pas mal d'énergie. Il abandonna ses recherches virtuelles, mais jura de les reprendre de manière plus traditionnelle dès qu'il aurait un peu goûté à son lit. Cette résolution sans aspérité assagit son idée, qui ne trouva plus aucune prise pour faire galoper sa tête.

19 – *La violence de cet homme est sans limite :*
notre héros survivra-t-il ?

Le dernier degré de la honte : son aboutissement, puant et tellement banal. Grachin avait échappé à l'humiliation qui lui pendait au nez de façon sanglante. Sébastien, lui, avait choisi l'exil, seul autre processus à même de lui éviter de payer ses crimes. Quinze ans sans se retourner. Avec toujours, collé à sa rétine, l'image de Mathilde et de ceux à qui, un jour, le plus loin qu'il pourrait, il aurait à rendre des comptes. Le retour forcé en Alsace, la visite à la maison Haberzeller, toutes ces rues traversées à nouveau, tout s'était cristallisé la nuit précédente.

Tiraillé dès les premiers instants de la matinée par cette promesse qui ne le lâchait plus, Sébastien résista jusqu'à l'heure du déjeuner pour lui montrer qui dominait qui. Il prétexta, comme à son habitude, le besoin impérieux de se préparer mentalement à ce qui allait lui tomber sur le coin de la figure. Assis au dernier rang de sa lâcheté, il attendit, bien sagement, que toutes ses excuses aient pris la porte avant de se résoudre à agir.

Le rôle d'un intellectuel était bien de soulever des questions. Mais Plumel ne se voyait pas porter, au bout de ses bras malingres, les conséquences de sa propre faute. Surtout pour les apporter à l'homme qui, sans aucun doute, n'avait rien d'aimable à lui dire. Ces mots, raisonnements, rationalisations mettaient un peu d'espace entre Sébastien et son devoir. Il espérait sans doute ainsi générer une sorte de tampon amortisseur qui lui permettrait de gagner ou de perdre suffisamment de temps pour diluer sa pulsion suicidaire.

Vers le début de la soirée, il finit tout de même par craquer et se mit en chemin vers le dernier lieu où il pensait se retrouver. Durant le trajet, il repensa à l'auteur de biofiction. Son assassinat était-il lié au trafic de l'auto-lecteur ? Son meurtrier était-il un fan déçu par la vérité brute de son hangar, rempli des bribes de lui-même, de ce message qui ne tournait qu'à vide, sans autre lecteur que les mouches et le chat de la maison ? Pourquoi Grachin n'avait-il pas tout simplement brûlé tous les exemplaires, au lieu de les entreposer pendant toutes ces années, comme autant de preuves à charge ? La vérité lui crevait les neurones : son orgueil.

Enfin, il arriva là où sa propre vanité lui avait toujours interdit de retourner. Il n'était pas fier, l'enquêteur. Dans quelques minutes, c'est lui qui s'engagerait dans un sale quart d'heure. La rue du fossé des treize n'avait absolument pas changé. Son unique café non plus, toujours tenu par le même homme.

L'espace d'un instant, sur ce trottoir tant de fois arpenté en compagnie de Mathilde et plus encore en souvenirs, Sébastien était redevenu un jeune garçon, tout tremblant devant ce toujours géant qui se tenait à quelques mètres à peine de lui.

De l'autre côté de la vitrine, Plumel observait ses gestes éternels : servir ses clients, faire circuler les bières et papoter avec les habitués. Ce manège voyeur dura quelques minutes, la mécanique lancée de cette forme de quasi action ayant du mal à s'enrayer. Tant qu'il arrivait à se satisfaire d'être au seuil de ses réponses, il pourrait ne pas être déçu. *Combien de fois Grachin s'était-il avancé vers son hangar, un briquet et un jerricane d'essence à la main ?*

La question effraya Sébastien qui brisa immédiatement sa pose, enfin décidé à franchir la porte du bar. Le barman, qui était aussi le patron de l'établissement, crut voir un fantôme et manqua d'en tomber à la renverse. Le bonhomme laissa venir Sébastien sans un mot, dans cette attente active qui est une forme inquiète de résolution. Quelques clients, voyant la mine défaite de celui qu'ils considéraient comme un pote, se retournèrent vers Plumel, les yeux plissés. Arrivé au comptoir, il fallait bien dire quelque chose.

- Bonjour, monsieur … Vous… Vous vous souvenez de moi ? Est-ce que Mathilde est ici ? Vit-elle toujours à Strasbourg ?

La question de celui qui, dans son esprit et sous ses yeux, transitionnait du jeune homme à l'adulte ventripotent, acheva le barman. De la colère se dessinait sur son visage.

- Pauvre petit con ! Ma nièce a disparu. Six mois après t'avoir rencontré. Moi, je croyais… j'croyais qu'elle avait foutu le camp pour se mettre en ménage avec toi, en laissant tout tomber ! Monsieur Grachin, son emploi, moi. Je pensais…

L'homme avait désormais fait le tour de son comptoir et s'avançait vers Plumel. Il lui suffit de quelques pas pour arriver devant l'intrus et, sans une once d'hésitation, le saisir par le col.

- Mais où elle est, alors ? Qu'est-ce qui s'est passé ?

Pas de réponse de la part de Sébastien, qui ne parvenait pas à débloquer sa cervelle, gelée par cette violence physique contre laquelle il était nu.

- Dis-moi ce que tu lui as dit ? Qu'est-ce que tu lui as fait, petite merde ?

Plumel ne se débattait pas. Il ne savait rien, mise à part l'évidence. Quoi qu'il se soit déroulé, il était responsable. Quelques secondes s'étiolèrent. La voix de l'homme brisé se détériora, de la colère au désespoir, à mesure qu'il relâchait son emprise physique. Il se rappela qu'il était honnête et droit. Il se rappela la profondeur des sentiments de Mathilde pour l'abruti dont il aurait pu craquer les cervicales d'un seul coup d'épaules. Pour finir, c'est lui qui baissa les yeux, battu par le néant qui s'ouvrait sous ses pieds.

- La police m'a dit qu'elle était majeure, et puis... Et puis que, comme j'étais pas son vrai oncle - ils me l'ont dit comme ça, les salauds ! Ils ont osé dire que j'avais aucun droit ! Alors, je devais me débrouiller. Ils ont quand même interrogé ses amies, et même le prof... Ils t'ont rien dit, à toi ?

- Non... je ne savais pas.

Impossible d'évoquer le bébé, l'avortement. Pas même devant le seul des amis du père de la jeune fille qui ait daigné l'aider après son abandon. Pas avant, en tout cas, d'en savoir lui-même un peu plus sur ce qu'avait fait Grachin.

Il n'y avait plus de mots. L'homme resta là, regard toujours au plus bas, sans un geste pour retenir ou faire partir l'oiseau de mauvais augure. Un de ses clients, sans doute un habitué, alla à sa rencontre, l'œil vengeur. Sébastien recula lentement, gravement jusqu'à la porte et disparut.

Sans être flic, ni même réellement un détective, il devinait facilement le pire. De nouvelles questions envahissaient son esprit, l'une d'entre elles se fit impérieuse. Pourquoi la police ne l'avait-elle pas interrogé sur les faits ?

L'alcôve, dorée de miellat et d'un milliers d'autres substances délicieusement gluantes, était immense. Deltany agitait ses mandibules dans tous les sens pour ne rien rater de ces parfums. C'était la première fois qu'elle osait s'éloigner autant du village où elle était née et avait vécu toute sa courte existence. Cette jeune Numérienne, qui faisait partie de l'une des premières générations nées sans endosser l'étape cathodienne, n'avait peur de rien, ni de personne. Pourtant, étant la plus jeune de sa bande, elle devait encore et toujours prouver sa valeur. Elle avait déjà volé le bâton du planteur de graines et grimpé jusqu'en haut de la tour de guet, celle qui est interdite aux jeunes. Malgré tout, elle s'apprêtait à accomplir son plus grand exploit. Les adultes lui avaient pourtant répété, en travers et dans toutes les longueurs, que la sage du village ne souhaitait être dérangée par personne. Et surtout pas par des petits vermisseaux, pas plus haut qu'une de ses pattes.

Mais un pari était un pari. Et un gage une histoire d'honneur indépassable. Alors Deltany avançait, comme elle le pouvait, surmontant les petites crevasses du chemin à peine balisé qui, pour elle, étaient de véritables gouffres. Elle ne se plaignait jamais et n'avait fait strictement aucune pause depuis son départ. Elle arriverait à son but, même si elle ne possédait pour tout guide qu'une vague direction échangée avec le vieux Bricks contre sa ration de miellat du jour, et un conseil :

- Fais attention à tout ce que tu ne connais pas... en fait, fait gaffe à tout ce que tu verras, car ce sera la même chose ! Pour tout dire, reste chez toi, ce sera mieux.

Encore un qui ne l'avait pas prise au sérieux. Pourtant, elle progressait bien. La preuve : elle ne reconnaissait absolument pas le paysage qui l'entourait ! Il y avait des fleurs avec des bouches qui gobaient de petits insectes, d'autres qui se tournaient vers elle lorsqu'elle s'égarait trop près d'elles, les parois où, sans fatigue, erraient des ombres imprécises, comme autant de secrets éventés. Soudain, encore plus étrange : une petite sphère qui flottait, pas très loin de Deltany. La coquine émettait un joli son, plus rassurant que les vilaines plantes et semblait vouloir communiquer avec elle. La boule sortit même plusieurs de ses antennes et les orienta dans sa direction.

Quels trésors recelaient sa petite bedaine ? Pour le savoir, il suffisait à Deltany de se connecter à ses antennes et de...

- On ne t'a pas appris à faire attention aux bestioles que tu ne connais pas ?

Un bruit sourd, le plus violent et le plus proche que la petite Numérienne n'ait jamais entendu de sa vie déchira l'espace. Alors que la charmante boule alla valdinguer au loin, s'écrasant de tout son poids sur une fleur qui l'avala aussi sec, Deltany releva sa tête pour découvrir l'identité du responsable de ce carnage.

Là, très haut, à plus de dix fois sa taille, des dizaines d'yeux et d'antennes toisaient durement la petite curieuse. En reconnaissant celle qui lui demandait des comptes, Deltany recula de quelques pas, à la fois envahie d'un respect chargé de crainte et heureuse d'avoir réussi sa mission. L'expression de la sage du village passa doucement d'une rive à l'autre des sentiments. Il y avait, avant tout, la peur qu'elle avait ressenti pour la jeune Numérienne, à deux doigts de la catastrophe. Puis, mélangé à haute dose, de la colère envers ces adultes qui n'avaient pas bien éduqué l'enfant turbulente. Enfin, une forme viscérale de honte, comme toujours. Au fond d'elle, Betalia, la sage de ce village qu'elle avait créé de toutes ses pattes et mandibules, se sentait mère et responsable de tous ceux qui habitaient sa caverne.

Elle se contenta de scruter, de ses yeux sévères qu'elle avait appris à aiguiser au contact des enfants, la petite intruse, qui déguerpit sans demander son reste.

Impossible de lui faire la leçon, tout d'abord parce que, à peu près à son âge, elle avait fait de bien plus énormes bêtises comme de s'engager dans une traque qui lui avait coûté bien plus qu'une simple frayeur. De plus, elle n'était pas en condition pour faire la morale à quiconque. Sa patte manquante la lançait depuis qu'elle avait détruit la porteuse du mal-sans-nom. Une douleur fantôme, comme le disaient les maîtres, ou les individus, quels qu'ils soient, qui lui envoyaient tous ces messages par bribes dissociées. Que voulaient-ils ? Elle avait tenté de comprendre, de déchiffrer, de compiler l'intégralité des charges qu'elle avait pu croiser. Sa grande quête qui l'avait privée d'un de ses membres.

Sa rencontre inopportune avec l'enfant avait fait écho à toutes ses douleurs ridées, les ravivant en un grand brasier. Était-ce parce qu'elle lui ressemblait tellement ? Dans son regard de défi au monde, dans ses actions folles ? Mais elle n'était plus la même.

Avec la maturité, était venue la question du sens. Plus uniquement celui de cette charge, dont elle avait résolu le mystère il y a plusieurs cycles déjà, grâce au vieux Numérien. Betalia voyait désormais ce poids comme le symptôme de quelque chose de plus grand : le mensonge qu'avait été toute son existence de Cathodienne, pétrie d'idées toutes plus fausses les unes que les autres. Nos dieux se moquaient-ils de leurs disciples ?

En tant que sage de cette petite civilisation qu'elle avait initiée avec quelques autres, aurait-elle dû dévoiler tous les secrets que sa quête lui avait enseignés ? Impossible, ils n'étaient pas prêts. Un savoir aussi déracinant ne pouvait être qu'un chemin escarpé et solitaire. Lorsque, à peine plus mûre qu'une larve, elle était conduite au camp des Cathodiens, ses nourrices ne lui avaient appris que le plat, la surface déjà polie de tout ce qu'elles savaient ou devinaient.

Elles avaient parlé des maîtres, de leurs pouvoirs et de leur bienveillance. Elles avaient aussi évoqué, à demi et dans la peur, certains concepts plus mystiques. Dans son petit crâne à peine formé, le plus déroutant avait été la communication qui permettait d'intercéder, de parlementer avec les dieux. Mais n'était-ce pas juste de l'espoir, une autre quête impossible ? La charge était-elle un sens de cette communication, une réception qui n'avait pas encore trouvé de répondant ?

Plusieurs cycles s'étaient écoulés, chacun plus long que le précédent. Betalia, désormais établie en bordure de ce camp numérien, profitait de l'une des périodes les plus stables de son existence. L'ancienne guerrière et exploratrice avait décidé de poser là ses valises et de se sédentariser dans l'une des alcôves abandonnées par les Cathodiens. L'une des nombreuses que son ancien peuple avait dû fuir devant le manque de miellat, leur unique denrée. Les sans-épines, eux, mangeaient de tout, sauf des Cathodiens, bien entendu. Chacun de ces petits êtres cornus et griffus qui n'avaient de cesse de les poursuivre au nom de vengeances imaginaires étaient leurs frères, leurs sœurs ou leurs cousins. À ce sujet, les consignes données par Betalia à ses protégés étaient clairs : en cas de rencontre fortuite, n'être que vitesse, courir sans se retourner, jusqu'à ce qu'ils épuisent leurs pauvres adversaires.

Malgré ses succès, ce village qui accueillait toujours plus de réfugiés, ces bébés nés sans avoir de sang sur leurs mandibules, et tous ses projets en cours, Betalia savait que rien de ce qu'elle faisait n'avait de poids sur les problèmes globaux de son monde. Depuis combien de cycles cette situation de massacres réciproques durait-elle ? Depuis la naissance de leur mère à tous ? Depuis celle des maîtres ? Et pourquoi ? Pour quelle raison poursuivre ce cycle de massacres qui lui paraissait outrageusement inutiles ?

Cela, cette petite vie retirée qu'elle s'était organisée, justifiant mollement l'abandon de sa quête par son handicap, ne pouvait plus suffire à Betalia. Toute cette boucle d'idioties et de mensonges irritait la philosophe approximative qu'elle était devenue, à force de frotter ses neurones aux différentes charges de ses compatriotes. La Numérienne regorgeait de désirs, accumulés au cours de ses cycles de routine. Seule une direction lui manquait, un coup de patte pour lui indiquer la marche à suivre.

Aussi, lorsqu'elle sentit les phéromones, puis devina les contours de son vieil ami qui revenait de l'une de ses nombreuses explorations aux confins de leur monde, elle comprit ce que tous ses sens lui criaient. Elle posa une signification sur sa douleur, sur ce vide en elle, sur ses interrogations.

Le vieux Numérien sortit toutes ses antennes pour mieux percevoir sa jeune amie. Un geste de confiance absolue, habituellement réservé aux parents vis-à-vis de leurs enfants, à cause de leur extrême fragilité. Armé de cet instrument de mesure, il prit la valeur de sa détermination, son absence de doutes. Il réfléchit un bon moment avant de répondre à sa disciple approximative, sa sœur même, tant elle s'était mise à reprendre ses mots, ses idées et attitudes avec l'âge.

- Je veux savoir.

- Tu veux toujours savoir. Tu es trop gourmande, toi. Que te manque-t-il, cette fois-ci ?

- Tout. Je veux… je dois repartir. Il y a trop de trous béants, trop de choses à voir. Et cette mère que je n'ai jamais vu, où se cache-t-elle ?

- C'est très bien que tu veuilles remettre ta cervelle en marche. Quand tu t'es rangée ici, je me suis dit, c'est fini, la voilà à sa place. Mais...

- Je n'avais pas le choix. Avec ma patte qui...

- Des excuses, tout ça. La vie te cogne pour que tu te réveilles, pas pour que tu te recroquevilles !

- C'est pour ça que tu ne t'es jamais arrêté de chercher, d'explorer ?

- Ah moi, vois-tu... les secrets, je les ai déjà tous là, bien dans ma caboche... ce sont les gens que je cherche. J'ai toujours été seul, alors je m'intéresse aux autres, c'est normal.

- Alors ? Vas-tu me dire ce que je veux savoir ? La reine-mère, cette maman magique, existe-t-elle au moins ?

- Veux-tu réellement, de toutes tes antennes et mandibules, le savoir ?

Avant que Betalia ne se précipite pour lui répondre, le vieillard versa encore quelques paroles.

- Méfies-toi. Le monde est mal fait, certes, mais c'est cela qui le rend intéressant. Une fois que tu sais, tu n'as plus rien à chercher !

- Je veux que tu me le dises.

Le vieillard prit son air malicieux, ce qui remit immédiatement Betalia, toute sage qu'elle était, dans sa position de jeune apprentie. Il attendit d'être sûr d'avoir, par son silence, calmé ses ardeurs, avant de lui offrir sa réponse la plus énigmatique.

- Tu la vois en ce moment-même.

Ces mots firent perdre à la fière Numérienne toute retenue. Comme la jeune Deltany peu de temps auparavant, Betalia se retourna dans tous les sens, excitée comme jamais. Elle recherchait une forme, quelque chose qu'elle aurait dû reconnaître par ses instincts mêmes, mais rien ne lui apparut.

- Elle est ici ? Je ne la vois pas.

- En quelque sorte. Tu es, nous sommes tous, à l'intérieur d'elle.

21 - Témoignage exclusif : cet homme rentre
pour un renseignement
et devient suspect du meurtre de son gourou.

Que faire après un grave accident ? Au moment où l'on se prend un semi-remorque de vérité en pleine figure ? Lorsque l'on apprend à quel point on est - on était – un petit con ?

Renversé par les révélations de l'oncle de cœur – et de tripes - de Mathilde, Sébastien décida de se rendre immédiatement au commissariat de la ville, sans savoir qu'il y en avait en réalité neuf, dont huit s'avouaient totalement inopérants pour traiter son cas.

Le biologiste étrenna ses chaussures comme jamais. Renvoyé d'un premier bureau de quartier pour cause de fermeture – car, la nuit, les commissariats de Strasbourg baissent le rideau, *avis aux assassins !* - puis d'un deuxième le lendemain matin, qui ne gérait que les petites plaintes et surtout pas les anciens dossiers, sa surprise se fit rage et frustration.

Une fois arrivé au commissariat central, qu'il reconnut parce qu'il était le seul encore ouvert après dix-huit heures, Sébastien exposa son cas à l'accueil, à une jolie brunette qui eut l'air de compatir à ses malheurs, et surtout à ses déboires administratifs. Elle proposa à Sébastien de s'assoir sur l'un des bancs de l'espace d'attente le temps pour elle d'engager quelques coups de fil.

Plumel, devant cette avancée dans son affaire – quelqu'un qui ne se moquait pas de lui, qui ne le chassait pas, voir qui l'écoutait - commença à se calmer. Un sourire de la jeune policière et il décida de prendre son mal en patience, tout en finissant tranquillement le livre de nouvelles de Grachin. Devant lui, un homme d'une soixantaine d'années, aux horribles lunettes cassées et scotchées à plusieurs endroits, qui pestiférait des insultes contre l'auto-lecteur. L'individu gigotait péniblement sur sa chaise, comme pour attirer l'attention de Sébastien qui ne releva pas, ayant déjà subi plusieurs regards en coin lors de sa première séance de lecture à la terrasse de chez Yvonne. Le bougre haussa progressivement le ton de sa voix et baissa la ceinture de son vocabulaire, jusqu'à l'acrimonie. Le fiel écorchait son estomac, traversant toutes les retenues de la bienséance, sans que Plumel ne put en deviner la cause exacte. Peu après, la brunette fit sortir le binoclard, qui était en réalité le président de l'association des amis de Maximilien Grachin, entité qui venait à la fois de s'auto-dissoudre et de porter plainte pour escroquerie contre Thomas Katz et sa maison d'édition. Pauvre individu qui confondait le succès littéraire avec la qualité d'un roman !

Une fois le malotru parti, Plumel attendit son tour pendant quelques minutes, puis arrêta d'attendre. La police locale ne semblait pas pressée de traiter son cas. Il se remit donc à son ouvrage, croyant être enfin seul, lorsque derrière lui, une voix alcoolisée s'éleva.

- Miranda ?

Plumel ne se retourna pas tout de suite, dans l'espérance que l'autre serait emmené en cellule de dégrisement ou qu'il plongerait dans un coma éthylique avant de proférer quoi que ce soit d'autre.

- Miranda ?

Puis, dans l'oreille de l'enquêteur, son haleine usée presque au contact.

- Vous l'avez vue ?

Personne pour venir secourir Sébastien. Déjà à moitié tabassé et insulté par le patron du bar, il faisait le sourd, mais l'autre était patient. Même sans le voir, Plumel savait qu'il souriait, exposant son unique dent encore debout, un petit miracle de la nature. Une ou deux pichenettes du menton plus tard, il n'était plus possible de fuir.

- Vous l'avez vue ? Elle est belle, hein ?

Contraint de se retourner, Sébastien fit face à une sorte de semi-clochard. Mal rasé sans être totalement à l'abandon, l'homme était visiblement sur une voie magistrale de garage.

- Non, je ne connais pas votre femme.

- Hey ! Mais vous mentez comme un arracheur de dents ! Si vous la connaissez pas, comment vous savez que c'est mon épouse ?

Plumel ne répondit rien, ne voulant pas aggraver son cas.

- Alors ? Vous couchez avec ?

Puis, avec un regard de chien battu.

- Vous pouvez lui dire de revenir ?

C'est ce moment précis que la fonctionnaire de garde choisit pour revenir dans la salle d'attente. Sébastien n'avait jamais été aussi heureux de voir la police.

- Le commissaire Emblin va vous recevoir.

Le bureau du commissaire semblait bizarrement étriqué pour un policier de son calibre, plus encore avec ses murs parsemés d'affiches de vigilance contre tout et n'importe quoi, du jeu en passant par toutes les drogues ou l'alcool. Un affichage qui parut paradoxal à Sébastien, puisque l'homme descendit la totalité de leur entretien tout en jouant avec deux dés : il les lança, pesta contre le résultat, puis les relança.

On sentait une énorme lassitude chez celui qui posa un sourire administratif sur son visage avant de saluer Sébastien. Le commissaire, en forme pour son âge et bien rasé, prit encore quelques secondes, pendant que son invité s'asseyait en face de lui, pour compulser le vieux dossier que l'on devinait sorti pour l'occasion des archives, fit un ou deux signes résignés de la tête, avant de le refermer comme le bulletin trimestriel d'un de ses cancres de rejetons.

Plumel crut son interlocuteur mort de fatigue, et s'apprêtait à vivre un interrogatoire paresseux, lorsque, comme un ressort, l'officier de police se leva, soudain plein de vigueur, et alla ouvrir la minuscule lucarne placée derrière-lui. Il réfléchit un instant, huma l'air. Puis la referma et retourna s'assoir. Sébastien fit de son mieux pour ne pas se laisser décontenancer et prit la parole. Les premières phrases échangées lui permirent d'expliquer ce qu'il savait de l'affaire, ce qu'il avait fait et dit, en omettant une part de son scandale, de l'enfant, de l'avortement.

Le commissaire parut bien réagir, ouvert et compréhensif. Plumel se mit, en parallèle à ses déclarations, à imaginer qu'il pourrait faire glisser l'entretien vers Grachin, afin de marauder quelques informations sur l'état de l'enquête, et plus précisément sur les causes de sa mort maintenant que l'on avait enfin la localisation du cadavre. Aux dernières rumeurs, la fouille de la forêt n'ayant rien donné, on s'était finalement rabattu sur l'étang, où le corps avait été retrouvé. Cagoulé et ligoté, au milieu d'une véritable forêt de cadavres d'animaux, à divers stades de décomposition. Quelle foi accorder à cette histoire ?

Emblin posait par moment la main sur sa tête. Un pansement sur son crâne dégarni lâchait sporadiquement une petite goutte de sang que l'homme essuyait sans trop y prêter attention. Voyant la gêne provoquée par son état, le commissaire sourit, délaissant un moment son jet de dés, et expliqua à son hôte.

- Les risques des gardes de nuit. Tous ces ivrognes qui veulent à tout prix vous révéler les secrets de l'univers, ils peuvent s'énerver si vous ne leur prêtez pas toute votre attention.

Puis, en reposant son air grave sur sa figure, il coupa directement dans le vif du sujet.

- Croyez bien que le bleu qui était en charge de cette affaire à l'époque va en entendre des vertes et des pas mûres !

Le commissaire relut le dossier compulsivement, mais superficiellement. Aucune chance de glaner les informations dont il avait besoin en agissant de la sorte. Se moquait-il de Plumel ? Quel temps avait-il eu, en l'espace des quelques minutes qui s'étaient écoulées entre les coups de fils de la flicette de l'accueil - qui, sans qu'il ne se l'avoue, lui avait tapé dans l'œil - et son arrivée dans le bureau du gradé ? Avait-il été prévenu de l'arrivée de l'enquêteur par ses collègues des autres commissariats ?

- Mais je ne pige rien à ce que vous dites. D'après ce que j'ai lu dans les rapports de l'époque, le crétin de service a pourtant fait tout ce que vous vouliez.

- Ce que je voulais ? Mais je ne l'ai jamais rencontré. Vous vous foutez de moi ou quoi ? La police ne m'a même jamais interrogé.

- Non, pas vous bien sûr, mais l'employeur de la petite. Notre célébrité locale, monsieur Grachin.

Un sourire méchant se dessina sur son visage. Non pas rieur ou amusé, comme les autres indolents qui ragotaient et se fendaient la panse sur l'auto-lecteur. Non. Il y avait une forme de haine éclusée dans ce sourire. Que lui avait donc fait Maximilien ?

- Le professeur nous a apparemment expliqué toute l'histoire, alors, pour éviter un scandale… vous savez, à l'âge de la petite…

Des éclairs, des idées tranchantes affluèrent dans le sang gorgé de bile du plébéien : Mathilde était mineure ? Pour elle, je n'étais pas qu'un amour d'été qui avait tourné à l'accident. En apprenant que je ne reviendrais pas, que je l'avais abandonnée, elle et notre enfant à naître, elle n'aurait tout de même pas… Non. Il n'y avait aucune nostalgie morbide dans son être. Lorsque le professeur l'avait fait avorter, elle avait dû décider de ne pas revenir. Et lui avait tout couvert. En mentant à la police. Mais où était-elle à présent ?

Les traits de Sébastien se figèrent sous l'incertitude, poussant le commissaire dans une nouvelle direction.

- Considérez-vous le type qui s'est glissé dans le rôle du cher tonton comme violent ?

Le souvenir de son cou endolori amena Sébastien à trahir un stress qui intéressa au plus haut point Emblin.

- Je n'sais pas. Tout être est violent s'il est poussé à bout.

Les dés firent un double six. Cela sembla ravir Emblin, qui changea de ton.

- Même vous ?

Sébastien ne trouva rien à répondre. Il chavirait. Plus question pour lui d'orienter les questions vers Grachin, c'était le commissaire qui s'en chargeait, mais avec une optique nettement plus dommageable que la sienne.

- Et Grachin ? Aviez-vous eu des contacts avec lui depuis son entrée à Mémoire Vive ?

- Vous étiez au courant de son abonnement ? Vous êtes sûr qu'il a réellement...

- Abonnement ? Non, je parle de son emploi en tant que chef de projet.

La mâchoire de Plumel en tomba sur le sol. Maximilien travaillait pour la MV ? Impensable. Ridicule.

- De quand date votre dernier contact avec Grachin ? Vous ne lui auriez pas connu un ennemi par hasard ?

Plumel se ressaisit. Après tout, lui aussi était une sorte d'enquêteur, il devait profiter de l'occasion pour glaner au moins une information intéressante.

- De toute façon, vous saurez bientôt qui a fait le coup, maintenant que vous avez le corps…

- Pas exactement.

Un temps s'envola. Emblin désirait visiblement jouer avec les nerfs de Sébastien, car dès qu'il le vit ouvrir sa bouche pour relancer une question, il poursuivit.

- Nous avons bien retrouvé un cadavre, mais ce n'est pas celui de Grachin.

Un nouveau coup de massue. Il dut absorber le choc avant de poursuivre.

- Mais alors, qui…

- Trop tôt pour le dire. Tout ce que je peux vous annoncer, c'est que le macchabé date de bien avant la disparition de vot' client.

Devant la figure visiblement décomposée de son interlocuteur, le policier abrégea.

- Bon, il se fait tard et je n'ai rien pour vous placer en garde-à-vue.

Avait-il hérité du même sens de l'humour que Grachin ? Emblin se releva une nouvelle fois de son bureau, cette fois pour signifier à Plumel la fin de leur entretien.

- Pourriez-vous revenir, d'ici un ou deux jours ?

Ça y était. Quelques mots de trop et il se retrouvait suspect d'un meurtre. Le policier lui donna sa carte - un rectangle blanc sans fioriture sur lequel ne figurait que son nom, son grade et le téléphone du commissariat - avant de le raccompagner. Il avait rangé ses dés dans un tiroir de son bureau, comme s'ils avaient été les instruments de son interrogatoire, au même titre que son bloc-notes ou ses crayons. Son pansement s'était arrêté de saigner, ce qui était devenu le cadet des soucis de Plumel.

- N'hésitez pas à m'appeler, surtout si vous avez quelque chose à avouer !

22 - Strasbourg : Découvrez nos spécialités culinaires :
vous ne pourrez plus vous en passer !

Quand la tempête frappe à l'extérieur ou demande des comptes, quelle autre excuse que l'inconscience ? Réfugié à l'intérieur du seul lieu qui ne lui avait pour l'instant jamais fait de mal, Sébastien avait pourtant le sentiment d'avoir remporté une immense victoire. Il percevait désormais une nouvelle période de son passé, de manière totale et définitive. À lui les joies de la reconstitution, de défragmenter une à une ses sensations d'alors, le fil tordu de sa perception pour la réajuster à ce qu'il venait d'apprendre. Le temps révolu, aussi vivant que le présent, se modifiait sans cesse si l'on prenait le temps d'en chasser les détails, les points de vue. Comme reconstituer les pièces d'un puzzle interactif, dont l'image même se modifierait en fonction des pièces qu'on y accolerait. Par bourrasques, les idées érodaient sa cervelle.

Retour à la base, donc. Au rituel.

La winstub chez Yvonne, malgré le fait qu'elle était l'une des plus connues de Strasbourg et qu'elle avait le mauvais goût de se situer à deux pas de la cathédrale, était réellement l'une des meilleures de la ville. Nettement moins forte en gueule et en décorum que l'inénarrable maison des tanneurs qui faisait les beaux jours de la petite-France, elle avait le gros avantage de foutre la paix à ses clients. En d'autres termes, exactement ce dont Plumel avait besoin. Il mit donc ses pieds alourdis de calomnies et de trajets inutiles sous la table et, dans ce contexte apaisé, se permit une petite dérivation de sa caboche loin de ses idées noires.

La ginguette avait en outre l'avantage de se situer dans la rue du Sanglier, à deux pas de la rue du temple neuf, où habitait Noémie. Le temple neuf : était-ce un signe ? La MV se prenait-elle pour l'ultime religion, s'occupant de l'âme des morts ? L'enquêteur se prit à imaginer Miss Bartok en cerbère de la porte ultime. Curieusement, son petit rêve n'accordait à la jolie fille, aux yeux bridés à demi, aucune forme de vêtements. Mais ce qui l'étonna réellement – le quarantenaire esseulé avait pris l'habitude d'imaginer à peu près toutes les femmes qu'il croisait de la sorte – était ailleurs. La version de la responsable de la MV qui avait hanté ses songes n'était pas son adversaire, mais une alliée, qui lui sauvait la peau au cours des multiples itérations de ses fantasmes. Syndrome de Stockholm ? Le plat de Spaetzle, ces pâtes cuites au four, arriva à point pour remettre ses idées dans le droit chemin de la décontraction. Il fut avalé sans pause, avec sa wurt savoureuse.

Relâchement. Plus facile de se concentrer sur sa saucisse, ses pâtes grillées et sur toute la carte des vins et spiritueux. Aucune angoisse résiduelle depuis qu'il était parvenu tout en bas de l'échelle de son sentiment, jusqu'à ce que celui-ci perde son nom. Trop mélangé et trop négatif, on lui avait même ôté cela. Tant mieux : c'était justement sur ce vide qu'il se rebâtirait doucement. Comme à son habitude. Entre deux bouchées. Il y eu tout de même une trêve, le temps de la faim. Son estomac n'avait jamais entendu parler de Mathilde, de son oncle, de Crambier, de Katz, de Bartok ou de Grachin. Il ne demandait qu'à être nourri.

Le problème arriva au moment du désert. Plumel hésita longuement avant de commander un yaourt artisanal à la myrtille qui lui faisait très envie. Malheureusement, le sort avait voulu que deux jours à peine auparavant, il réussisse à vendre de manière inespérée son profil personnel à une société concurrente. Acheter ce yaourt baisserait sa valeur commerciale potentielle auprès de son nouvel affilié, qui le rayerait immédiatement de sa base client et cesserait tout abonnement à son flux informatif. Il lui restait si peu de sociétés fidèles. Au final, il prit son yaourt à la myrtille, mais lui donna une mauvaise note, en forçant sa cervelle à imaginer qu'il ingurgitait de la merde.

La société serait contente.

Une fois son ventre repu, l'ingrat rendit les rênes à son cerveau et des processions d'images mauvaises recommencèrent à affluer. Sébastien avait-il encore des paliers à dégringoler ? Était-il donc condamné à l'échec ? Qu'avait-il accompli depuis son retour en Alsace ? Quelques informations glanées, et surtout, ce fait inédit : Grachin travaillait pour la Mémoire virtuelle. Mais aucun suspect précis, et que d'erreurs. Cette fois-ci, personne n'était là pour réparer les morceaux. Mais qu'avait donc fait Grachin, à l'issue de sa confession sur la grossesse de Mathilde, dans le bureau partagé entre les enseignants ? Il avait sans doute aidé la jeune femme à trouver une clinique pour se faire avorter. Perdre, égarer son bébé, le leur. Celui qui aurait été... À cet endroit, la pensée de Sébastien marquait toujours un pli. Cela faisait longtemps qu'elle était là, derrière certaines de ses hésitations, lorsqu'il devenait un peu faible, un peu friable, que son écriture se faisait humaine, presque croyable. Il se prenait, dans les instants de désœuvrement, lorsqu'il progressait garde baissée, à surprendre l'ombre trop belle pour être indolore de celui qui avait failli être sien.

Ces considérations basses et mornes – ce bébé mort ou jamais né, sa longue chaîne d'échecs – venaient du sentiment d'évoluer entre deux échecs, d'être avancé ou reculé par des événements dont il ne maîtrisait que très faiblement le déroulement ou la portée. Cette voix pénétrée de doutes qui précédaient ses fuites. Pourtant, il ne pouvait se résoudre à lâcher cette affaire pour simplement rentrer à Paris. Au-delà des questions financières et possiblement judiciaires qui étendaient leurs ombres griffues, il y avait maintenant ces questions nouvelles, ces *pourquois* mal cicatrisés. Impossible de revenir la queue entre les jambes, surtout pas dans cette ville qui n'avait jamais été celle de son élection. Il avait toujours erré, cherché sa ville, le lieu où reposer ses angoisses. Faute de mieux, Paris restait toujours au centre du ballottage éternel. En réalité, il cherchait un changement, une fin qui ouvrirait autre chose. Quelle serait-elle, sa ville ? Celle où son écriture pourrait naître ? Peut-être, rester ici ? Mais il fallait d'abord chasser tous ses fantômes, et d'abord celui de son vieux maître.

Au fur et à mesure de sa progression alambiquée, il découvrait de multiples faces cachées chez Maximilien Grachin, plus étonnantes que les marottes que l'on trouvait habituellement chez les défunts. À la mort d'un père ou d'une tante, on la découvrait pratiquant la peinture ou la photographie. Rien de tout cela n'avait semblé intéresser l'auteur, malgré l'éternel Daguerréotype – terme usurpé, mais il n'en connaissait pas de meilleur - qui errait dans son bureau. Grachin ne s'était jamais vraiment mis à cet art. Du moins, s'il l'avait fait, cela avait dû être une affaire privée et qui ne laissa aucune trace visible. Devant l'étrange appareil, Sébastien imaginait son maître invoquer l'esprit de Niepce, peut-être de la manière dont il surprenait parfois celui de cet enfant jamais venu.

On trouverait peut-être un jour une série de clichés d'art réalisés par Maximilien. Des nus ? Sébastien n'avait de cesse, depuis leur rencontre, d'imaginer des vices à celui qui l'avait distancé en tout, même en scandales. Quel autre moyen pour le faire redescendre à son niveau, le rendre plus accessible. Plumel n'avait jamais connu à son maître d'histoires sentimentales, pas d'enfants, ni compagnes ou courtisanes d'un soir. Rien. Mais n'était-ce pas mieux que son propre bilan sentimental qui devrait se compter en négatif si cela était possible ?

À moins qu'il n'ait couvert ses traces ? La MV avait peut-être fait son boulot et retiré toutes les photographies compromettantes ou autres saloperies inavouables ? Ce serait normal, après tout, pour l'un des employés de cette société. Malgré tout, Sébastien n'arrivait pas à croire que Grachin avait accepté de travailler si loin de son domaine de prédilection. Quel pouvait être le rapport entre la récupération des données et la biologie ?

Voulait-il analyser le corps des morts pour en tirer des informations ?

Il fallait faire cesser ce ballet d'interrogations. Après tout, Sébastien n'était pas seulement venu ici pour la plastique de la jolie rousse, qui d'ailleurs – comble de malchance - était de repos aujourd'hui.

À rebours de tous ses sens et intuitions qui lui hurlaient de se tenir éloigné de la jeune employée de Mémoire Vive, il n'eut d'autres choix que de retourner dans la gueule de la louve, repartir voir la jeune femme et obtenir enfin quelques réponses.

23 - Découvrez l'art subtil et ancien du nettoyage par le vide
(résultats garantis sous vingt-quatre heures !)

Les écrans informatifs qui fleurissaient un peu partout dans la ville festoyaient. Le service linguistique de l'Omninet venait d'annoncer en grandes pompes son rapprochement avec son principal concurrent. En réalité, il l'avait simplement gobé, tout cru et frétillant, dans sa petite mare. Mais tous les analystes, les fouilleurs de réalités à exploiter s'accordaient sur un manque, une gourmandise qui résistait encore au grand festin. Mémoire Vive n'était pas à vendre, impossible de l'approcher, de la courtiser, de racheter ses actions, son capital ou de s'accaparer ses dividendes. Nul ne savait qui étaient ses actionnaires, ses fondateurs. Pour quel pays, quelle idéologie elle roulait. Cette opacité, mère de tous les fantasmes, faisait baver les renards, les chacals et autres charognards.

Une meute en écho aux interrogations de Sébastien. Pourtant, devant la porte du petit appartement, il était seul. Son ventre, trop repu, trop bien traité, menaçait de se venger. Prétexte, comme toujours. Donner une raison anodine à son trouble. Regarder de côté pour éviter l'évidence. Il inspira et expira à plusieurs reprises très profondément. Pas de peur véritable mais une angoisse sourde qui entremêlait l'ensemble de ses problèmes en un mur d'une hauteur bien supérieure à leurs ombres cumulées. Une contre-liberté sans limite. Sa seule option étant un échec assuré, autant s'y précipiter dès à présent.

Il frappa enfin et la porte s'ouvrit immédiatement, laissant entrevoir l'évidence : Noémie Bartok avait tout vu de son petit manège, de ses exercices ridicules pour se mettre en condition, et attendait qu'il se décide à toquer. Dès l'entame, première éclaboussure.

Toutes les images, les posters géants et représentations biologiques avaient disparues. Seules restaient quelques clous orphelins, preuves qu'il n'avait pas rêvé l'attrait de la jeune femme pour son domaine de prédilection. L'appartement lui sembla encore plus minuscule qu'à sa première visite. Peut-être la jeune femme occupait-elle plus d'espace, maintenant que Sébastien savait à quel point elle ne ressemblait en rien à son physique fragile. À l'intérieur, il percevait un esprit vif et solide. Sans comprendre réellement qui elle était, quels étaient les ressorts qui activaient ses envies et surtout ses besoins, comment entrecroiser leurs personnalités, la faire se rapprocher de lui ou plutôt l'effondrer à son niveau.

À peine assis et alors que Noémie allait lui proposer un de ses thés aux saveurs exotiques, il se voulu agressif. Il tenta la force, mit la jeune femme en accusation, en faute même pour lui avoir caché des informations vitales pour son enquête, mais il n'eut qu'un sourire amusé en retour.

- D'une certaine manière, vous avez raison. J'ai eu l'audace de ne pas vous spécifier tous les détails de notre relation.

Ne comprenant pas le sarcasme de la jeune femme, Sébastien se crut en position pour poursuivre son attaque. Un mot de retrait de la jeune femme lui avait suffi à regonfler son tempérament. Il était en pleine confiance, à présent, à mille lieux de l'état semi-dépressif qui terrassait ses gestes, quelques minutes auparavant.

- De quel droit…

- De quel droit osez-vous m'interroger comme si vous étiez un flic ? Vous n'avez aucune prérogative sur Grachin ni sur les données qu'il nous a confiées.

La réponse rectiligne figea l'enquêteur. Pour soigner son ego, il devrait aller voir ailleurs.

- Mais son éditeur…

- … duquel il s'était séparé à grands coups de savates deux mois avant sa mort.

Sébastien resta sans voix pendant quelques secondes. Une seule option : bluffer jusqu'à la mort et espérer qu'elle lui laisse son honneur.

- Vous mentez.

- Absolument pas. D'ailleurs, vous ne savez pas ce que ce type serait capable de faire pour récupérer son meilleur auteur, ou au moins son dernier roman. De toute façon, tout ce qu'il a écrit, dessiné ou même rêvé durant la durée de son contrat, nous appartient. À vrai dire, et puisque vous semblez vouloir poursuivre notre conversation, sachez que Maximilien était devenu le directeur de notre département de recherche et développement. Il travaillait sur plusieurs projets révolutionnaires…

- ...dont vous ne me direz rien de plus ?

- Je crois que vous commencez à comprendre. Maintenant... est-ce que vous êtes capable de deviner ce que je vais vous demander ?

Sans répondre, le quarantenaire défraîchi et désormais outrebattu se leva et prit la porte. Une légère salve d'applaudissements accompagnait sa fuite. La responsable de la MV se crut obligée d'ajouter quelques paroles douces.

- Tirez-vous. Laissez faire la police. Vous me semblez totalement hors de votre petit bassin.

Le mot de trop. Celui qui remotiva totalement Plumel. Il lui montrerait à cette petite conne. Il leur montrerait à tous. Non seulement il trouverait ce fichu chef d'œuvre dont parlait Grachin dans sa dernière lettre, mais en plus, il amènerait son assassin à la justice.

24 - *Insécurité à Strasbourg : Même les hôtels sont pillés !*
(Supplément inclus : comment devenir une star de l'Omninet)

La maison Haberzeller n'était plus que l'ombre d'elle-même. Le portail rouillé, le jardin non entretenu. Elle marquait le deuil. Durant ses trois premières visites, Sébastien s'était contenté de fréquenter le rez-de-chaussée. Impossible pour lui de monter à l'étage, là où l'attendaient, depuis quinze ans, les chambres et leurs fantômes. En évidence, extirpée de toute ombre salvatrice : la pièce où avait vécu Mathilde, leur chambre, celle où elle l'avait entraîné plusieurs soirs de suite, peu avant son départ.

Mais devant les obstacles qui lui barraient la route et tous les mensonges cumulés, il devait cesser de prendre des gants avec lui-même. Contournant comme il le pouvait l'étrange enchevêtrement de fils constellés de pinces qui parcourait une partie du rez-de-chaussée – la fille de ménage étendait-elle le linge à l'intérieur ? – Sébastien se dirigea vers son passé. D'un geste méchant, il arracha un ou deux câbles qui tendaient fébrilement un cadre bricolé. L'escalier grinçait bien évidemment. L'inverse aurait détoné. Il s'enfonça dans le couloir, débordant la porte de son ancienne chambre sans un regard, puis devant celle de Mathilde de la même façon. Son seul objectif était professionnel. Pas le temps pour les souvenirs, il lui fallait trancher un résultat.

La chambre de Maximilien Grachin était l'inverse de son bureau. Le lieu était immense et décoré avec goût, mais dans un style relativement ostentatoire. L'effet fut tel que Plumel se demanda un moment s'il n'avait pas débarqué chez quelqu'un qu'il ne connaissait pas. C'était le cas : autant le bureau de Grachin était en réalité un lieu public - le lieu d'apparat dans lequel il avait construit son image d'écrivain, en y invitant journalistes et jeunes à impressionner - autant sa chambre était le lieu de sa vérité, celui où s'exprimait sa personnalité au naturel. Perturbé par cette révélation, Sébastien balada son regard pendant plusieurs minutes, passant en revue les montres chics, les vêtements qu'il ne lui avait jamais vu porté, l'alcool, certainement de grands crus, entreposés dans une des niches de cette sorte d'appartement privé, à l'intérieur de sa propre maison.

Qui d'autre que l'écrivain avait eu le privilège de pénétrer ici ? Quelque conquête d'un soir ? La police lors de la fouille de la maison ? Dans un placard, Plumel finit par trouver ce qu'il était venu chercher : les papiers personnels du bonhomme. Rien de littéraire là-dedans. Des contrats, de la correspondance, et une déception majeure. Noémie avait donc dit la vérité : Plumel avait entre ses mains l'original du courrier par lequel Maximilien avait mis officiellement fin à sa relation avec son éditeur. Les motifs en étaient comiques à demi. Mesquins. Une histoire de sommes versées en retard, et surtout des reproches qui frisaient le pathétique. Sébastien en eut presque de la peine pour Thomas Katz d'avoir affronté ce torrent d'arguments biaisés enrobés de termes insultants. Grachin ne s'était pas grandi en écrivant cette missive.

Une fois absorbé la réalité de sa situation, Sébastien se prépara doucement à tourner les talons vers d'autres aventures décousues lorsque, venant de l'immense cheminée qui dominait la pièce, quelque chose attira son œil : une tache rouge. En s'approchant de l'âtre, il reconnut la marque de dossiers que Grachin utilisait pour classer ses projets. Celui-là avait été brûlé. Seule la couverture avait, en partie subsistée, avec un titre qui glaça le sang du biologiste : Programme dissémination.

Que signifiait ce nom ? Était-ce le titre du chef d'œuvre que l'écrivain avait pondu ? L'avait-il abandonné aux flammes afin de lui éviter le destin de ses autres productions ? Même si ce n'était pratiquement rien, l'indice brumeux remit un peu de baume au cœur facile de Plumel.

Sébastien fit un dernier tour de la pièce puis en referma l'antique serrure, plus léger d'avoir, enfin, trouvé un début de piste avec ce titre effrayant et avancé dans sa compréhension des rapports de force et dans la bassesse de celui qui l'avait envoyé commettre tout simplement un vol. En correspondance, le couloir semblait vidé de ses fantômes. Bonne nouvelle qui appelait une nouvelle hardiesse : Sébastien s'arrêta devant la porte de son ancienne chambre.

Avait-il besoin de frapper ? Un sourire se dessina sur ses lèvres lorsqu'il revit Mathilde qui, tant de fois, l'avait accueilli, au plus fort de ses crises de sommeil contrariés. Son émotion prit racine quand il convoqua le souvenir des quelques occasions où elle lui ouvrit ses bras. Le lit de leurs ébats était-il encore là ? La poignée résista. Elle était sûrement grippée. Un nouvel essai, de toutes ses forces, cette fois. Puis, un autre, en s'appuyant de l'épaule, comme pour enfoncer la porte. Geste douloureux car mal placé, et parfaitement inutile. La serrure était verrouillée.

Ce problème intrigua Plumel bien plus que la force du souvenir ne l'avait poussé à perdre un peu de son temps à vagabonder. Il lui fallait pénétrer à l'intérieur, et il en avait le moyen. À l'époque de son premier séjour, leurs deux chambres, mitoyennes, communiquaient par une porte qu'il savait très fragile. Au pire, il pourrait toujours l'enfoncer, contre l'avis de son épaule endolorie. Sébastien fit défiler ses pas jusqu'à la porte de la chambre de Mathilde qu'il ouvrit sans rencontrer aucune résistance. Surtout, ne pas s'égarer au milieu de la myriade de souvenirs qui saccadait ses yeux. L'enquêteur se força à concentrer son attention immédiate sur la petite porte commune. À son plus grand soulagement, il n'aurait pas besoin de se démettre les vertèbres : le petit accès de service était déjà ouvert, ainsi que sa fenêtre qui donnait sur la nouvelle verrière. La jeune Inès avait-elle reprit la chambre de sa devancière ? La créature avait dû prendre peur en entendant Sébastien essayer de forcer la porte et s'était évadée par la fenêtre d'à-côté, en utilisant le toit du jardin d'hiver. Avait-elle pris l'habitude de s'enfermer ainsi après l'invasion avortée des journalistes ? Elle n'était en tout cas pas visible dans le jardin. Au moins, la jeune fille ne s'était pas cassée quelque chose dans sa cascade.

Sébastien passa un instant en revue son ancienne chambre qui n'avait pas changé d'un iota, il referma la fenêtre, puis retourna dans celle de sa mal-aimée. Tout était là. Le lit, bien sûr, les autres meubles, mais aussi la touche personnelle d'Inès : les murs entièrement recouverts de centaines de croquis. Des personnages, des décors. Au sol, une araignée desséchée. Une espèce rare de *Ctenidae*. S'était-elle faufilée avec les plantes exotiques importées pour l'aménagement de la serre ? Mais ce n'est pas ce qui attira l'œil de Plumel. Un peu à l'écart des autres dessins, au-dessus du lit, le dessin d'une couleuvre fit tressaillir le jeune homme qu'il avait été. Finalement, Mathilde avait sauvé des flammes l'un de ses odieux croquis de jeunesse. Sébastien n'eut pas le temps de s'appesantir sur cette découverte, car autre chose capta immédiatement son attention.

Là, sur le sol. Le couteau de Mathilde. Sébastien resta quelques instants fracassé par la vision. Sans même y réfléchir, il avança et prit le Massu d'une main tremblante. La boutique devant laquelle ils s'étaient rencontrés, le puits où ce petit couteau lui avait sauvé la vie. Des bribes trop fortes. Il dut fermer les yeux quelques instants, se recentrer avant de réussir à les rouvrir.

Le coutelât était toujours là, dans sa main. Bien réel malgré les années et les lois de l'entropie. Il pouvait voir Inès le prendre, imaginer poignarder son futur agresseur, puis s'effrayer elle-même de cette pensée et le laisser tomber. Plumel en sortit immédiatement la lame, qui n'était pas rouillée. Comment avait-il voyagé du puits où Mathilde l'avait laissé, jusqu'ici ? Ce n'était peut-être qu'une copie. Mais le symbole était trop offert, trop appétissant pour son régime attitré de frustrations. Sébastien prit l'objet comme un talisman et le rangea dans l'une des poches de son veston. Ayant fait tout ce qu'il s'était promis d'accomplir et plus encore, l'enquêteur - qui se sentait pour la première fois réellement mériter ce titre - décida de rentrer à son quartier général.

Le lobby de l'hôtel était désert, à l'exception des gamins qui jouaient à leurs jeux décadents. Sébastien n'évoqua pas leur accès au Darknet, il avait dévalé ce stade depuis longtemps et se refusait à prêter le flanc à leur raillerie sur ses faibles compétences informatiques. Il préféra monter le grand escalier plutôt que d'utiliser l'ascenseur et mit la clé dans la serrure d'un geste vif. En pénétrant dans sa chambre, son humeur joviale changea brusquement. Il ressentit une impression étrange. Quelque chose de non rationnel, de totalement étranger aux idées qu'il laissait d'ordinaire s'écouler à grandes eaux hors de sa cervelle noyée.

Une présence éparpillée dans la pièce.

Soit il n'était pas seul, soit quelqu'un s'était engagé ici sans sa permission. Guidé par un sens de l'observation et du détail qu'il devait en permanence aiguiser sous peine de perdre contact avec le présent et de s'enfoncer dans ses souvenirs, Plumel trouva immédiatement bon nombre de détails qui n'allaient pas. Les premières fouilles de ses placards et valises confirmèrent ses craintes : ses affaires étaient en désordre, ou plutôt dans un ordre qui n'était pas le sien. Que lui avait-on pris ?

Rien.

Rien qu'il ne put identifier. C'était plus grave encore. S'ils avaient volé un objet de valeur – mais il n'en possédait plus aucun – il aurait su l'incident terminé. Il lui aurait accolé l'étiquette vol, et tout aurait pu rentrer dans l'ordre. Mais le désastre était bien pire. Si les cambrioleurs/espions/assassins/escrocs/violeurs n'avaient pas trouvé ce qu'ils étaient venus chercher, comment exclure qu'ils ne reviennent ?

Il pensa un instant à contacter le commissaire Emblin pour l'informer de l'effraction, mais se ravisa en envisageant qu'il s'agissait peut-être là d'une ruse de la police, un moyen pour eux de déclencher ou de maintenir une surveillance de sa personne ou une fouille, légale cette fois-ci, au cours de laquelle des preuves compromettantes apparaîtraient comme par magie.

Seule consolation : il était considéré comme dangereux par une personne au moins à Strasbourg ! Petite victoire, première depuis son arrivée. Il se rapprochait de quelque chose. Était-ce lié aux révélations du commissaire Emblin sur Grachin et la MV, ou celles de Noémie Bartok sur la personnalité de Thomas Katz et sa relation plus que tumultueuse avec son écrivain fétiche. S'en suivirent trois tentatives de coups de fil à l'éditeur. Aucune réponse de Katz, malgré ou à cause des messages de plus en plus hargneux laissés sur son répondeur.

Plumel coinça une chaise contre la porte d'entrée, le genre de choses qu'il avait vu dans les films et ses bouquins policiers. Dans un geste désespéré, il entoura de scotch sa fenêtre, se disant que si les vermines osaient débarquer par là pendant la nuit, ils feraient au moins du bruit et laisseraient une trace. Désormais enfermé dans sa chambre d'hôtel, il ne voulait ni sortir – de peur qu'ils ne reviennent ou l'attaquent dans le couloir – ni rester, autant par manque d'envie de dormir que par besoin d'informations plus précises afin de faire avancer ce qu'il appelait de plus en plus son enquête. Au diable ce crétin d'éditeur à la noix. Il travaillait pour lui-même, pour Grachin et pour la postérité. Après une demi-heure de valse hésitatoire, il appela donc la réception de l'hôtel en quête d'un compromis.

- J'ai besoin d'un énorme service.

- Oui, monsieur, pas de soucis. Les énormes services, c'est un peu ma spécialité.

- Je paierai ce que vous voulez.

Il voulait dire Thomas Katz paiera tout ce que vous voulez, il me doit bien ça, le connard !

- J'ai besoin que vous déplaciez l'un des terminaux d'accès à l'Omninet dans ma chambre.

La négociation fut moins ardue que prévue. La confiance renouvelée après sa décision de boucler, quoi qu'il en coûte, cette affaire, avait-elle rendue sa voix plus impérieuse ? Une fois dézinguées les objections évidentes à l'idée radicalement aberrante de son client – qui n'était ni handicapé, ni une rock star poursuivie par la presse - l'affaire fut entendue. Il resta à Sébastien le labeur de retirer sa chaise de la porte lorsque le terminal fut apporté par deux grooms dans les minutes qui suivirent, au grand dam, il n'en doutait pas, des gamins qui gaspillaient leur journée à tuer des monstres sur leur jeu favori. Les employés ne s'offusquèrent pas des bouts de scotchs qui entouraient la fenêtre. Ils avaient sans doute été prévenus de l'étrangeté du client. Sébastien balaya toute honte devant l'état de sa chambre, transformée en camp retranché et leur souhaita une bonne nuit en ajoutant un petit pourboire pour leur labeur.

Seul, de nouveau. Comme il se sentait puissant ! Suffisait-il de laisser gronder son monstre intérieur pour plier le monde entier à sa volonté ? Il voulut qu'ils soient tous là, en cet instant merveilleux, pour lui rendre un tribut. Grachin, Noémie, Katz et tous les autres. Et surtout Crambier. Il aurait pu le tuer, ce concombre enflé de sa propre prose. Tiens, Crambier. Que disait-on de son horrible bouquin sur le réseau ?

L'Omninet lui sortit un taux d'approbation à soixante-dix-huit pourcents, ce qui brisa son élan meurtrier. Avait-il un peu de talent ? Il faudrait donc qu'il sorte l'odieuseté de son sac pour lui consacrer un peu de son temps ? Plus tard, lorsqu'il serait fin saoul, son cuir un peu plus attendri.

Il voulut se connecter à ses classements et groupes d'intérêts afin d'espionner l'activité en ligne des gens de ses réseaux, comme il en avait l'habitude. À peine eut-il tapoté quelques icônes que sa mémoire lui tapa sur l'épaule. Impossible pour l'instant : pour conserver en haute définition la vidéo de sa mère ainsi que plusieurs de ses biens numériques les plus précieux, Sébastien avait été contraint de céder le contrôle entier de ses comptes sociaux à une société médicale. La compagnie avait depuis publiée en son nom une série de messages très plausibles sur les bienfaits de certains laxatifs dans le cadre de sa recherche d'emploi, ainsi qu'un feuilleton sur sa dépression, très mal soignée par les produits d'une société concurrente. Il se jura de racheter ses droits dès que ses finances l'y autoriseraient et se déconnecta avant d'en lire davantage.

Plus sérieusement, il revint à son enquête et entama une série de requêtes. les mots-clés projet et dissémination donnèrent plusieurs millions de réponses. Malheureusement, associés à Maximilien Grachin, le nombre d'occurrences tombait à dix-huit, et tous se révélèrent être des erreurs de correspondances. Une page agglomérait plusieurs articles sans rapport, une autre générait automatiquement une chronique regroupant les termes tapés, mais sans aucun sens autre que de vous montrer de la publicité. Encore du contenu généré automatiquement. Chou blanc.

La recherche en était à sa fin lorsque tout d'un coup, l'écran fit un signe qui, en l'espace de trois ans, lui était devenu familier. Un léger ralentissement, une barre de chargement qui d'habitude n'apparaissait jamais. Toutes les opérations devinrent bientôt ampoulées, comme noyées dans une gangue de formol. Puis vint le sinistre sablier. Sébastien sauvegarda son travail en hâte, sachant qu'il ne faisait qu'ajouter à la panique qui saisissait la planète entière : pour la dixième fois de son histoire récente, l'Omninet tout entier était en train de planter.

Était-ce une conséquence nouvelle de l'écroulement de leur monde virtuel ? La vie physique semblait reprendre. Dans la rue située en face de sa chambre, du bruit. Des voitures, des pas, des gens surtout, qui parlaient entre eux au lieu de regarder leurs écrans. Le crash du système avait au moins ça de bon. Le téléphone de l'enquêteur sonna même, avec le fameux numéro de Thomas Katz. Sébastien allait enfin pouvoir en prendre pour son compte. Devant le flot monumental, les excuses ne tardèrent pas à pleuvoir.

- Mais cette fille est folle. Je vous jure…
- J'ai lu la lettre moi-même.
- Mais Grachin était totalement fêlé du ciboulot.
- Lui aussi ? C'est un asile, la MV ? J'espère qu'ils touchent des subventions.
- À la fin de sa vie, il ne savait plus du tout ce qu'il faisait. Je l'ai protégé contre sa propre folie en ignorant son torchon.
- Je me tire.
Le bluff, tout de suite. Et même si les deux savaient à quoi s'en tenir, la phrase eut l'avantage de démontrer la motivation de Plumel à obtenir des réponses. Il avait mangé du lion, et entendait que tout le monde le sache.
- Bon, ok. Je savais que Max bossait avec elle. Mais il était en train de foutre le camp. Je vous jure. Oui, on s'était engueulé il y a

quelques mois. Mais s'il m'avait envoyé son mail de démission – et d'insultes - c'était pour obtenir un meilleur contrat sur son prochain bouquin et pour me forcer la main pour...

- Pour quoi bordel ?

- En fait, il voulait que je reprenne contact avec vous.

- Avec moi ?

Le retournement, si peu attendu, fit dérailler la voix et la colère du plébéien.

- Il pensait que vous feriez une belle équipe pour finir son projet. C'est pour ça que je vous ai appelé. Et c'est pour ça que vous devez continuer. Vous devez arrêter cette horreur qu'ils sont en train de mettre en ligne...

- En ligne ?

- Vous n'avez pas vu le profil post-mortem de Max ?

- Trop tard, vous avez bien vu qu'on est en train de planter ?

- Le reste de l'Omninet est K.O., mais pas son profil ! Il frôle les cent pourcents du trafic sur StatWebService et plus de trois milles facettes lui sont dédiées, c'est dingue son truc ! Il faut que vous y alliez.

Devenir une star de l'Omninet juste après sa mort, et dans un domaine pour lequel il n'avait jamais eu que du mépris ! Si cela était une tentative d'humour, Grachin avait lourdement raté son coup.

25 – *L'incroyable leçon de courage de cette mère*
de plus de quatre milliards de rejetons !
(témoignage inclus)

Le voyage s'étendait à présent sur plus de deux cycles. Deux cycles entiers d'isolement absolu de tout ce qui comptait à présent pour elle : son village. Betalia n'aurait jamais imaginé regretter la présence d'un groupe de Numériens. La vérité était plus affective, moins rationnelle : les êtres-sans-épines s'étaient creusés lentement une place au sein de ses pensées et des réflexes de son quotidien. Cette proximité qui était perçue comme une gêne parmi les Cathodiens, toujours frileux d'un contact trop prononcé qui leur enverrait un poids électrique supplémentaire. Ce même frôlement qu'elle ressentait comme un bienfait, un impératif de son existence, à présent.

Qu'était devenue la petite Deltany, celle qui avait essayé de la suivre lors de son départ et que son père avait eu toutes les peines du monde à ramener au campement ? Tous ces visages s'effaceraient-ils, le long des cycles et spasmes ? Où se trouvait sa place véritable ? Sur le chemin de l'errance ou dans la stagnation sédentaire ? Elle en avait découvert, pourtant, des secrets et des merveilles. Comme si chacune des pierres soulevées sous le jour de la vérité élaborait une nouvelle pièce du puzzle de la vie. Passionnant, mais infini.

Sa patte invisible, ses mandibules desséchées par les manques de toute nature. Tout son corps rappelait à Betalia l'âge de ses combats. La pèlerine feignait d'ignorer les jérémiades en s'imposant un nouveau régime de pensées sérieuses sur son monde biscornu et cette maman bizarre qui gardait ses petits dans son bidon. Mais au bout de ses réflexions, toujours ce dilemme rétif, aussi bien à la logique qu'à l'intuition : si elle vivait et se mouvait effectivement à l'intérieur de la reine-mère, comment parvenir à communiquer avec elle ? Elle avait tout essayé : parler, hurler, frotter, mordre, supplier. Jamais aucune réponse n'était venue. Magnifique exemple de négligence maternelle. À moins que sa quête ne soit que du vent, un petit nuage de sénilité partagé à ses dépens ? Le vieillard numérien était peut-être fou. Comment prendre les mots de cet être/île, isolé et fier de son état, comme une vérité absolue, alors qu'on lui avait toute sa vie menti ?

De salles en salles, à travers des conduits étroits où aucune phéromone indiscrète n'indiquait de trace de passage – Numérien ou Cathodien - Betalia continua à déambuler entre les espaces, armée de sa seule détermination funambule. Sur le fil du désastre, fléchissante à la moindre brise, parfois pendue entre les fibres mêmes de celle qui l'avait enfantée, elle développa des trésors d'ingéniosité pour entêter son avancée. Sa progression hypothétique. Dans quel pays biscornu ses errements l'avaient-ils perdue, à présent ? Betalia se heurta à des myriades d'insectes à miellat, sans comprendre pourquoi les maîtres les avaient placés ici, si loin des Cathodiens. Apaisant ses doutes métaphysiques pour se faire enquêtrice de cette contrée, elle déterra bon nombre d'autres étrangetés. Des plantes bien plus belles et sonores que celles de son petit jardin, à l'extérieur du village. Des pierres quasi vivantes, un nombre ineffable d'excentricités qui la firent prendre autant de notes, alourdissant sa charge beaucoup plus qu'elle ne l'aurait voulu pour un aussi long voyage. La jeune exploratrice qu'elle avait été se serait rie de cette lourde équipée.

Pourtant, au courage et pour faire taire les moqueries de sa voix intime, elle traversa au moins une centaine d'alcôves, de ravins et de merveilles à peine dicibles. Était-ce là les tripes de sa génitrice ? Son cœur ? Peu importait. La quête, la traversée, galoper plus loin, repousser l'ignorance était sa propre victoire. Elle imposa le rythme de ses rêves à ses pattes, marcha, dévala, rampa, puis, au bout d'un long spasme dont la nature lui avait semblé différente de tous ceux qu'elle avait connus depuis son éclosion, Betalia vit un tunnel s'ouvrir devant ses dizaines d'yeux télescopiques. Sans hésiter, elle s'avança, puis courut avant de débouler à l'intérieur d'une gigantesque pièce totalement ronde.

La première sensation fut une douleur, plus forte encore que celle qui s'était emparée d'elle au moment de l'attaque de l'oubli. La salle dans laquelle elle se trouvait brûlait chacun de ses sens. Le moindre de ses pas, chaque grésillement d'antenne y produisait un écho proprement strident. Était-ce là une punition pour son attitude, sa quête de savoir ? Comment l'interpréter autrement ? Betalia n'osait plus rien faire. Toutes ses pattes valides posées, sa tête basse, en position d'attente. De reddition. Resterait-elle bloquée jusqu'à sa mort dans cette position ? À moins qu'elle ne se fasse avaler toute crue par la gigantesque membrane qui s'avançait désormais doucement vers elle.

- Bonjour.

Ce simple mot lui éclata à moitié les tympans. La voix sembla s'en apercevoir, comme réagir aux frissons de douleurs qui parcoururent le corps de Betalia. Les phrases suivantes furent comme chuchotées, ce qui, bien que très désagréable, permit à la Numérienne de supporter la conversation qui suivit.

- Eh bien. Tu as fait tout ce long voyage à l'intérieur de mon corps… que désires-tu me demander ?

Elle avait donc réussi ? Le vieux Numérien avait raison. Betalia fut incapable de répondre tout de suite. Elle dirigea tous ses yeux et ses antennes en un arc de cercle qui embrassait la salle entière. Tout cela était sa mère, et bien plus. Le camp, le village qu'elle avait bâti. Toutes les salles, les alcôves, les couloirs. Mais où sa mère l'avait-elle amenée ? Dans sa gorge, son oreille, son larynx ? Fascinée par la révélation, ou plutôt sa confirmation de source plus que sûre, elle laissa un peu de temps filer avant de reprendre sa pensée.

Ce moment était le sien. Elle devait se souvenir de toutes les questions qui avaient hantées son existence jusqu'alors, mettre à jour tous les mensonges. Elle commença à mettre en vrac des mots, pour obtenir une estimation brute du degré de son ignorance.

- Je veux tout savoir : quels sont ces maîtres qui nous ont donné le poids, la clarté qui nous donne le temps du cycle…

- Ma fille. La clarté est plus que le signe d'un changement de cycle, mais il n'est pas divin, en ce sens que rien ne l'est.

La reine-mère sentit le vermisseau qui se tenait devant son auguste présence – vocalement pour le moins - se révolter devant le sacrilège qu'elle venait de commettre. Betalia ne pouvait rien oser faire, mais son regard s'était empli d'un doute que la souveraine se devait de dissiper.

- Ce que je te dis n'est pas de la folie. Pas non plus une idée en l'air. C'est un point vital que nous devrons admettre si nous voulons survivre.

Elle laissa quelques spasmes s'enfuir avant de répondre, tant il était impératif que son interlocutrice sente l'importance de ce moment et de ce qu'elle s'apprêtait à lui révéler.

- N'as-tu pas vu toutes les chambres pleines d'œufs ? Bien isolée au sein de ta petite communauté, tu n'as pas vu les bouleversements qui secouent notre équilibre. Les Cathodiens et les Numériens se croisent de plus en plus souvent. Les massacres gagnent en fréquence et intensité.

La reine-mère tentait-elle de la culpabiliser, la préparait-elle à autre chose ? Une révélation pire encore ?

- Si je suis l'œuvre d'un être supérieur, il n'est pas un dieu, mais un démon qui souhaite nous torturer. Chaque cycle, des millions d'œufs sortent de mes entrailles sans que je ne puisse rien y faire.

La voix de sa mère se faisait douloureuse, à demi craintive. La simple idée d'une telle faiblesse au sein de l'être le plus puissant qu'elle n'ait jamais rencontré paralysa Betalia.

- Des milliers de bouches nouvelles qui ne cherchent qu'à s'entretuer, sans même le savoir. D'ici un ou deux cycles à peine, il n'y aura plus assez de place pour tout le monde. Quelques générations avant ta naissance, les Cathodiens et les Numériens ne se rencontraient que rarement, tant leurs besoins en terme de lumière et de chaleur étaient différents : les uns allaient vers la lumière, les autres restaient au centre, dans le chaud de mes entrailles. À présent, notre monde, mon corps, se meurt.

Captivée par le flot des idées tranchantes déversées par sa génitrice, Betalia restait désormais relativement calme pour un être dont les croyances les plus profondes étaient, une nouvelle fois, en train de lui être sapées. Elle savait qu'il ne servait à rien d'essayer d'objecter quoi que ce soit, tant son niveau de connaissance lui paraissait ridicule à présent.

- Mais ce n'est pas une nouvelle triste. Le monde que nous avons construit pour notre peuple, ce monde de représentations qui envahit les cervelles et se propage d'un Cathodien à un autre depuis le début des cycles, les a aidés à se structurer, à sortir de leurs œufs pour avancer, s'adapter à cette lumière. À la fois la semi-ombre qui fait si mal aux yeux des Cathodiens et la clarté qui, loin de vous pousser à vous recroqueviller comme du miellat sur vous-même, doit être le signal.

- Mais le signal de quoi ?

- Le signal que quelque chose d'autre existe : un extérieur.

Un extérieur ? Plus grand que leur monde ou au moins égal sans doute. La grande Betalia ne s'était jamais sentie aussi petite. Ce concept, elle l'avait déjà perçu intuitivement, au travers de sa charge mais plutôt comme quelque chose de mythique, le domaine des dieux, inaccessible. En cet instant, il perçait et se déversait dans tout son être, comme un sable qui recouvrirait tout ce qui lui était révolu, lui permettant de poser de nouvelles traces.

Comme en écho.

- Notre monde doit évoluer. Je connais tes pensées, ta grande déception devant les massacres en chaînes, frères contre sœurs…

- Mais comment pouvez-vous savoir ce que je ressens, ce que…

- De la même manière que toi. Comment as-tu pu accéder aux informations de nombre de tes congénères ? Ce que tu appelles la charge n'est qu'une partie des informations que tu contiens. Le reste : ta personnalité, la façon dont ton corps est façonné, tout cela m'est accessible, et, si tu le veux bien, il le sera pour toi aussi.

- Mais…. Pourquoi…

- Tout simplement parce que j'ai besoin de toi.

26 - À plus de quarante ans, cet homme retrouve sa jeunesse :
offrez-vous de nouvelles sensations avec l'Omninet !

Sébastien se connecta immédiatement au dernier site encore actif, encore vivant et tomba littéralement à la renverse. Un espace numérique créé au nom de Maximilien Grachin était effectivement en ligne depuis une petite heure.

La projection virtuelle, accessible uniquement en réalité augmentée, nécessitait le dispositif sensitif complet. Quelle idiotie moderniste à deux balles ! Plumel avait déjà cédé aux promesses fascinantes des vendeurs de frustrations. Il avait testé ces expériences sensorielles promises comme réalistes, uniques, incarnantes, et en était toujours sorti dépité.

À remonte-cœur, l'enquêteur accepta de s'harnacher comme un mulet avec le matériel heureusement disponible sur le terminal de l'hôtel : lunettes, gants lourds et malhabiles, oreillettes et glandes salivaires injectables. Tout cela ainsi que les autres parties du dispositif de sens painting qui était en éternelle phase de bêtatest, mais n'avait, pour l'instant, occasionnées que de très rares crises cardiaques.

Connexion en cours. Vérification de compatibilité du matériel. Impulsion sur le gant gauche, le droit. Léger décalage corrigé sur l'index de la main gauche : souvenir d'une bêtise de gamin qui aurait pu lui coûter cher. Une sensation cotonneuse, pas désagréable. S'en suivit le tunnel informatif coutumier. Après quelques écrans pédagogiques rébarbatifs, Plumel s'était quelque peu désuni, se préparant à voir apparaître l'ersatz perpétuel de monde en trois dimensions, si friable à la critique, lorsque vint le jaillissement, en plein dans les mirettes.

La première sensation à l'intérieur de l'espace en relief qui s'offrait à lui fut tellement déstabilisante que Sébastien faillit se déconnecter. Tout était parfait. Trop déconcertant, ruisselant de détails. Où étaient la part d'ombre, les ratés classiques qui rejetteraient cette esquisse au rang rassurant de succédané mal dégrossi ? Nulle part.

La représentation de l'espace allait nettement plus loin dans le détail que les salles virtuelles traditionnelles, toutes penaudes de leurs murs monochromes et de leurs meubles constitués d'objets simples et génériques. L'espace n'était d'ailleurs pas du tout une salle, mais un paysage extérieur. À mieux y regarder, une fois dissipé la surprise du ciel constellé de nuages et des arbres aux branches et feuilles imbattables de détails, Sébastien réalisa où il se trouvait. Le lieu était en réalité une réplique de la propriété Haberzeller. Tout y était : la maison principale, bien entendu, mais aussi les dépendances ainsi que le terrain gigantesque, au seuil duquel son avatar s'était matérialisé.

Plus déconcertant encore, la fiction devançait rondement la réalité : l'état du domaine rappelait celui, flamboyant, qui l'avait enchanté lors de sa première visite. La grande verrière absente, le chêne devant la maison encore debout. L'inscription Haberzellerhaus étincelait vigoureusement, comme aux grands jours de la propriété. Ce monde était magnifique, aucune critique possible. Mais, que pouvait-on y faire ? L'espace était autiste : impossible d'accéder à une interface de commande, aucun panneau n'avait donné les limites et les possibles. Quelles actions avaient été prévues, encodées par procédés interactifs, voulues par les concepteurs ? Quel était le scénario, le chemin critique ? Grachin voulait-il qu'on le retrouve dans son bureau, en train d'écrire ? Plumel eut la pensée folle de courir vers le hangar pour y brûler ses satanés livres dont personne n'avait voulu, avant que son stratagème ne soit découvert. Il avança, recula, se senti nu et seul. Puis, il vit un peu de mouvement dans un buisson. Il s'approcha encore, sans la crainte ancestrale de l'inconnu qui, d'ordinaire, enchaînerait son corps. Que pouvait-on lui faire ? Pixéliser son avatar à mort ? Personne n'était là. Du moins, pas à hauteur d'homme. D'instinct, le biologiste se baissa – et s'aperçut du coup que l'animation se baisser avait été intégrée de manière très fluide à la simulation. Lovée sur le sol, il devina une couleuvre. Combien d'animaux erraient ainsi ? Avait-elle été prévue spécialement pour lui ? Devait-elle le guider quelque part ? Apparemment pas. Aucune forme spécifique d'interaction n'apparaissait sur son écran. Il se contenta donc de la regarder faire sa vie avec un réalisme saisissant. Au bout d'un moment, il lui prit l'envie d'en faire un croquis. Instantanément, une nouvelle interface apparue, un outil de dessin compatible avec sa tablette graphique. Comment avaient-ils pensé à cela ? Combien de dizaines de personnes avaient-elles été mobilisées sur ce projet ? Il fallait tester ce monde, trouver ses limites, ne fût-ce que pour se rassurer sur sa virtualité.

Sébastien réfléchit un moment, cherchant comment piéger la machine. Il lui fallait trouver quelque chose qu'il connaissait par cœur. Quelques secondes s'écoulèrent patiemment, l'ordinateur avait tout son temps. Analysait-il son hésitation, cherchait-il à la traduire en stimuli, en intention ? À l'autre bord d'un moment qui était le sien, inaliénable à la machine ou à ses programmes bienveillants, le visage de l'enquêteur s'illumina. Sans plus attendre, il engagea son être virtuel vers la forêt, reprenant le chemin de ses balades d'antan. Une idée qui ne l'avait, à son grand étonnement, même pas effleuré lors de ses nombreuses visites de la véritable propriété, à présent dans un état déplorable. Ce ne fut qu'après plusieurs minutes d'exploration que Plumel prit la véritable mesure de ce qu'il observait.

Tout juste évadé des fours de la mémoire qui avait pour seul but de répéter les malheurs de sa vie, il était cette fois plongé des deux pieds dans ceux, bien pire encore, du virtuel. Pire, car plus précis, sans la couche salvatrice de poussière qui amortissait l'impact de revoir ces lieux si chargés d'atrocités. Mais l'enfer était fascinant.

Le toucher des feuilles d'aubépine, la sensation merveilleuse des gouttes qui perlaient sur sa main après qu'il ait secoué une branche. Tout cela était si perturbant. Non pas les sensations en elles-mêmes. Leur rendu était expérimenté depuis une dizaine d'années au moins, par l'intermédiaire des fameux appareils de sens painting. Les lunettes projetaient des informations sur la rétine, les oreilles, les gants, toutes ces petites merveilles qui stimulaient le cerveau en simulant les sens. Non, le véritable émerveillement provenait de l'accumulation absolument colossale des données qui représentaient ce lieu. Ces milliards de chiffres, de coordonnés, de renseignements impeccablement attachés.

Tout était réactif, tout sentait, tout était visible. Aucune concession, aucune respiration de l'imaginaire. Une représentation abruptement parfaite de la réalité. Et après, juste après que cette avalanche n'ait pris racine dans la conscience de Plumel, une autre réalisation. Tout cela devait occuper un espace absolument extraordinaire de données. Comment faisaient-ils ? Cette opulence, aux limites du vulgaire, était hypnotisante. À quel sombre dessein pouvait bien servir ce déballage qui allait franchement jusqu'à l'obscène. Noémie et ses supérieurs avaient dû mettre la totalité de leurs ressources disponibles sur ce projet. Et même comme cela, le pauvre plébéien décontenancé ne voyait pas comment ils avaient réussi à accumuler le quart, ou le dixième... ou le centième, ou...

Non. Tout cela était impossible. À moins d'invoquer les pouvoirs occultes ou les extra-terrestres dont la rouquine un peu trop mariée lui avait parlé lors de leur rencontre. La représentation était si puissante, si précise. Tout semblait au même niveau : impossible d'abstraire le détail, de le dissoudre dans la vision qui, à l'accoutumé, permettait à l'œil de se concentrer sur l'essentiel. Sébastien ne put s'empêcher de penser qu'interdire ainsi l'oubli ou la simple ellipse était une forme de crime contre la nature, contre le fonctionnement même de l'esprit humain.

Mais même dans la perfection glacée de ce décor, quelque chose manquait. L'essentiel. Tout comme dans la réalité, Maximilien Grachin était invisible, introuvable dans son propre espace virtuel aussi bien que dans le réel. Le commissaire Emblin en perdrait son latin. Encore une fois. Si la MV avait bien réussi un coup de maître avec cet espace, le plus réaliste jamais inventé, elle avait raté l'indispensable. Impossible de converser avec le mort, impossible surtout pour Sébastien de lui demander des comptes. Pourquoi avait-il menti à la police ? Pour le protéger ? Et que faisait-il dans cette société de croque-morts numériques ? Pourquoi embaucher un biologiste ? Son ancien mentor avait-il été chargé de fabriquer des morts-vivants ? Des clones des personnes décédées ?

Soudain, un gigantesque panneau informatif se matérialisa en trois dimensions, brisant dans ses couleurs aussi bien que dans son design l'harmonie de la métaphore réaliste dans laquelle Plumel avait commencé à s'immerger au point de se perdre à moitié. Lettre par lettre, un message se composa.

Bientôt, vous pourrez tester en exclusivité sur le profil de Maximilien Grachin sa dernière révolution qui vous donnera gratuitement accès à un espace de stockage infini. Inscrivez-vous sur notre flux pour être informé dès que notre produit sera disponible.

Le reste du monde continuait de tourner. Le bilan officiel du dixième fut terrible. Dix plantages de l'Omninet en deux ans. Le début d'une véritable défiance du public, qui perdait patience et, après avoir posé la faute sur des techniciens, puis sur des sites trop gourmands ou leurs politiques, découvraient que c'était leur système tout entier qui avait été édifié sur un gros tas de sable.

L'équation était simple : l'espace de données nécessaire au stockage de l'ensemble des informations de l'humanité se multipliait par deux tous les trois mois. Or, la capacité de stockage de cette information ne doublait que tous les ans, ou tous les deux ans lorsqu'une limite technologique ou mécanique portant sur la taille des processeurs et leur possibilité de miniaturisation exigeait d'employer des stratagèmes coûteux en temps.

Pourtant, les têtes pensantes, toujours en proie à ce syndrome de confiance en l'avenir - inconnu et donc meilleur que le présent - n'avaient absolument rien fait pour anticiper le désastre.

De toute manière, rien n'était véritablement faisable. Bloquer les nouveaux formats vidéo superHD ? Interdire les médias interactifs ? Le problème ne venait pas tant du nombre de fichiers que de leur complexité et de leur poids sans cesse plus important, à cause des données contextuelles, de référencements, de tags multiples permettant les connexions entre informations.

L'obésité gagnait à mesure que le besoin d'être vu, relié, compris, commenté et repris s'accroissait. Tous les marqueurs cognitifs étaient là, mais la conclusion échappait. Le mur que se prenaient tous les utilisateurs à intervalles de plus en plus rapprochées défaisait leur entendement, car il n'avait pas de réalité physique, en dehors des immeubles entiers, remplis de grappes de serveurs anonymes dans lesquels personne ne mettait jamais les pieds.

Comment penser la limite ? Pour la première fois, la technologie se trouvait débordée, le virtuel qui s'était pensé infini rattrapé par les lisières incontournables du monde physique. Cette vérité, si déconcertante pour tous ceux qui avaient cru au rêve de la croissance éternelle, avait plongé le réseau dans une torpeur congestive.

On s'agitait parfois. Quelqu'un faisait un discours, une promesse. Mais qui croire ? Les sociétés qui vendaient cet espace n'avaient-elles pas, dans une certaine mesure, intérêt à organiser la rareté de cette ressource ? Les utilisateurs avaient perdu patience puis – pire encore - ils avaient perdu toute confiance dans les mots des techniciens. L'espace de Grachin et sa promesse de ressources infinies représentait-il une nouvelle fadaise commerciale ou un réel bond technologique ?

Dans les jours qui suivirent la mise en ligne de sa demeure, la popularité de Grachin atteint de tels sommets que l'Omninet se trouva obligé de modifier son système de classement. D'ordinaire, les personnalités mortes, surtout celles de second plan, ne se retrouvaient pas en tête des requêtes d'actualité, ce que le flux informatif traduisit dans un premier temps comme un bug que ses automatismes cherchèrent à étouffer.

Croyant qu'on essayait de dissimuler le grand secret de la promesse grachienne, les utilisateurs se ruèrent en masse sur son espace et prirent sur eux de créer des communautés afin d'avertir un maximum d'individus de la tentative de sabotage. La disparition, toujours inexpliquée de son cadavre – après l'annonce embarrassée de la police que le corps retrouvé n'était pas le sien - ajoutait encore au mystère. Au point que certains le voyaient encore en vie, retiré sur une île déserte, en train de fignoler sa merveille. Dans le même temps, les alertes de limites de quota se multiplièrent. Les administrateurs de l'Omninet se déclaraient interloqués par un phénomène inédit de relâchement. Leurs utilisateurs faisaient de moins en moins attention à la gestion de leur compte, dans l'attente prochaine de l'espace infini qui leur était annoncé.

Une véritable leçon de rédemption, délivrée outre-tombe, par le docteur Grachin. Allez-y, braves gens, le remède est gratuit ! Combien de pas mettraient-il entre ce don et son pendant ? Si Plumel savait une chose, c'était que rien ne demeurait gratuit très longtemps. Ce regain de popularité – ou ce début de réelle notoriété, si l'on considère l'échelle de sa renommée universitaire et littéraire par rapport à celle des athlètes et autres chanteurs – posa une pression nettement plus appuyée sur les épaules de Sébastien. Cet emmanché de Thomas Katz avait magnifiquement outrepassé les limites de la bêtise humaine. L'éditeur avait osé distribuer le numéro de téléphone de son enquêteur aux membres de la presse qui l'avaient interrogé sur l'écrivain. Il leur avait déclaré, sous le sceau de la confidence en boucle et à ressorts, que son cher ami décédé préparait un nouveau manuscrit, que son agent spécialement dépêché sur place ferait bientôt émerger des limbes. Une véritable bombe littéraire, comme l'avait lui-même décrété le scélérat. S'en suivait depuis une petite montagne de coups de fils séducteurs, frustrés puis rageurs de toute une profession d'éjaculateurs précoces. On ne faisait pas attendre la presse.

Bien entendu, aucun manuscrit n'était en vue. Sébastien avait beau se délecter de faire bisquer les curieux, il n'aurait eu, de toute façon, rien à leur jeter entre les crocs. La totalité des données numériques grachiniennes étaient toujours stockées chez les zigotos de Mémoire Vive, et l'enquêteur amateur en était réduit à rapiécer les quelques notes éparses qu'il volait de temps à autres, lors de ses visites - clandestines et honteuses désormais - à la Haberzellerhaus. Un dossier maigrelet de textes courts, liés entre eux par un univers d'insectes féroces, auxquels il tentait d'injecter un peu de sens.

Faute d'avoir convenablement investi son rôle du détective de roman de gare pour trouver d'autres pistes ou subterfuges, Sébastien n'avait en effet d'autres choix que de revenir périodiquement dans la demeure de son ancien mentor. L'heure de son arrivée était toujours savamment choisie, raisonnablement avancée pour autoriser son corps à se détendre au sein de l'obscurité, la noirceur approximative, toujours plus accueillante lorsque l'on vient sans invitation. Pas encore la nuit complète, mais assez tard pour que la petite domestique et son horrible chat ne viennent pas lui casser les pieds.

Cela devait être sa dixième visite en deux mois. Les quelques badauds qui connaissaient cette adresse ne rentraient pas, ou pas jusqu'à la maison en tout cas. Il n'y avait aucun respect dans leur geste, mais du dédain pur. Si l'écrivain/scientifique avait résolu le problème majeur de la civilisation informationnelle, alors, ce ne pouvait être ici, en Province. La police avait déjà tout fouillé trois fois, les journalistes avaient piétiné tout ce qui avait un peu de valeur : tous en étaient sortis bredouilles. S'entêter aurait été du dernier vulgaire.

Comme toujours, Plumel trouva la porte principale grande ouverte et remarqua cette fois quelques pièces – bibelots sans grande importance – manquante sur l'étagère de l'entrée ainsi que dans le grand salon. La dernière sorte d'intrus, les voleurs de passage, ceux qui profitaient de la popularité du mort pour visiter l'argenterie, n'étaient pas encore allés très loin. La prochaine fois, ils prendraient plus d'assurance, comme le plébéien en avait fait l'amère expérience dans sa chambre d'hôtel. Plumel se rassura en réalisant qu'il serait déjà bien loin, ayant abandonné l'affaire ou trouvé son manuscrit. Et son coupable.

Une série vivace de frottements parcourait la maisonnée. Sébastien baissa les épaules et tenta de poser un sourire à peu près convenable sur son visage déçu. Cette fois, Inès était encore debout. Toujours aussi négligée avec ses cheveux en bataille et son sourire niais.

Tout l'insupportait chez elle. Ses ongles noircis, ses dents de travers, cette méchante brûlure qui hantait son visage et, le pire, le plus impardonnable : le simple fait qu'elle avait, à ses yeux, volé la place de Mathilde. Peu importait qu'elle en fut consciente ou non. Il la haïssait d'exister à la place de sa presque bien-aimée, reportant sur elle les sentiments qu'il ne pouvait mettre sur ses propres épaules.

Il savait cette haine sans raison, contenant ainsi son courroux. Sans raison jusqu'à ce qu'il regarde d'un peu plus près ses dessins, et plus précisément le papier sur lesquelles ils étaient élaborés. Son cœur en manqua de battre. La petite sotte dépravait les notes du professeur avec ses gribouillis. Une nouvelle fois, la vie s'acharnait, tout en ironie. Dès l'instant où l'enquêteur pénétra dans la pièce où elle se trouvait, Inès lui fit une véritable ovation fébrile. Était-elle restée éveillée à dessein ? Rien que pour pouvoir le voir une nouvelle fois ?

Sur les murs, étendus à la manière de tableaux, ses croquis. La jeune fille avait édifié, avec les pinces à linge et le fil qui avait déconcerté Sébastien lors de sa dernière visite, une sorte d'exposition. En son absence, elle s'était tissée tout un rêve, basé sur sa faribole de leur première rencontre. Plus loin, un autre dessin, plus grand celui-là, représentait Sébastien. Le visage souriant à l'extrême de la jeune domestique rendait ses traits encore plus ridicules. En pleine lumière, pour la première fois, Sébastien regarda enfin l'un de ses croquis, ne fût-ce que pour pouvoir la remettre à sa place. Son expression transhuma violemment de l'amusement à l'abattement le plus complet. Derrière ses coups de crayons et ses pauvres aquarelles délavées : des textes. Toute une foule d'originaux écrits de la main du maître.

Le chef d'œuvre.

Le biologiste ne put retenir son exaspération. Un haut-le-cœur s'empara de tout son être. Combien de réflexions perdues à jamais, à cause des rêves d'une petite sotte ?

D'instinct, Inès recula devant le changement d'attitude de Plumel. Cela ne fit qu'accroître sa rage. Son incompréhension de ce qu'elle avait fait, son incapacité à communiquer réellement avec lui était une frustration indébordable. Celui-qui-griffe se tendit, émit un râle méchant, puis, lorsqu'il vu que ses manœuvres n'avaient aucun effet, il sortit de la pièce, dépité.

- Vous n'aimez pas mes nouveaux tableaux ?

- Tu oses appeler tes croûtes des tableaux ?

Aux anges devant cette cible si tentante, Sébastien lâchait ses inhibitions. Le rire qui s'en suivit détruisit tout à fait la jeune fille.

 - Mais vous les aviez aimés, la première fois, quand vous êtes venu…

Le quadragénaire passa en revu tous les échecs : Noémie, la petite rousse qui ne lui faisait plus de gringue, Thomas Katz et surtout, surtout Crambier. Tous avaient le visage d'Inès. Sa gueule si facilement écroulable. Pas de quartiers devant ses quelques balbutiements si mal calés.

Mais non, espèce de petite conne. Crois-tu que tes barbouillages immondes vont intéresser le moindre amateur d'art ? Il meurt d'envie de lui envoyer en pleine figure ces vérités acides.

Ce n'est qu'en regardant son visage défait que Sébastien s'aperçut qu'il avait bien prononcé ces mots à voix haute. Trop tard pour reculer.

- Mais vos amis galeristes, à Paris ? Vous deviez m'emmener !

- Petite conne ! Qui voudrait de tes immondes dessins ? Et de toi ? Dans le monde de l'art, c'est l'artiste que l'on vend à présent, la personnalité. Et toi, tu t'es regardée ?

Comme il se sentait fort devant cette jeune fille ! Quelle glorieuse vengeance, après ses déroutes hoqueteuses. Il imposa rapidement sa méchanceté, supérieure à toutes les suppliques des yeux chavirés qui cherchaient un appui. Même le chat t'a larguée. Sans issue dans le combat, Inès choisit la menace.

- Quand le professeur reviendra, je lui dirai ce que vous…

- Mais il ne reviendra jamais, petite sotte ! Il est mort.

La phrase brisa ce qui restait à Inès. Elle tourna les talons sans un mot et monta lentement l'escalier afin de disparaître à son regard tranchant.

Savait-elle ce qu'elle avait fait ? Réalisait-elle son crime ? Sébastien ramassa à la hâte tout ce qu'il trouva de crobars plus ou moins ragoûtants. En filigrane, il pleurait à demi en percevant l'écriture de Grachin. Par paquets entiers, mais cryptés sous des monceaux de pigments. L'écrivain avait sans doute tenu sa promesse, celle de la lettre qu'il écrivit juste avant sa mort. Avec les infinies précautions et de multiples gestes de contrition, après le blasphème dont il s'était fait le complice par inadvertance, il mit tout ce qu'il put dans une mallette et sortit à son tour. Les quelques feuilles sur lesquelles il s'était attardé ne laissaient aucun espoir. Sans même rentrer à son hôtel, il fila vers sa winstub préférée. Irrécupérable : tout était perdu, comme il l'aurait lui-même parié. Il lui fallait à présent du réconfort liquide.

28 – *Piégée au milieu de milliers de prédateurs :*
cette créature réalisera un exploit sans précédent !

Tout était perdu. Impossible de retenir sa respiration chevroteuse, ses pas de guingois, ses genoux rebelles. Son existence n'aurait fait que ricocher depuis et jusqu'à ce lieu. Le camp. Le camp de son enfance, de son apprentissage.

Enfin.

Pourtant ce n'était pas la nostalgie qui chavirait son enveloppe corporelle, mais une immense peur. La moindre hésitation lui serait fatale. Elle portait désormais les traits de l'ennemie, et sa présence serait perçue comme la bravade ultime, un geste porteur de honte pour tous les Cathodiens. Le genre de sacrilège qui ne pouvait se terminer qu'en barbecue sauce numérienne.

La reine-mère n'avait pas menti. Ses mots, ses phéromones et messages électriques, ses attitudes : chaque information gestuelle de sa génitrice dressait le tableau d'une réalité massivement morbide.

La situation du campement cathodien, jadis l'un des plus grands et stables qu'on n'ait jamais connu, était en effet déplorable. Pire, il s'agissait du champ labouré d'une bataille déjà perdue et semée de découragement. Partout, le virus de l'oubli laissait son empreinte de douleurs. Spectacle incroyable : deux de ses anciens congénères se désagrégèrent sous les yeux hébétés de la Numérienne. En faisant un pas pour tenter de leur venir en aide, elle s'aperçut que l'une de ses pattes reposait sur le crâne sans vie d'un autre. Une tête à petites cornes, à peine formées. L'épidémie, bien plus grave que ce dont elle avait été le témoin horrifié durant son enfance, décimait purement et simplement toutes les couches de la population.

Lentement, sa peur se mua en une immense tristesse. Ce peuple fier et droit, campé sur ses épines depuis mille itérations au moins, ce groupe qui avait vaillamment résisté à toutes les guerres et aux terribles chocs électriques, se trouvait anéanti par une sphère à l'allure anodine, contre laquelle leurs crocs et épines ne pouvaient strictement rien. C'était là, dans cette immédiateté de la condamnation, le point le plus terrible. À ce petit jeu, les Numériens avaient tiré la bonne carte. Seule une curiosité hors norme et penchée vers le danger pouvait pousser certains d'entre eux à déployer en grand leurs antennes pour capter la charge de la bestiole. L'affaire s'avérait nettement plus brutale pour leurs cousins rêches. À peine un Cathodien s'approchait-il d'une de ces satanées boules, qu'il recevait de plein fouet la charge du virus. Aucune défense possible. L'évolution d'un stade à un autre offrait donc une sorte de protection à laquelle Betalia n'avait même pas songé. Plus coriaces face à la lumière, aux températures froides, les Numériens résistaient mieux aux envois d'informations. Leur charge était plus fixe, mieux contrôlée.

Le phénomène, dans ses ramifications tentaculaires, passionna Betalia.

Mais il n'y avait aucun temps à perdre en philosophie comparative. Il lui fallait agir, utiliser toute la science que lui avait transmise sa mère afin de sauver ce qui pouvait encore l'être. Sans plus d'hésitations, la Numérienne fit ce geste fou, le premier dans l'histoire de leurs deux peuples, et s'avança, à découvert, vers le centre du camp.

La réaction fut immédiate : un premier cortège de jeunes Cathodiens, les mandibules vibrantes de rage, l'encadrèrent sans rechercher plus d'explications à son intrusion. Ça claquait, toute mâchoire dehors. Ça bavait en continue, en pensant à la gloire qu'ils allaient ramasser avec leur prise. Emplis de peurs et de fierté, les gamins commencèrent à s'avancer, avant de s'arrêter brusquement. Betalia leur faisait-elle peur, malgré son manque si risible de tout système épineux ? Non, ce changement d'attitude était dû à l'arrivée d'un autre guerrier : leur chef à coup sûr, devant lequel tous montrèrent une déférence rare chez les Cathodiens. L'affaire semblait mal engagée pour Betalia. Voici le moment de conclure, dans quel sens penchera ma vie ? Toutes ces idées, ces peurs qui provenaient sans aucun doute de sa patte manquante. Celle qui, depuis sa disparition, appartenait en propre à son cerveau, mais en pourrissait les élans, posant sans cesse une ombre sur l'avenir du reste de son corps.

Avant tout : garder le contrôle. Leur colère, tous leurs sens en irruption ouvraient à la Numérienne une voie royale vers leur charge. Celui qui était, de toute évidence, l'un des chefs du camp, se rua vers elle avec une vigueur que l'ancienne guerrière avait rarement vue. Le solide gaillard dont l'une de ses antennes était brisée, arriva à deux pas de son corps, sans défense face à ses crocs puissants. Parfait. En utilisant le même principe que les sphères de l'oubli, Betalia envoya un flux informatif qui paralysa instantanément le colosse. La panique créée chez les autres membres de son groupe, certainement ses lieutenants, lui donna le temps de sonder sa victime. Une cinquantaine d'informations au totale, contre deux à trois cents pour un Numérien : classique. Mais cette partie de la charge, la seule visible de prime abord, ne représentait plus la cible de la Numérienne.

Plus profond, là où elle avait été chercher la vérité sur la première boule qui l'avait agressée, se trouvait le véritable trésor. Une myriade d'informations encodées de manière totalement différente : une charge dans la charge. Le livre qui décrivait ses piquants ou leurs couleurs, celui qui contrôlait la nature même de l'être qui lui faisait face.

Cette graine primordiale de données fut le centre de toutes les conversations que Betalia eut avec sa mère. Plusieurs temps de désarroi complet furent cumulés avant que la disciple ne put seulement admettre l'existence de ce cœur névralgique. Aujourd'hui, que voulait-elle faire de ce savoir si dérangeant ?

Elle-même n'y croyait pas. Les promesses de sa mère, son plan, étaient rien de moins que de la folie pure. Mais une folie digne de ce qu'avait été sa vie entière. Une fable magnifique, pour laquelle elle consentait à se faire voler jusqu'à son souffle. Une dizaine de Cathodiens entouraient à présent Betalia. Plus le temps de temporiser, il lui fallait cette victoire. Alors, la Numérienne se concentra à nouveau, mais pas sur la charge mise à nue du

Cathodien qu'elle avait paralysé. Sur sa propre charge. En un instant, elle copia son flux informatif de base puis, en un réflexe sans plus d'équivoque, l'envoya vers sa victime.

Le résultat foudroya l'assistance.

Pour la première fois de l'histoire de leur monde, les Cathodiens assistaient, leurs yeux et cervelles révulsés, à la transformation d'un des leurs en Numérien. Un frisson d'angoisse mêlé d'incompréhension parcourut les êtres, ce à quoi Betalia répondit immédiatement, en engageant le dialogue avec le Cathodien transformé.

- Quel est ton nom ?

L'effroi était parfait chez celui qui s'apercevait de la trahison de son enveloppe corporelle ainsi que celle de son cerveau. Non seulement il ne comprenait plus les grognements de sa horde, mais il entendait parfaitement ceux de l'étrangère qui lui faisait face.

- Mais… qu'est-ce qui m'arrive ? Comment as-tu ravagé mon corps ainsi ? Et ma voix, mes antennes ? Tes mots qui pénètrent dans ma cervelle ! Les Numériens ne savent pas parler. C'est impossible.

- Regarde tes pattes, ton thorax. Ne reconnais-tu pas ce que tu es, à présent ?

L'être à l'antenne toujours cassée - signe de sa férocité au combat qui avait survécu à la métamorphose - se tournait sur lui-même, à bout de sa raison. Cet état, à la frontière de la compréhension, Betalia s'en souvenait encore, tant il avait marqué un pli dans son existence. Bien sûr, elle ne disposait d'aucune marge à laisser à sa pauvre victime. Le temps nécessaire pour assimiler par lui-même, faire son parcours, celui qui lui avait permis de trouver son juste agencement, était le luxe d'une autre époque. À la place, elle lui asséna la vérité, du moins, la part folle qu'elle avait volé aux limbes.

Autour d'eux, aucun être ne remuait la moindre canine. Les Cathodiens avaient-ils conscience de l'importance de cet instant pour leurs deux civilisations ? Avaient-ils simplement une peur bleue de ce qui leur arriverait s'ils défiaient la magicienne qui avait jeté un sort sur leur meilleur guerrier ?

Contre toute attente, après une période relativement courte de déni, le néo-Numérien écouta Betalia à plein. Il absorba, bloc de vérité après avalanche de concepts déments. Aliénés à sa vue, celle des nourrices qui avaient cadenassé son éducation. Leur discussion dura près d'un spasme entier. Le temps pour la totalité du camp cathodien de se rassembler autour du miracle. Le guerrier à l'antenne brisée s'appelait Gammalon. La quasi-totalité de sa famille avait déjà été victime du virus, que tous assimilaient à une colère des maîtres à leur encontre. Par chance ou calcul de sa divine mère, Betalia avait débarqué à l'instant où le lourd combattant et les siens en étaient à leurs dernières ressources. Leur désespoir était si vif et profond que les propos ainsi que la solution proposée par l'intruse - preuve à l'appui - conquit les tripes du guerrier, qui lui jura son appui total.

Ce soutien, Betalia ne tarderait pas à l'éprouver, puisqu'il était son seul levier, son unique plan pour sauver leur monde agonisant.

La Numérienne expliqua alors à son interlocuteur ce qu'elle attendait de lui. Après un long silence, il accepta, à mi-chemin entre joie et terreur. C'est alors que Gammalon retrouva son enveloppe corporelle de Cathodien, au plus grand soulagement de ses camarades épinés.

Betalia avait besoin d'un émissaire. D'un être que les siens respecteraient suffisamment pour le suivre, pour le croire. Elle avait songé un moment s'attribuer elle-même ce rôle, mais il lui aurait fallu un temps infini pour réintégrer le village, se faire accepter comme un de ses leaders. Cette existence n'était plus la sienne. Plus que tout, le choix devait venir des Cathodiens eux-mêmes, sans subterfuge.

La partie ne fut pas facile. De nombreuses mandibules s'élevèrent, dans des attitudes que la Numérienne ne pouvait qu'interpréter comme une bravade. Proposaient-ils d'offrir le corps de la sorcière en sacrifice aux maîtres, pour qu'ils apaisent leur courroux ? Pourtant, la vaste majorité accepta le discours de leur guerrier le plus influant, et une trêve fut signée.

Gammalon respecta sa parole et plus encore. Il se fit le porteur infatigable des connaissances nouvelles qu'il avait acquises. La nouvelle s'étala de camp en camp, portée par ce dur voyageur, constant dans l'effort. En un cycle, la plus grande partie des peuplades cathodiennes vivaient en paix avec leurs voisins Numériens. En échange, leur charge, modifiée, fut protégée contre les attaques du virus de l'oubli.

29 - *Vous ne devinerez jamais qui a créé la Mémoire Vive !*

La nuit arrivait de côté, par la fenêtre. En parfaite traîtresse. Mais une autre lueur prenait tout l'espace attentif. Une étrange lumière sans brillance. Mate, artificielle. Une lumière utilitaire. Toutes les heures s'étaient déjà écoulées à plusieurs reprises, sans progrès notable. Mais que faire d'autre ? Abandonner ? Pas maintenant, alors que le chemin de sa propre extermination se faisait si clair, et son ennemi si évident.

Au bout de ses idées, l'informaticienne en était à scruter passivement, jusqu'à surprendre son visage aux magnifiques yeux bridés, en plein désarroi. L'affichage en cours aurait fait un excellent fond d'écran. Il était, sans conteste, l'image imprimée le plus profondément dans la rétine de Noémie Bartok, au point de teinter ses nuits impromptues. Plus d'une année que cette farce sinistre se poursuivait, son petit cauchemar personnel, ouvert à plein sang par la découverte de l'ultime trahison de l'homme en qui elle avait déposé toute sa confiance : Maximilien Grachin avait ruiné sa carrière ainsi que sa confiance dans la personnalité qu'elle s'était forgée. De toute évidence, la seconde brisure se révélait bien plus délétère pour elle que la première.

Cloîtrée dans son minuscule appartement, l'experte en base de données esquissait des montagnes de plans alambiqués qui ne menaient pas à grand-chose. Comment accéder à ce que l'écrivain lui avait volé ? L'algorithme utilisé pour en chiffrer le contenu était proprement surréaliste. La matérialisation du signal Grachin, l'assemblage purement physique des données de son compte dans l'espace virtuel générait, côté serveur, une forme hautement indicible.

Il rappelait vaguement à Noémie ses anciens cours de physique, l'odieux professeur de chimie qui l'avait dégoûtée à jamais de la matière, ou de n'importe quoi d'autre auquel elle n'avait jamais rien compris. Des composés capricieux, des assemblages de molécules numériques dans tous les sens, déplaçables à volonté, mais qui n'offraient jamais la moindre faille de sens exploitable. Impossible pour la béotienne qu'elle était de comprendre quoi que ce soit au charabia laissé par son ancien employé.

Grachin s'était évaporé avec la clé. Depuis tout ce temps, le problème tenait la rigoureuse Miss Bartok en respect. De manière incompréhensible, Ce vieil homme qui n'avait jamais appris à coder quoi que ce soit de sa vie, était parvenu à protéger ses données en générant une énigme infranchissable.

L'image, saisissante de complexité, ne possédait strictement aucun sens pour Noémie. Ce qui signifiait simplement que son explication profonde la surclassait. Grachin l'avait voulue prisonnière, sur le terrain de jeu du biologiste, aussi rationnel que cryptique. Impossible, par conséquent, d'utiliser ses autres armes, les sensations, le toucher et l'odeur, cette part intuitive qui lui avait déjà permis de débloquer nombre d'engrenages obstinés. Tout cela lui était inaccessible. Aucune interface en réalité augmentée, pas de prothèses sensitives, aucun artifice. La beauté brute et scientifique d'un écran de données qui obturait son accès, peut-être pour toujours.

Être incapable de saisir ses rêves : quelle platitude indémodable ! Seule avancée à peu près positive, la neutralisation de l'étrange factotum bedonnant qui l'avait harcelée il y a quelques temps. Après sa dernière humiliation, Noémie doutait qu'il refasse un jour surface dans son radar. Bon débarras. L'enquêteur de troisième zone n'avait aucune idée des vrais enjeux de sa quête, et tant mieux pour lui. Cette histoire ne pouvait être le cachot que d'une seule idiote. Noémie ne convierait personne d'autre à partager sa cellule. Même s'il lui avait été très utile en lui révélant la nature du code à briser, lorsqu'il avait entr'aperçu ses impressions placardées sur le mur. Elle avait vécu plus d'un an avec un fatras de livres, tous plus inutiles les uns que les autres, alors qu'il avait fallu quelques poignées de secondes au premier conard de biologiste venu pour lui en révéler la nature profonde. Mais quel rapport avait donc Grachin avec les oiseaux ?

La fouille de la chambre d'hôtel du grossier personnage n'avait absolument rien donné. Les détecteurs portatifs de la MV s'étaient révélés incapables de surprendre la moindre émission ou réception d'informations en provenance de son hôtel. Pourtant, le signal qui affolait l'Omninet depuis plus d'une semaine à présent devait bien interagir avec quelqu'un, quelque part ? À moins que l'écrivain n'ait préprogrammé toutes ses annonces selon un calendrier démentiel, histoire de faire durer le suspense ? Idée ridicule pour un esprit profond et cartésien comme le sien.

Dans ce cas, qui était son complice, celui qui alimentait la simulation de nouvelles informations, jour après jour ? Et surtout, d'où émettait-il ? Comment trouver le véritable lieu d'émergence des données qui inondait sans cesse le réseau, sans lancer un déluge criard de recherches ? Il fallait à tout prix éviter de claironner au reste de la communauté que la toute puissante Mémoire Vive ne contrôlait rien de ce que l'espace virtuel de Grachin leur promettait. Pourtant, pas le moindre lambeau d'indice ne transpirait. Impossible de déterminer son rayon d'action ou son mode de chiffrage. Pour la première fois depuis des années, Noémie Bartok se trouvait dépassée.

Tout s'effondrait, en privé pour l'instant. Naufrage étouffé, comme un étau encore impropre à finir son labeur. En réponse, le travail invisible, indicible, qu'elle faisait sur elle-même était si crucial et frustrant. La spécialiste prenait de face le chemin lassant du temps qui s'acharnait à dire non. Ou à lui susurrer un demain empiré d'espoir : bien plus tyrannique. Pour contrer la pente, il lui fallait rallonger sa durée comme on étirait une foulée. Stopper la progression de ce qu'elle percevait de plus en plus comme une menace fatale. Qu'avait créé l'écrivain avant sa mort ? Et surtout, qui en détenait les clés, si ce n'était pas cette brèle consommée de Plumel ?

Noémie se mit à rire des spirales de point d'interrogations qui encerclaient son existence. Il lui fallait écraser le temps, mettre un coup de frein sur sa paranoïa en se concoctant un savoureux thé rouge, un rooibos aux dattes et épices.

À l'instant où sa tasse estima l'infusion achevée, l'objet attira l'attention de Noémie à l'aide d'un slogan susurré par une voix presque humain.

- Chaque fleur a son propre parfum.

Son sachet de thé sans théine avait, lui aussi, un slogan pour l'apaiser et lui dire qu'elle était belle et intelligente, à sa manière. Contrairement à la majorité des utilisateurs, Noémie ne trouvait ces petites phrases ni rassurantes, ni emplies d'une quelconque sagesse. Il s'agissait de slogans bassement publicitaires en vérité. Une simple manière de lier des valeurs à une marque, de raconter une histoire. Elle regrettait à moitié – sans oser le proclamer à sa conscience - la semaine où le réseau du lierre avait réussi à pirater le système informatique de production de ces petits mots, pour les remplacer par des *"Vas te faire foutre, ta journée sera pourrie !"* nettement plus réalistes. Moins analgésiques surtout, moins confortables dans l'inaction.

Toutes ses considérations furent balayées lorsque son téléphone retentit. Thomas Katz était au bout du fil. Noémie décida de l'ignorer. Elle fit de même pour les quatre coups de fils suivants, ses messages sur les médias, ses textos. La ténacité de l'éditeur était admirable. La seule qualité qu'elle lui reconnaissait. Au bout d'une heure tenace à mépriser la morsure patiente de Katz, s'apercevant qu'elle n'avait pas avancé d'un pouce sur le décodage du code de Grachin, elle interrompit sa connexion. Dans quelle case l'insérer ? Ce malotru lui avait au moins servi à se rendre compte qu'il lui fallait se changer les idées. Elle se cala calmement sur le dossier de sa chaise et ferma les yeux en attendant. Il ne fallut que quelques minutes pour que son téléphone ne se remette à sonner. L'informaticienne fit attendre Thomas, encore un peu, puis décrocha. Pour rire, se détendre ? Se trouver en face d'un être dont elle se savait supérieure. Se rassurer. L'autre se fichait du pourquoi et du comment : il venait d'obtenir ce qu'il désirait et alla droit à son but ombrageux, détalant ses mots comme l'insecte rampant qu'il était.

- Je sais ce que vous essayez de faire. Arrêtez toutes vos tentatives pour bloquer Max.

Il était chez lui. Dans ce loft qu'elle devinait immense à l'écoute des réverbérations de son éternel phonographe. Toujours en fond, un air de Jazz, mais éraillé cette fois.

- Il est malade Charlie Parker, aujourd'hui ?

- Disons qu'il en a marre de vos simagrées, c'est tout. Alors, arrêtez de nous emmerder et oubliez le dossier Grachin une fois pour toutes !

- Je ne vois pas de quoi vous parlez ? Et puis d'abord, au nom de quel…

- Les droits sur son œuvre m'appartiennent !

- Mais…

- Mais vous ne pourrez prouver rien d'autre, juridiquement parlant. J'ai fait appel à une brillante équipe…

- Vous parlez de Plumel ?

- Non, j'ai dit *brillant*. Une bande de petits jeunes en stage qui m'ont dit que les signaux du musée Grachin ne dégorgeaient pas de vos tuyaux !

- Le musée Grachin ?

- Oui, ou l'expérience Grachin. Vous avez raison, c'est plus vendeur. Dès qu'ils auront choppé les codes administrateurs…

- Vous vous foutez de moi. Toutes les données de Maximilien Grachin sont bien au chaud dans nos coffres. Aucune chance pour que votre bande de gamins ne percent nos protocoles…

- Vos protocoles, on n'en a rien à faire. Pour les coacher, j'ai pas lésiné sur les frais… vous avez déjà entendu parler de Zeus ?

Noémie trembla devant l'évocation du créateur de l'oubli. Le virus lui avait fait perdre tant de clients. Elle en était ressortie ridiculisée. Heureusement que le reste de l'humanité avait subi le même sort, sinon, sa carrière entière en aurait été compromise. Comment Katz pouvait-il être assez amoral pour s'associer avec ce criminel ? Plus pertinent, comment l'avait-il trouvé et qu'avait demandé le diable en échange de ses services ?

- Mais ce type est un malade !

- Un véritable malade mental, mais un codeur très efficace.

- Ça, je m'en fous totalement. Ce qui m'intéresse, c'est plutôt la raison de son acharnement. Il m'en veut ou quoi ?

- C'est vrai qu'il recèle d'insultes à votre égard. Pareil pour Max, d'ailleurs. Vous savez ce qu'il m'a dit à son sujet ?

- Je suppose que je n'ai aucun choix que de vous écouter ?

- Non, non. À vrai dire, il a juste tenu des propos bizarres sur les oiseaux.

Le pouls de Noémie s'arrêta. Comme une peau arrachée. Chaque centimètre en éveil. Que savait Zeus ? Avait-il résolu l'énigme qui la hantait ?

- Qu'est-ce que ce malade vous a dit, très exactement ?

- Vous voulez que je vous le fasse avec l'accent ?

- Arrêtez de rire et donnez-moi chacun de ses mots. Récitation, comme à l'école !

L'éditeur ne perdit pas sa contenance, prêt à rentrer dans n'importe quel jeu dans lequel elle voudrait bien l'inviter.

- Très bien, maîtresse. Il a dit : Quel oiseau curieux, ce Grachin. En fait d'aigle, c'est plutôt un coucou.

Aucun sens. Pourtant, Zeus était un génie. Chaque mot devait être crucial, peut-être la solution pour laquelle elle piétinait depuis plus d'une année. Pour comprendre, elle devait récolter plus d'informations. Provoquer la vanité de Katz jusqu'à ce qu'il lui donne tout ce qu'il avait.

- Mais de quel droit osez-vous me menacer en balançant le nom de l'autre abruti ? Espèce de…

- Du droit que me donnent les infos que j'ai sur vous et votre boîte. Est-ce que vous croyez véritablement que ce jour ne viendrait jamais ? Zeus est un vrai génie, lui.

Devant elle, le paon faisait la parade. L'éditeur cliqua sur un bouton et des dizaines de documents se mirent à dévaler comme autant de condamnations. Heureusement, la figure décomposée de

Noémie stagnait de son côté de l'écran, incapable de glisser vers la rétine de Thomas Katz. De lui offrir cela. Pourtant, son attaque était imparable. La réponse de la jeune asiatique fut limpide, aussi glacée et impersonnelle qu'elle le put.

- Ok, vous avez gagné.

- Au plaisir de ne jamais vous rencontrer en personne.

Le mufle raccrocha, la laissant en suspension. Un peu de temps s'égrena sans qu'elle ne retouche terre. La théière philosophait encore des mots doux, mais durant l'intervalle, son monde s'était suffisamment fracturé pour laisser filer ses envies. Trop occupée à se dérouler en boucle l'enregistrement des documents que l'autre couillon lui avait montrés. Malgré tout, quelque chose de grave, une digue définitive venait de céder. Elle était à découvert.

Quelqu'un savait.

Elle était nue au monde, totalement à la merci de Thomas Katz. Et de l'autre, le monstre. Elle sentait déjà les doigts griffus de Zeus sur son cou. Impossible de laisser cette image s'imposer. Le codeur, bien que décrypteur divin, avait tort. Les données de Grachin étaient toujours en sécurité dans son... mais l'étaient-elles ?

Quel sens donner aux documents que Zeus avait sélectionnés comme pertinents ? Encore sous le choc de ce qu'elle avait vu sur sa console et des menaces proférées, Noémie se reconnecta à l'Omninet, puis sur la plateforme de Mémoire Vive. Il ne lui fallut que quelques secondes et son empreinte digitale apposée sur le pad pour s'identifier et accéder au mode administrateur.

L'informaticienne se redressa lorsqu'elle vit l'écran se tisser d'icônes nettement moins agréables à l'œil, mais plus puissantes. Elle s'était glissée dans l'arrière-boutique de sa société. Pas le temps de rendre l'utilisation ergonomique ou de mettre de jolis fonds colorés. De toute façon, qui verrait un jour ce lieu, sa véritable maison, là où s'engouffrait le plus clair de ses journées et le plus sombre de ses nuits ? Les lourdes portes des coffres de ses clients − toutes illusoires qu'elles étaient − se déverrouillaient bruyamment sur le passage de son avatar, au garde-à-vous. Dans cette partie de la banque virtuelle, son arche de Noé, tous les mots de passe, les secrets, les documents à détruire et ceux à diffuser étaient conservés. De quoi effondrer l'ensemble du système médiatico-capitaliste.

Un seul l'intéressait. L'unique dont l'ouverture était impossible, barrée par le code mystérieux, l'énigme scientifique, biologique qu'il imposait encore à ceux qui prétendaient à sa succession.

Malgré son niveau d'autorisation maximum, la lenteur relative du poste de travail sur lequel elle s'était connectée rendait chacune de ses tentatives de décryptage pénible. Pas le temps d'accéder aux serveurs, ces lourds hangars à peine aménagés, situés en banlieue, à la fois plus économiques et discrets. Noémie n'avait pas dormi depuis plus de deux jours, mais elle se sentait désormais relancée grâce aux indices laissés par Zeus, même si elle ignorait toujours leur signification. La jeune femme enclencha les procédures et se lova à nouveau contre sa chaise en attendant.

Décompilation des données en cours… zéro pourcent. Implantation de la graine linguistique et cognitive. Mise en contexte des données. Ouverture du canal de réception…

Outre son probable succès face à l'énigme du code Grachin, Zeus avait déniché la vérité sur Mémoire Vive. Comment était-il arrivé à ses fins ? Avait-il mis au point un nouveau virus, encore pire que celui qui avait vidé les coffres de ses principaux clients ? Le coup s'était avéré si rude qu'elle n'avait pas encore fini d'éponger les dettes contractées afin d'étouffer le scandale.

Réception des données, mise en place de l'ossature et du système nerveux numérique. Décompilation… vingt-trois pourcents.

Malgré tout, elle avait fait front. Son bluff avait si bien fonctionné, jusqu'à présent. Devant le site web impeccable et le discours très professionnel, personne n'avait pensé à vérifier quoi que ce soit sur le statut de sa société, ses comptes, ses dirigeants. Noémie pouvait, à loisir, revêtir le rôle de la secrétaire du grand patron que personne n'avait jamais vu, celui d'une stagiaire ou bien, lorsqu'un importun venait lui demander des comptes, le profil d'un cadre moyen. Elle incarnait, selon les besoins de la situation, n'importe quel employé. Tout ce qui lui fallait était suffisamment d'autorité pour renvoyer un curieux dans ses cordes sans se désigner comme la cible d'une plainte quelconque qui ferait s'écrouler tout son édifice. Depuis trois ans qu'elle avait fondé seule Mémoire Vive, les affaires s'étaient développées au-delà de ses espérances les plus folles. Les écrans informatifs de la ville dont elle était originaire diffusaient même en boucle ses annonces commerciales, tout un symbole.

Greffe des systèmes d'interface et d'empathie envers l'utilisateur. Implantation des passerelles sémiologiques. Appropriation des ressources du terminal. Décompilation : Quatre-vingt-trois pourcents.

De quoi lui faire oublier l'échec flagrant du laboratoire de Recherche et Développement qu'elle avait monté en grande pompe l'année précédente ainsi que la désertion de son directeur, ce maudit Grachin. Le traitre, parti en ne lui laissant qu'une version encryptée des sources du travail développé, à ses frais, par toute une équipe de techniciens. Pourrait-elle bientôt effacer cette catastrophe et profiter de son bien, le fameux programme biologique qu'il lui avait promis, stocké là, sur son espace privé ? Était-il achevé ou encore en phase de conception ? Quelle dose de poison contenait donc son ultime ouvrage ? Ce que ces incapables de Plumel et Katz recherchaient, sans en comprendre la nature profonde.

Grachin s'était fait concevoir une métaphore, un moyen pour lui de coder sans coder. D'utiliser ses connaissances scientifiques, son expertise en biologie pour programmer ce qu'il avait dans la tête. Les formules chimiques se transposaient en briques logiques, formaient des interactions. Du code sans codeur. Mais pourquoi exactement ? Quel logiciel se tapissait derrière l'énigme qu'il lui avait laissée ? Son corps raidi s'efforçait de maintenir une position de déconfort minimal. Sa pensée, déséquilibrée devant ce problème insoluble, ne charriant que du négatif, de la peur. L'angoisse primale d'un animal pris au piège.

Décompilation : quatre-vingt-dix-neuf pourcents. Attention : l'architecture de votre terminal est obsolète. Veuillez le remplacer au plus tôt afin de bénéficier de l'expérience interactive la plus satisfaisante.

Dans le langage de l'Omninet, quatre-vingt-dix-neuf pourcents voulaient dire quelque chose entre la moitié et les deux tiers. Il s'agissait d'une des innovations qui avaient permis d'allonger psychologiquement les temps de chargement et donc de désengorger le plus gros des encombrements. On pouvait encore admirer le travail d'orfèvre des chirurgiens du langage.

Noémie n'était plus une enfant. Elle avait appris à payer pleinement le prix exorbitant de la réussite. Ces accords poisseux qui lui assuraient le début de succès dont elle jouissait et la mettait en position de redresser certains torts. Certains, les plus exacerbés pour sa conscience. A contrario, la véritable patronne de la MV avait dû laisser s'enfuir quelques torts afin de ménager ses principaux partenaires. Noémie pouvait réciter chacun de ses échecs, ou plutôt ses renoncements.

L'histoire de cette mère dont elle avait dû ignorer les suppliques car sa fille avait fait l'erreur de poser sur le site de l'un de ses plus gros clients. Ce jeune homme qui, au début de sa carrière, lui avait envoyé un nombre incalculable de lettres larmoyantes pour qu'elle détruise le film osé de sa sœur décédée. Toutes ces trahisons qui l'avaient petit à petit mise en position d'aider le plus grand nombre.

Décompilation : cent pourcents. Bravo pour votre patience, je vous souhaite une bonne expérience informative.

Personne à l'autre bout de ce *je*.

Encore quelques secondes et les données finirent par arriver sur sa console. Fini de flirter avec le passé. Toujours cet écran, ce code fait de composés chimiques, cette énigme dont la lecture lui était impossible. Que faire des mots de Zeus ? Une requête.

L'Omninet savait tout. Il suffisait de réussir à formuler correctement ce que l'on voulait lui demander. Armée des quelques images qui ne compromettaient pas son identité et des mots-clés biologie oiseaux aigle coucou, Noémie lança une recherche.

Aucune réponse. Abattement total. Zeus avait-il bluffé ? Elle décida de revenir à l'énigme, à ce monde étrange de symboles chimiques, armée de ses nouveaux neurones. Impossible de partager le document avec qui que ce soit, de le rendre public en l'incluant dans une de ses requêtes. À l'image de Plumel, n'importe quel biologiste aurait beau jeu de décoder son calvaire et d'en tirer les fruits. Elle pouvait néanmoins écraser la représentation en une image plus simple et, avec un peu de chance, obtenir ce qu'elle voulait. Il lui fallut une bonne dizaine de tests, durant lesquels elle modifia constamment son angle de vue, regardant le puzzle en relief de face, de travers, en vue aérienne ou en compactant les données, pour trouver son bonheur. Sa dernière requête lui donna enfin un résultat : l'image correspondait à représentation graphique de l'ADN d'un aigle.

Sa chaise s'écroula sous le poids de son rire. Était-ce si simple ? Elle fit une nouvelle requête en demandant une vue de l'ADN d'un coucou. Le résultat, en deux dimensions, nécessita encore une ou deux heures pour devenir exploitable. Noémie régurgita frénétiquement les maigres compétences qu'elle avait acquises récemment en biologie, et les employa afin de compiler le programme dont elle avait besoin. Lorsqu'elle revint aux portes de la version administrateur de l'espace Grachin, son avatar était lourdement chargé de données nouvelles. Elle exécuta immédiatement sa dernière création. L'assemblage réagit comme elle l'avait espéré, en prenant peu à peu la configuration de la nouvelle forme proposée. L'aigle était en fait un poussin. Dès la transformation achevée, la porte s'ouvrit enfin. Sur son écran, cela se traduisit par un arrivage de données, enfin décryptées.

À l'affichage des premières fenêtres, son souffle coupa net. La situation était pire qu'elle ne le croyait : le coffre de Grachin était vide, à peine y avait-il une ligne en mode texte, juste une redirection vers un autre lieu, de nouveau encrypté. Son outil de recherche immédiatement lancé fit chou blanc. Le niveau de chiffrage des données était nettement supérieur aux protocoles auxquels Noémie avait accès. Le diable avait bien rédigé son contrat : impossible de toucher à quoi que ce soit. Il avait utilisé son accès privilégié pour se coder une passerelle externe, normalement interdite.

Son application fantôme pouvait donc être n'importe où, montrer n'importe quel flux de données, matérialiser tous les espaces possibles et imaginables en se servant de la plateforme de Mémoire Vive. Le pompon, c'était qu'il n'était même plus lié à leur contrainte de poids des données. Son espace serait toujours pratiquement vide et respecterait donc les limites cruciales de stockage. Grachin s'était donc servi d'elle et de sa société comme un coucou : il avait déposé son programme dans un nid d'emprunt, le laissant à la charge de sa victime. Pourvu qu'il ne se soit pas mis en tête de soutenir des groupes séparatistes chinois ou d'autres activités subversives.

La boîte de Noémie, spécialisée dans l'élimination des morts par leurs souvenirs, était hantée. La matérialisation de cette pensée dans son être lui arracha un léger sourire, que le contexte à pic réprima aussitôt. Le squatteur s'accrochait au serveur, c'est-à-dire à la réputation traçable de la MV. Indélogeable. Sans cela, son fabuleux message n'aurait jamais pu trouver les ailes pour arriver jusqu'aux utilisateurs. Après avoir trompé la presse et son éditeur, il avait triché avec l'Omninet, le classement, tout ce qui ordonnait le monde. Bien joué, mais cela n'expliquait que le plus infime de ses problèmes.

Comme toujours, le mystère était ailleurs : comment avait-il fait pour amasser autant de place pour ses données ? Combien de kilomètres de disques-durs entassés ? Et maintenant qu'il était mort, pourquoi personne ne mettait la main dessus, s'attribuant l'espace du défunt ? À sa connaissance, aucune autre société que la sienne ne se chargeait de ce genre de service. De toute façon, l'espace nécessaire, titanesque et en permanente expansion, surplombait à tel point celui qu'elle avait réussi à collecter au fil des années qu'elle... Mais Grachin ne gagnerait pas. Elle reprendrait le contrôle de ses données, ou les éradiquerait.

30 : *L'incroyable histoire de Pascal Crambier va vous bouleverser !*
À la fin du récit, un cadeau exclusif.

Les rues criardes, joyeuses, de Strasbourg, se moquaient de Sébastien Plumel. Comme tout le monde, comme les mots et l'eau de pluie. Comment les en blâmer ? L'enquêteur avait été victime d'une jeune handicapée armée de crayons de couleurs. Elle avait platement écroulé le plébéien. Des semaines durant, il avait observé d'un œil distrait sa quête lui être dérobée sans même s'en rendre compte. Il lui aurait bien volontiers acheté une ramette de papier, si seulement elle lui avait demandé. Tout sauf le sacrilège, la profanation. Quelques flaques commençaient à aplanir la chaussée, l'obligeant - plus de dix minutes après tout ceux qu'il avait croisé - à ouvrir son parapluie. Son esprit, trop occupé dans le temps périmé pour s'apercevoir des évidences du présent, exhibait devant lui son péché original. Après tout, qui restait-il encore à blâmer ? Qui pour le dédouaner ?

Au plus bas de son moral, la marée des souvenirs lui rapportait le plus grave de ses crimes. D'un point de vue idéologique - son idéologie, celle qui émergeait, forgée par les désastres de sa vie - il avait totalement déraillé. La plaine était déserte, plus aucun point de repère. Seul un mot résistait encore, comme pour mieux enfoncer les autres.

Plagiat.

Vol de cerveau. Le pire vocable que l'on puisse accoler à un auteur débutant. La seconde brisure de sa vie. Plus vive et profonde que l'avortement de Mathilde. Une douleur mortelle pour sa carrière qui, dans sa vérité profonde et cachée, avait toujours été le véritable épicentre de son existence.

L'échec était un concept pentu, rétif à la grimpette et surtout aux sprints. Pour l'avaler, il fallait prendre son temps, ou le noyer en un temporaire alcoolisé. Frustré à mort devant la perte irréparable des textes massacrés par la jeune Inès, essoufflé de rage, Plumel abattait la distance qui le séparait encore de sa winstub préférée. L'homme à l'avenir courbé vers tous les précipices était bien décidé à se saouler jusqu'à oublier cette petite sotte et peut-être enfin embrayer quelque chose avec la jolie serveuse. Ce moment bas de sa vie rappelait tous les autres : une petite armée de camouflets et d'humiliations qui venaient faire des rondes en se moquant de lui. Il lui avait fallu encore trois semaines à laisser traîner l'ouvrage du jeune bonimenteur, à essayer de l'oublier puis de le perdre. Un mois avorté avant de se résoudre à ouvrir le produit poisseux de son larcin.

Il se raccrocha à tout ce qui l'entourait. La rue et son décor nocturne par moitié. Tout pour éviter de replonger dans ses souvenirs. Mais l'émotion - ou plutôt son souvenir - était trop forte.

Le scandale aurait pu être évité si facilement. Combien d'erreurs de jugement de sa part et de crimes du jeune Pascal Crambier s'étaient accumulés pour en arriver là ? L'année de leur rencontre, Sébastien avait atteint le poste d'enseignant-chercheur rattaché à l'école nationale supérieure de la rue d'Ulm. La formation interuniversitaire en biologie, véritable ruche bordélique au dernier degré, dépendait de l'ensemble des établissements publiques plus ou moins intéressés par le domaine. Ce système en rendait la gouvernance impossible dans sa pratique traditionnelle, mais permettait en parallèle des expérimentations et des improvisations merveilleuses. Rassurant pour le jeune biologise ambitieux qu'il était alors, pétrifié par l'idée que l'enseignement pourrait représenter chez lui une forme d'éclipse sur le plan intellectuel. Il se créa ainsi un petit monde qui, au fil des ans, s'étiola et se renforça, au fil usé du temps qui tombe les pressés et monte les calmes et les patients.

Pour sa dixième année en tant qu'enseignant, Sébastien eut la chance de compter parmi ses étudiants un garçon qui, selon tous les standards de son curriculum, possédait des talents d'analyse et de conception originale propres aux génies. Tous les deux ou trois ans, il rencontrait de semblables garçons et filles exceptionnels, mais celui-ci touchait sa corde la plus sensible. Pauvre comme un pou, le cadet de sa promo, mais surtout, un esprit rationnel au point de suivre, en double cursus, des études nettement plus sérieuses, en communication marketing. À croire qu'il avait tout compris de la réalité du métier dans lequel il s'engageait. Seul point négatif : des problèmes de santé à répétition, qui ne l'avaient pas empêché de finir major de sa promo l'année précédente.

Il enveloppa ainsi le jeune Crambier, ce grand dadais maigre comme un clou, et le prit sous son aile plus ou moins expérimentée, pensant tenir là le premier de ses disciples. Faisait-il cela afin de se rapprocher encore un peu plus de Grachin ? Pas uniquement et certainement pas consciemment. Sébastien voyait cette période de sa carrière universitaire comme celle de l'expérimentation et de l'épure. Il devait faire des choix, trouver ce que serait sa vie, transformer son statut. Il n'était plus le jeune étudiant ni l'enseignant débutant, mais ne pouvait encore se prétendre un maître à part entière, dont la simple présence stimulerait ses étudiants à exceller. Il devait encore faire ses preuves, et en particulier face à lui-même.

C'est ainsi qu'il entama sa première direction de thèse avec poil de carotte, le surnom que, sans même chercher l'originalité, ses camarades envieux avaient donné au grand rouquin.

Les premières semaines furent particulièrement douloureuses. Crambier, rempli de trémolos dans la voix, avoua à son jeune maître que les problèmes de santé dont on lui avait négligemment parlé étaient en réalité une forme pathologique de trac. La véritable raison de ses études en communication, comme d'autres prendraient des cours de théâtre, mais plus moderne. Le phénomène s'avérait, de ses propres aveux, encore aggravé en face de l'exercice imposé et mythique qui était la rédaction de son travail de fin d'étude. Sébastien ne s'inquiétait pas trop de cet état : il avait déjà vu, parmi ses étudiants, certaines victimes de la peur de finir, de sortir du cadre protecteur des études. Combien de thésards avaient repoussé, repoussé, et encore repoussé leur sortie jusqu'à un âge où leurs condisciples auraient pu les confondre avec un membre du corps enseignant ?

Le problème sembla durer encore un temps durant lequel Crambier se fit fantomatique, spectre qui n'apparaissait qu'entre deux portes et dépossédé de son temps et de sa substance. Puis, un jour, le jeune rouquin revint avec des pages et des pages d'idées sur le sujet qu'il s'était enfin trouvé : la symbiose, véritable clé de l'évolution, ou la sélection naturelle déshabillée. Un titre tapageur mais passionnant dans ses applications. La thèse de Crambier paraissait solidement étayée par des faits et études réalisées par les plus grands noms. Les arguments de la trame générale que le jeune homme avait composé dénotaient une pensée profonde, au-delà de ses années. Plumel, que la lecture de la première mouture de sa thèse avait tenu éveillé jusqu'aux petites heures du jour, en était sorti avec le bonheur d'avoir déniché une perle. Un oubli de son quotidien où il pouvait enfin faire accoucher une œuvre.

Devant l'éloquence textuelle de Pascal, Sébastien se passionna pour le sujet. Les notes de l'enseignant s'enchaînèrent, toujours plus documentées au fur et à mesure que lui-même se trouvait pris par le torrent de mots et de notions nouvelles de son thésard.

C'est à cette période que l'étudiant et son enseignant commencèrent à se voir en alternance dans un des cafés du vingtième arrondissement - quartier populaire où résidait le jeune enseignant - ou près de l'ENS. On usa vite les petits bistros de la rue d'Ulm, qui n'appréciaient guère de devoir rester ouverts pour deux clients qui ne buvaient que des cafés en s'enchantant sur des trucs bizarres de molécules, de parasites et d'hôtes.

Le cours de leurs discussions pouvait devenir rugueux, brut et scarifiant pour les deux interlocuteurs. Il s'agissait de labourer un champ fertile mais mal stratifié, aussi bien que, pour Plumel, de fabriquer un totem. La preuve de ses compétences de pédagogue. L'un des jeux favoris de l'enseignant fut de prendre le parti opposé à celui de son élève, allant parfois jusqu'à la mauvaise foi la plus absolue pour tenter de débusquer des failles logiques, guetter les faiblesses de son poulain.

Comme un exercice au début, ces débats renversées devinrent petit à petit l'ossature effective d'une véritable contre-thèse qui se mit à tenir debout par elle-même, jusqu'à remplir d'admiration son auteur. La vérité cruelle était que Sébastien Plumel n'avait jamais réussi à s'enfermer dans une chambre pour écrire. Peut-être par reliquat de son éducation populaire, il aimait trop la vraie vie, comme le montrait son éternel embonpoint. Sa propre thèse n'avait été qu'une blague calibrée au minimum acceptable, et dirigée par la main généreuse de Maximilien. Les pressions amicales du baron lui avaient évité l'humiliation d'être recalé pour travail insuffisant.

Cette fois, l'émulation causée par Crambier avait débloqué quelque chose, une sorte de moteur interne dont Sébastien ignorait jusqu'à l'existence. Était-ce la possibilité d'explorer les richesses de la symbiotique, domaine d'activité qui s'apparentait pour lui à la découverte d'une terre nouvelle et vierge de toute idée préconçue ? Peut-être aussi le fait que, pour la première fois de sa vie, il construisait quelque chose qui ne dépendait pas du travail préalablement défriché par Maximilien Grachin ? Le plébéien entreprit de rédiger des notes à destination de son élève, qui s'accumulèrent bientôt en de jolis tas. Peu de temps après, ces feuillets épars se trouvèrent réunis par idées, thèmes et propositions logiques. Tout paraissait si facile à présent. Il remarqua bientôt qu'il possédait un livre dont il se sentait l'auteur.

Cependant, la publication de ce qui était devenu peu à peu la fierté de Sébastien requerra tout de même l'aide de Grachin qui lui présenta son éditeur, Thomas Katz. L'affaire prit alors une tournure inattendue. Le rendez-vous se tenait, comme beaucoup d'autres crimes littéraires, dans une brasserie. Les compères s'étaient mis d'accord pour se retrouver vers Nation, au Marco Polo, un coin tranquille à cette heure avancée de la nuit où les choses sérieuses se disaient plus ouvertement. Les petits salons du haut, à moitié déserts, et leurs serveurs tranquilles et fatigués créèrent une atmosphère de fin de siècle qui ne déplaisait pas à Grachin, raison pour laquelle il avait fait de cet estaminet son quartier général parisien. Le ressenti de Plumel fut tout autre. Au fur et à mesure des échanges, le jeune enseignant ne pouvait que constater le point de vue plutôt négatif et cassant de l'éditeur sur son ouvrage. Ce n'était ni son style, ni sa construction, mais bien le fond, ou plutôt son côté anti-marketing qui défrisait Katz au dernier degré.

Bien évidemment, soutenir la théorie de la symbiose comme véritable moteur de l'évolution de l'espèce animale sur terre était plus vendeur, plus en phase avec les idéologies du moment. Une sorte de justification biologique du métissage, ça ferait imprimer bien plus d'exemplaires, et ça créerait la polémique chez les crétins d'en-face. Rien que pour cela, l'éditeur poussa Plumel à abjurer.

Après un round de résistance, qui tenait plus à la surprise et à l'amour-propre, retourner Sébastien ne fut pas un labeur qui poussa Thomas dans ses derniers retranchements. Son réalisme, toujours à l'affût, se tenait prêt à réarmer. Le simple écoulement des certitudes de celui qui allait lui offrir un totem de gloire suffisait. Un livre, un véritable objet, comme il l'avait toujours rêvé. Certes, la quasi-totalité de ses lecteurs préféreraient le confort de leur écran, mais le texte existerait sous sa forme brûlable. Avec un contenu inverse à toutes les idées qu'il s'était acharné à édifier ? Pourquoi pas ? Après tout, ne lui avait-il pas dit qu'il s'était amusé à soutenir cette théorie comme un petit jeu, pour faire l'avocat du diable ? L'éditeur lui demandait juste de s'introduire du côté de la défense, et lui certifiait en retour une carrière et des prix. Tant qu'on lui promettait que c'était la bonne chose à faire. Pauvre homme fébrile, victime d'un succès trop voulu.

Il ne lui restait donc plus que quelques jours pour démentir son propre ouvrage s'il voulait pouvoir concourir pour les prix qu'il convoitait et que Grachin avait, bien entendu, remporté haut-la-main pour son tout premier roman.

Mais comment réaliser ce tour de force sans plagier purement et simplement la thèse de son élève ? Sébastien commença par remplacer certains mots, empruntant des idées, mais en cherchant à trouver des formulations originales. Il ne s'autorisait que rarement à reprendre une phrase, peut-être une tournure dont il lui semblait qu'il aurait pu en réclamer la paternité de droit, tant elle était venue de leur discussion, et reflétait plutôt son avis. À ce stade, Plumel ne voyait plus véritablement comment Crambier aurait pu mal le prendre. Pris dans la stupeur de son propre rêve, et n'osant pas en poser les limites évidentes, les impossibles logiques, il pilla sans vergogne le texte et le sous-texte.

En parallèle, leur forme tronquée de collaboration sur la thèse du jeune homme se poursuivit jusqu'au jour de la publication du livre de Sébastien Plumel.

C'est à ce moment-là que poil de carotte disparut de la circulation.

Sébastien en apprit la raison quelques jours plus tard, à la suite d'une confidence de la secrétaire du directeur qui, à l'époque, était non seulement plus mince mais aussi plus aimable avec lui. Les problèmes de santé dont on lui avait parlé si négligemment n'était pas seulement une forme aigüe de trac mais plutôt une névrose à répétition qui le poussait à l'invention de mensonges, tous plus extravagants les uns que les autres. Le protégé de Sébastien avait même failli se faire renvoyer de l'université deux années auparavant, pour avoir pratiquement recopié mot pour mot un texte d'un auteur suédois.

Les mots se connectèrent rapidement dans son esprit, mais l'information venait trop tardivement. Le temps de faire quelques recherches documentaires et il découvrit que la thèse de Crambier était celle d'un autre étudiant, écrite et publiée largement dix ans auparavant. Le cul par terre, incapable de penser les dimensions de leur bêtise cumulée. Un coup de fil à Katz n'eut aucun effet. Le livre était déjà en librairie, et envoyé aux différents spécialistes de la spécialité, dont on espérait un accueil enthousiaste. Plumel effondré : l'anonymat juste quitté, il allait pénétrer un nouveau cercle des enfers, plus profond encore et sans espoir de brillance à venir.

Mais un miracle eut lieu : aucun de ces grands hommes ne s'aperçut du plagiat. Sébastien resta fébrile plusieurs mois durant, attendant le couperet. Rien ne vint. Il avait pratiquement assimilé, entériné son incroyable chance lorsque, plus de deux ans plus tard, le plagié lui-même, un biologiste dont la carrière n'avait pas portée les fruits attendus, découvrit par hasard l'ouvrage sur son thème de prédilection au fond d'une bibliothèque de province. Le scandale n'en fut que plus lourd.

L'écho de ce souvenir se donnait en spectacle à travers chacune des déconvenues de la vie du biologiste, et continuerait longtemps à amaigrir son humeur. La pire des ironies de sa vie. Le plagiat de son livre, basé sur la thèse d'un de ses étudiants, lui-même largement recopié sur un autre. Le vacarme avait donc été double, et Plumel n'avait eu aucune ligne de défense.

Comme la vie d'un être peut paraître stupide lorsqu'on la regarde de loin et à grande vitesse, dans ce raccourci de la mémoire qui vous fait des gros plans et des ralentis sur le pire, en taisant toutes circonstances atténuantes.

La honte partout, comme une peau qui pelait à l'infini mais sans jamais s'arracher tout à fait. S'en était suivie la traditionnelle beuverie, alcoolisée uniquement avec des vins et alcools hors de prix. Avait-il conscience que, bien que son rite serait amené à se reproduire dans l'avenir, il n'aurait sans doute plus les moyens de le faire avec grande classe ? Au bout du deuxième bar – le premier l'avait viré à l'issue de ses bouteilles d'échauffement - il lui vint la réalisation imparable. Une certitude froide et précise qu'il avait toujours manqué à Sébastien au moins une chose au cours des épreuves de son existence : un avocat retord. Un vrai méchant, capable de plier la loi aux circonstances de son client, aussi coupable qu'il soit. En effet, ses victimes n'avaient pas convenablement médiatisé son délit, empêchant ainsi les plus grands noms du barreau de s'intéresser à son cas. Son ignominie était, en somme, à peine assez grande pour la justice ordinaire.

Il lui en restait la plus belle gueule de bois de son existence ainsi que la sensation définitive d'avoir touché l'instant où sa vie avait rayé son œuvre, son destin à venir. Cet engrenage, inconciliable avec l'idée fulgurante qu'il s'était forgé de sa trajectoire, lui avait volé cet éclat des pupilles qui appartient aux enfants ou aux êtres épargnés.

Après tout cela, comment continuer à vivre ? C'était cette phrase ou l'une de ses variantes usées qui, d'ordinaire, concluait son apitoiement sur sa petite personne et tous les malheurs posés sur son dos mal vertébré, le poussant encore à presser son pas. Dans un moment de clarté, il réalisa enfin que tout cela s'éloignait. Ou plutôt, que tout était resté derrière, désormais inutile à ses plans. Cet effroi qui avait guidé sa survie, ses mauvais choix, son entrée dans l'enseignement auprès d'un public d'adolescents dépourvus d'intérêt pour sa matière. À la place de toute cette boue, la certitude immaculée du désastre à venir.

La pluie s'était calmée au trois quart, mais Sébastien galopait à présent. Être n'importe où plutôt qu'ici. Vite, de quoi se masquer à lui-même. *Vite, à boire.*

Le contenu. Chaque être humain se faisait un devoir de déverser son contenu sur le réseau. Le réflexe de déglutition était devenu automatique. Il avait perdu toute pudeur. Chaque jour, les tripes s'épandaient, toujours plus détaillées, en trois dimensions, en relief, interactives. L'Omninet avait été conçu pour cela. Pour prendre, et apprendre.

Son créateur, anonyme et oublié de tous les utilisateurs qui hantaient son temple, l'avait voulu total, définitif. William Ambrose, un génie de la dialectique, dépensa son existence à compléter la parfaite machine à remplacer les choses par des mots. Car l'Omninet n'était rien. Ce n'était même pas un meuble, comme la télévision. Il était immatériel, mais répondait à des envies de connexion, d'appartenance, de communication que les humains confondaient avec leurs besoins, au point de lui sacrifier le temps complet de leur existence.

Omniprésent, à moitié synoptique dans ses ambitions. Mais il ne voyait pas tout, pas encore. Il manquait au monstre quelques pièces afin d'achever son éclosion. Borgne et quelque fois malhabile. Certaines résistances de l'esprit humain échappaient encore à son discours.

Car l'artiste s'était évaporé avant d'avoir accouché parfaitement de son enfant. Ambrose s'était cru pur esprit : son corps lui avait rappelé le contraire, de manière spectaculaire. Effondré en plein milieu d'une conférence, devant une centaine d'étudiants qui, tous, l'adulaient. Au premier rang, la jeune Noémie Bartok, dont l'idée qui allait changer sa vie était née de l'un de ses cours sur le potentiel des morts. La mort n'était que gaspillage pour cet idéaliste. Il avait rêvé, en plein cours, d'une arche de Noé numérique, contenant la totalité de leurs mots, et capable d'interagir avec leurs proches, de leur conseiller... des idées consommables. Quels meilleurs ambassadeurs pour les marques et idéologies partenaires ?

À la suite d'Ambrose, une armée de sophistes reprirent l'ouvrage. Ils caricaturèrent sa créature, l'estropièrent encore pour la rendre plus droite. Mais c'était les bosses, les doigts tordus et le bégayement qui rendaient l'Omninet presque humain.

Désormais, la priorité dialectique était ailleurs. Il leur fallait accélérer. Ils rêvaient d'un monde de formatage, dans lequel la langue serait modelée, non comme un champ des possibles mais comme un sillon optimisé.

Pour justifier leurs crimes, ils employèrent la langue de l'innovation. Nos scientifiques ont réussi à développer de nouvelles techniques pour optimiser et protéger vos documents... En remplaçant les mots éviscérer et crypter par protéger, ils avaient mis le public de leur côté. Alors, partout, la nouvelle langue, plus efficace, fit son apparition. Il ne s'agissait que d'une question de contrôle et de propriété. Crypter imposait un pipeline, un cheminement technique qui se métissa vite, avec l'implantation de raccourcis linguistiques. On rendit l'être humain plus rapide à écrire ce qu'il ne pensait pas vraiment. Le tout formaté de manière assertive, afin de le convaincre lui-même, avant même ses lecteurs.

Vous ne devinerez jamais ce que cet homme… Trente faits qui changeront votre existence… Cette femme possède le secret qui vous rendra votre jeunesse… Vous ne pourrez plus vous passer de … Les recettes de ceux qui réussissent.

On enrobait désormais n'importe quel contenu, aussi banal soit-il, dans un maillage hyperbolique et putassier au possible.

Les titres invitaient les commentaires en une parade auto-obsessionnelle, immonde et sans interruption. Il fallait créer une histoire affective, personnelle mais globale. Légender son propos, créer un moteur émotionnel qui béquillerait la lecture. On provoquait, travaillant par stimuli pavloviens.

La machine à titre, automatisée à présent, mangeait un mot, deux, trois ou quatre, dans le texte. Puis, venait l'ajout des adverbes et des adjectifs. Il n'avait fallu que quatre-milles huit-cents itérations pour lui faire réinventer le langage de l'attention.

L'Omninet se voulait omnivore. Il dévorait les syntaxes, les phrases. Il tranchait la graisse, aiguisant ce qui restait au plus percutant. À présent que les livres s'écrivaient en pensant à autre chose, dans l'agitation moderne, et que personne ne possédait plus de version papier, il pouvait se permettre quelques optimisations, des ratures.

Quand l'ensemble devenait trop pesant, il générait simplement sa propre entropie. Se permettrait-il de créer directement un virus ?

Jamais. Mais il pourrait laisser ouvert certaines plaies, y inviter des petits malins.

Cette civilisation avait débuté sa culturation de manière dématérialisée, par la voix, la tradition orale et le geste, la danse. Sous les assauts conjugués de Gutenberg et de Niepce, il s'était doté des moyens de matérialiser ses hauts-faits, de les graver, de les multiplier. Le numérique permettait l'effort inverse et voilà que l'humanité naviguait en plein dans la contrevague. L'objet physique, révéré dans les tableaux classiques d'Holbein ou de ses contemporains comme symbole de culture et de pouvoir, était devenu ringard, à moins bien sûr qu'il ne soit connecté. Toute l'œuvre humaine redevenait virtuelle.

Et son créateur, que penserait-il de tout cela ? On disait l'orateur génial décédé. Il laisserait au moins derrière lui un système né à demi, et une dernière phrase, pleine de rêves.

- Vous vous trompez. À l'intérieur du vide, l'expansion est sans limites.

Son veston trempé, posé en face de lui. Le fantôme du contrejour. Une bière entre les deux. Tant qu'à faire, Plumel avait sorti le torchon de Crambier, volé au petit libraire quelques jours avant. Il l'avait extirpé du fin fond de son sac et l'avait pris avec lui. Il pourrait toujours le faire brûler dans le four de la cuisine. Assis à sa table désormais traditionnelle, Sébastien était aux anges : la serveuse était là. Elle, au moins, ne le lâchait pas, ne lui occasionnait pas de malheurs. Sa gorge aride se fichait des nappes alcoolisées souterraines que cuvait son estomac. Plus, encore, un peu plus. Mais Crambier revenait toujours, sa sale gueule rouquine flottait comme un ange rouillé, ricaneur édenté et fier de l'être. Saisi par l'image, Sébastien se mit donc à lire l'ouvrage qui, au bout de la troisième pinte, devint intéressant et nettement mieux écrit.

Le biologiste entama sa dissection littéraire, comme il en avait l'habitude, par un petit jeu qu'il avait inventé. Son rituel, qui fondait son enfance : éplucher les ouvrages en partant de la tranche, afin de découvrir leur structure interne. Les os du livre.

Le titre de sa première partie, La symbiose, encore un vol, coupait comme un message carotidien. Le texte, troué de haine, ne portait pourtant aucune mention explicite de Plumel ou de l'incident. La portion d'insultes et de sous-entendus architecturés à coups de pied dans la littérature, se répandait sur cinq chapitres de longueurs à peu près équivalentes. Entre vingt-cinq et trente pages de caractères larges en triple interlignes, la police des voleurs et de ceux qui prétendent avoir quelque chose à dire.

Au-delà de sa composition, le contenu du texte dénotait un esprit penché vers l'abîme. Le récit dépeignait un monde scientifique semblant se complaire dans une fange de honte réciproque. De scandales en trahisons, chaque acte en plan déclinant. Mais comment quitter la boue, cette même boue qui, par strates, positionnait nos ambitions ? Et alors, n'était-ce pas le principe même de l'Omninet, structuré en grappe voyeuse, si fier de sa transparence ?

Selon ses avocats et communicants, Crambier allait beaucoup mieux depuis sa dernière sortie du service lourd de psychiatrie. Pourtant, le rouquin semblait toujours bloqué dans son refrain démentiel, se servant cette fois d'une allégorie pour dénoncer sa propre histoire. Procédé lâche au possible. Comme la vierge effarouchée, il voulait faire croire à ses lecteurs qu'il entendait restaurer l'honneur d'un obscur chercheur allemand, volé par un autre gars, aussi laid et barbu que lui – des photographies mises en fin de chapitre le prouvaient.

Sa thèse principale était que le dénommé Anton de Bary, le scientifique allemand qui avait mis à jour les mécanismes subtils de la symbiose lorsqu'il enseignait à Strasbourg - encore une pirouette de l'histoire tout en ironie – vola à un autre chercheur allemand du nom de Albert Frank, l'invention du terme de *symbiose*. Grachin serait-il fier de l'élève de son élève, l'avorton qui avait repris le combat mené pour l'honneur de Nicéphore

Niepce ? L'intérêt porté à ce fait divers dénotait plus de la hiérarchie détraquée du mythomane que de ses compétences scientifiques. Voler un terme n'était pas un crime contre la science mais contre le marketing.

Un crime moderne, en somme. Était-ce pour cela que le gamin avait lancé sa plainte contre son demi-maître ? Un simple coup de publicité, parfaitement synchronisé avec la sortie de son ouvrage ? Crambier, avec sa sale tête de rouquin et son corps trop long. Il l'imaginait se frottant les mains à l'idée d'embarrasser une nouvelle fois son ancien directeur de thèse. Comment le plébéien, qui avait toujours eu le plus grand respect pour Grachin, aurait-il pu comprendre cet acharnement ? Le jeune Pascal se croyait-il contraint de tuer le père pour survivre ? On était loin des théories symbiotiques dans sa conception de la coexistence. Crambier avait volé le goût, l'odeur. Il avait dérobé les sensations. Depuis ce grand nigaud à l'ego surdimensionné, plus rien, dans la vie de Sébastien, n'avait eu de sens.

De toute la prose Crambienne, l'enseignant congédié ne conserva pour lui qu'un fragment, la fibre ligneuse qui le touchait en plein cœur. Bien au-delà de leurs anicroches, il s'aperçu qu'une idée les rapprochait : la critique féroce que Pascal formulait contre l'emprise des objets connectés. L'auteur – Sébastien lui accorda ce titre de manière provisoire - défendait, non sans une certaine justesse, un rapprochement osé entre le besoin de quantification actuel et la mécanique Darwinienne, dans ce qu'elle avait de pire. Il proposait la thèse selon laquelle les individus, dans leur besoin nouveau de connaître et de noter en permanence chacun des nombres qui composaient leur journée, entraient en compétition avec eux-mêmes, et sans autre gain réel que celui de justifier une course éternelle à la croissance, impossible et fondamentalement préjudiciable. Éventrant leur vie privée au nom du classement et de la transparence, ils renonçaient eux-mêmes à leur humanité pour se mettre au rythme imposés par les lobbys des assureurs. Quelles évolutions laissaient présager cette guerre permanente de tous les chiffres dans un système social que seuls les comportements d'altruisme et d'entraide avaient fondé ? Il avait fallu quelques siècles aux hommes pour tourner le système mutualiste d'assurance en son opposé compétitif.

Encore deux pintes, et Plumel se découvrit philosophe, esquissant une réflexion pleine de mousse sur ce qui le dérangeait profondément dans cet ouvrage. Le texte était certes, bien écrit avec de bonnes idées, mais son fond paraissait en permanence biaisé, animé par un fantôme. Il y avait toujours eu, dans les thèses du rouquin, quelque chose de méchamment anti-Darwinien, de quoi obtenir le rejet unanime de la communauté scientifique dans son discours réducteur, mais suffisamment bien dit pour attirer la presse.

La vie comme un élan coopératif était nettement plus vendeur que la vie en tant que compétition, c'était la simple logique de l'époque. Et même si les deux idées avaient leur place, côte à côte, dans une vision réaliste des processus évolutionnistes, le temps des médias imposait de prendre parti. Il paraissait évidente pour Plumel que la véritable symbiose était celle qui donnait un avantage évolutif. Celle qui permettait, au final, de propager ses gènes plus facilement, et donc de gagner la grande compétition de la vie. Toute autre forme d'interaction court-termiste ou déséquilibrée n'était que du parasitage.

Des parasites : c'était ce que Crambier et Plumel avaient été l'un pour l'autre, mentalement plus encore que physiquement. Depuis leur mésaventure, Sébastien discernait au milieu de tous ses actes le poids permanent, la menace que représentait le jeune Pascal. Mais il n'avait encore jamais vu, ni palpé si concrètement son propre poids sur le épaules du fabulateur. Il était là, déversé sur la place publique. Trempée, imprégnée au cœur de tous ses mots : la tournure biaisée de son esprit. Traversant une phrase torturée simplement pour s'enfouir dans une autre plus profonde encore, Sébastien sentait la présence d'un fantôme inattendu : lui-même. Crambier était un animal blessé, à la douleur interminable.

L'alcool distillé montait par vagues puis rafales. Sébastien referma l'ouvrage lorsque les lettres sortirent de la page, peut-être pour l'attaquer, venger leur créateur ? Immédiatement, des souvenirs s'emparèrent de sa saoulerie, pour l'amener vers cette nostalgie époumonée dont il n'avait absolument ni envie ni besoin. Les règles de son rite interdisant un tel apitoiement, il les délogea en faveur d'une vision plus présente.

Plumel avait pris l'habitude de rêvasser sur le physique avantageux de la petite rouquine qui faisait le service. Aidé par l'alcool, il était sans doute allé un peu trop loin, puisque celle-ci s'avança vers lui d'un pas sans appel. Elle prit la parole avant qu'il n'ait pu se recomposer une figure et des excuses.

- Vous les avez trouvés ?

Un sourire. Pas d'insultes, de gifles ou de regards courroucés. Encore plus désarçonnant.

- Euh… trouvé qui ?

- Ben, les extra-terrestres voyons.

La prestance en caoutchouc, les traits accidentés du gars perdu qui lui faisait face. Pourquoi l'avait-elle choisi, lui ? Ne voyant pas Plumel réagir à sa blague comme elle l'aurait voulu, la serveuse passa à l'action.

- Bon, vous allez vous décider ?

- À... à quoi ?

- M'inviter à boire un verre, pardi !

Pardi ?

Une distraction ? Pourquoi pas ? Tromper un peu cette suite de catastrophes qu'avait été son voyage. Il était prêt à sauter vers ses mots, à les reprendre au vol lorsque la patronne prononça une phrase terrifiante qui sortit Sébastien de son projet.

- Miranda ! Arrête de flirter avec les clients, j'ai besoin de toi en cuisine.

Tous les pieds de la chaise, ainsi que le plancher de la winstub, s'effondrèrent. La femme de l'autre ? Combien de filles appelées

Miranda pouvait-il bien y avoir dans cette ville ? Mais Miranda n'écoutait pas sa patronne.

- Alors, je vous fais peur ou quoi ? Vous vous décidez ?

Ce n'était pas tant cette fille qui faisait peur à Sébastien - ou, du moins, il ne pouvait pas se l'avouer - mais son peut-être mari, prompt à tous les attentats. Comment lui dire, comment lui demander ? Dites-moi, est-ce que c'est vous qui êtes la Miranda du fou furieux alcoolisé à longueurs de journées ?

Il préféra faire l'ignorant, regardant la fille avec des yeux si incrédules qu'elle finit par croire qu'elle ne l'intéressait vraiment pas - ou qu'il était un parfait couillon - et s'en alla en cuisine.

Par précaution, il se jura de ne plus revenir chez Yvonne. Du moins, pas du vivant de l'ivrogne.

Passablement éméché - au point d'avoir oublié le bouquin du jeune malfaisant dans la taverne - Plumel trouva enfin le courage de rentrer à son hôtel. Chancelant, calant ses pas sur le trottoir avec toutes les précautions d'un homme sans plus aucune confiance en son propre corps. Sa chambre, pour ce qu'il pouvait en juger, n'avait pas été violée en son absence. Fouillant son sac, il aperçut les griffonnages d'Inès ainsi qu'un texte ou deux, encore relativement lisible. Ses yeux saignaient pratiquement devant la découverte. Restait-il quelque chose à sauver ? Priant qu'un coup heureux du sort lui apporte la clef de voûte du prochain Goncourt, il tenta d'invoquer la sobriété et se plongea dans sa lecture, après une douche froide, plus que nécessaire. Les mots troublés agressaient ses perceptions, mais le sens brut transpirait de rage et d'une souffrance folle.

Voici votre chance d'entrer dans la peau d'un prophète !
(Sans avoir à mourir à l'âge de 33 ans.)

Chaque scientifique possède une soif incalculable de comprendre et de guérir le monde dans lequel il se trouve. Il désire aussi, à part égale, rester dans l'histoire de ses contemporains, dans leur mémoire comme étant celui qui a amélioré la condition humaine. Ce que je fais maintenant, je le fais sans aucun espoir de pouvoir un jour le poser en pleine lumière. La honte sociale, la vindicte de mes contemporains - bourbier d'idiots aveugles à leurs besoins impérieux - serait insurmontable, et ruinerait tout espoir de tirer parti du résultat de mes recherches.

La raison en est limpide. Le cas clinique dont je vais vous parler ici serait arbitré comme immoral en dehors du cercle très restreint des véritables scientifiques, ceux qui comprennent les nécessités du monde. La jeune fille dont il sera question avait entamé son travail à mes côtés depuis plus de six ans, en tant que vague domestique. Dès que ses parents eurent l'opportunité de se débarrasser d'elle en somme. J'étais encore du bon côté de la jeunesse à l'époque, et je me suis pris d'une étrange amitié presque paternelle pour la créature. Mathilde – le prénom d'une arrière-grand-mère à qui l'on devait quelque chose - était parvenue jusqu'à moi par la plus étrange des circonstances.

Je me trouvais à la tranche d'un cycle. Au moment où tout horizon se referme, où l'on ne voit plus que ses pas. La tentation de briser ma trajectoire, d'abandonner ce travail qui m'avait volé vingt ans était fulgurante, aucune autre hypothèse ne semblant me sauver de la stagnation et de la répétition – exercice propre à ceux qui déambule leur carrière le long des sentiers rabattus. J'avais déjà perdu plus de deux années à disséquer un nombre ridicule de primates, n'obtenant que de maigres avancées. Il me fallait franchir l'étape suivante ou renoncer.

Un de mes proches, le docteur Fréderic Patel, venait de diagnostiquer chez Mathilde un cas rare de somnambulisme, tordu comme les aiment les spécialistes. La maladie l'épuisait gravement, au point qu'elle dut interrompre ses modestes études. Son père, la jugeant perdue pour le mariage - ou toute forme de vie qu'il estimait à la hauteur des espoirs agencés en elle - voulait la placer quelque part. N'importe où en vérité. Patel connaissait les besoins les moins orthodoxes de mes recherches. Jugeant la petite capable de solutionner mes difficultés, il conseilla à ses parents de me la confier, en tant que fille à tout faire.

Sa condition mise à part, Mathilde était de bonne constitution, prête à me donner ce dont mon projet avait cruellement besoin : un petit cobaye. Pourtant, au cours des mois qui suivirent, plusieurs obstacles se dressèrent.

La jeune Mathilde était d'un caractère obtus, opiniâtre et impossible à raisonner. À plusieurs reprises, elle se refusa à moi. De toute manière, la médication que le bon docteur lui avait prescrite lors de leurs premiers entretiens perturbait ses cycles endocriniens, rendant plus qu'improbable toute procréation. Il me fallut patienter deux années entières avant de trouver un candidat présentant suffisamment de prédispositions ainsi qu'un caractère assez manipulable pour enfanter ma petite domestique.

Mes mots vous paraîtront glacés, mais ils sont soutenus par la raison inflexible d'une nécessité absolue. Ce malaise que vous ressentez, vous pourrez le faire disparaître une fois que vous aurez lu la dernière ligne de mon texte. Et vous pourrez vivre dans un monde d'abondance, grâce à mon sacrifice, celui de ma moralité. Un sacrifice relatif, à votre échelle.

Sébastien Plumel, le garçon en question, était l'un de mes étudiants les plus fragiles. Il s'agissait d'un plébéien, un fils de pas grand-chose, prompt à rompre devant l'autorité dont il semblait voir en moi la parfaite incarnation. Quelques temps après notre première rencontre, je l'invitai dans ma maison alsacienne. Les vacances du jeune homme se déroulèrent à merveilles. Certes, il n'écrivit aucun chef d'œuvres – il en était de toute manière incapable – mais là n'était pas le véritable rôle que je voulais lui faire interpréter. Mon ami, le docteur Patel, s'assura que Mathilde arrête son traitement, ce qui eut le double avantage de redémarrer ses cycles de fertilité et de la mettre en état de fragilité suffisant pour créer l'alchimie dont j'avais tant besoin.

Les deux tourtereaux ont consommé leur affaire peu avant le départ du jeune Plumel.

Des doutes sur mes actions ? Ils me suivaient, espionnant le contour de mes idées, la zone négociable. Des corbeaux qui attaquaient à la moindre faute d'étanchéité de mes sentiments. Dès lors, impossible de laisser pénétrer quoi que ce soit, hors la plus trempée des résolutions, de la force brute.

Comment sacrifier l'avenir au confort d'un présent sans ambitions ? Cette jeune fille - et son enfant qui s'annonçait - allaient me permettre de sauver notre civilisation, notre mode de vie que rien ne saurait handicaper. Nous devons tutoyer ceux que les idiots appellent des dieux, c'est notre destin. Et la science doit être le poignard qui coupe ce brouillard qui nous sépare d'eux.

Comment imposer des limites à ce but ? Comment hésiter un instant ?

De retour à Paris, quelques mois après la rentrée des classes, le jeune homme brouilla mes plans. Il venait d'apprendre que Mathilde était enceinte de plus de sept mois, et en était confondu. Bien entendu, il se montra facilement inclinable du côté que je souhaitais. Sa carrière comptait pour lui plus que le reste.

Pourtant, le risque d'un revirement demeurait, au-dessus de mon crâne. Il lui suffisait de se rendre à Strasbourg pour me la voler. Je dus accélérer mes plans, revenant plus vite que prévu à Strasbourg, après avoir assuré au jeune homme que je m'occupais de son affaire, qui était en réalité la mienne. Il fallait agir au plus vite, avant que les choses ne se compliquent. Le jour même de mon retour, j'invitai donc Mathilde pour discuter de son avenir. Une fois n'est pas coutume, je dilapidais les trois heures suivantes de mon existence à préparer un dîner pour nous deux. Ma domestique, servie et choyée pour la première fois de sa vie, se régala d'un agréable moment, durant lequel je lui fis la fable de sa vie de mère, des changements à venir. J'évoquai la petite dépendance qui ferait une bonne maison pour elle et son enfant. Sébastien, s'il le souhaitait, pourrait toujours venir les rejoindre. Elle me crut. Je lui offris donc ce rêve, pour une heure ou deux.

Immédiatement après, elle fut prise d'une première série de contractions, régulièrement espacées. Je savais que le fait de déclencher artificiellement le travail aussi tôt avant terme pouvait être dangereux, mais la science est ainsi faite d'approximations et de nécessités.

Une fois le bébé retiré de ses entrailles, je laissai, totalement exténué par le miracle médical que je venais d'accomplir, le corps sans vie de la mère pour me consacrer à la survie du prématuré. J'avais heureusement pris la précaution de faire venir dans mon laboratoire du matériel adéquat.

Bien que la couveuse ait été lourdement bricolée par mes soins, à partir d'un modèle dédié aux espèces canines – je prétextais, depuis plus d'un mois déjà, le début d'une expérience sur ce thème – la croissance du spécimen se prolongea sans trop de problèmes. L'extraction avait provoqué son lot de séquelles neurologiques, inévitables et sans véritables conséquences sur la partie du cortex cérébral que j'avais si cruellement besoin d'étudier.

Contre toute attente, le bébé, une petite fille agitée, survécut. Je décidai alors de pratiquer directement sur elle les procédés nécessaires à la culture et à la dissémination du symbiote, avec des résultats tout à fait encourageants. La peau de sa joue fut abîmée en profondeur, mais le tissu, une fois retiré, recelait une quantité véritablement impressionnante d'entités, spécialisées sur plusieurs générations.

Il fallut ensuite se débarrasser du corps de la mère. Quelle pensée étrange, pour un scientifique. Je connaissais la profondeur de l'étang et la consistance de ses vases, pour y avoir déjà entreposé plusieurs spécimens animaliers. Lesté, cagoulé, ligoté, il coula sans un bruit. Mais comment étouffer une fois pour toutes les questions que sa disparition engendrerait ? Mon seul recours fut d'appeler un autre ami, ou plutôt une connaissance que je savais friable. Le jeune inspecteur Bruno Emblin. Ce malheureux ayant une faiblesse pour à peu près tous les vices connus de l'homme, j'avais entendu dire qu'il savait se rendre amical pour peu qu'on l'était avec lui. Il n'y eut donc pas véritablement d'enquête, malgré les meuglements du pseudo-oncle de Mathilde, un propriétaire de bar, ancien ami de son père. Une jolie histoire de fugue amoureuse s'installa dans les esprits de tous.

Durant les huit années qui suivirent, un très grand nombre d'opérations furent nécessaires avant de parvenir à trouver le bon équilibre. La petite fille, que j'appelai Inès - la pure en grec - prit progressivement la place de sa mère à mes côtés.

En prélude à vos sentiments ébréchés, je vous demanderai ceci : était-ce immoral ? Comparé à quoi ? Est-il moral de laisser l'humanité congestionnée par les limites physique de sa technologie, alors qu'un potentiel inexploité et si riche lui serait si facilement accessible ? L'absence de réponse annule la question. Face aux problèmes engendrés par le manque d'espace, qui menace notre mode de vie, quel poids pour ces considérations puériles ?

Cette vie dont vous parlerez. La mienne. Vous direz Il était fou, amoral. Vous emploierez des termes. Ceux qui veulent dire que je ne suis pas comme vous. Que je suis en dehors, à jamais. Mais avez-vous déjà vécu une seule journée pleine ? Vous êtes-vous au moins permis cela ? Vous êtes petits. Pour vous, les barrières sont la vie. Vous vivez en dessous et crachez sur les aigles. Donnez-vous un jour, seul, de vacances de vos idéologies, tout ce qui vous règle, ce qui vous ordonne. Et essayez de faire quelque chose de total, de définitif. Quelque chose qui change tout. Qui reste.

Je resterai, bien après que vos crachats ne soient retombés sur vos visages d'anges déçus.

Vous avez raison. Je ne suis pas comme vous. Je vous suis indicible.

Des relents corrosifs remontaient en vagues violentes le long de son œsophage. La réalisation était purement immonde, débordante. Soudain baigné d'une sueur glacée, Sébastien réalisait l'ampleur de son crime. Sans attendre, il enfila le pantalon qui gisait au pied de son lit et se précipita, sa chemise à la main, hors de sa chambre, puis dans la rue où il ne trouva pas le moindre taxi. À cette heure avancée de la nuit, la cité dormait. Qu'avait-il fait ? Ses mots revenaient en tambour, battant son cœur plus fort à chaque insulte, chaque phrase blessante qui envahissait sa bouche en salive nauséabonde.

Cette enfant sauvage, qui s'est éduquée toute seule, que lui ai-je fait ? Pourquoi ai-je détruit son petit rêve ?

La peur au cœur et la haine au fond de ses tripes emplies d'acide, il traversa plusieurs rues, conscient de sa ruine. Sa rage n'était plus un choix mais un devoir. La rage contre lui-même avant tout, avant même celle qu'il ébauchait contre Grachin. Une bonne rasade de colère bien chaude qui lui brûlait la gorge. Plumel courait comme un fou et habillé comme tel. À mi-chemin, il s'étala face contre terre. Pauvre con bedonnant, incapable de courir, ne fût-ce que pour sauver la vie d'Inès, la vie de… sa fille.

En se relevant à grand peine, il s'aperçut que son visage était tuméfié. Des pleurs envahissaient ses joues, sa vision était trouble. Il parvint enfin à se mettre sur ses deux pieds, fit un pas, puis deux. Sébastien envisagea de reprendre sa course par une des petites ruelles qui se présentaient à lui, croyant gagner quelques minutes sur son trajet, lorsqu'une bouteille vint le heurter de plein fouet, juste derrière la nuque. Plumel s'écroula à moitié sous le choc. Désormais habitué à cette posture, il se releva à moitié, afin de ne pas offrir une cible trop facile à son agresseur. À quatre pattes, désemparé, il tourna son regard vers cet arrière qui l'appelait d'un souffle rauque.

- Alors, c'était vrai ? Tu couches avec ma Miranda ?

L'ivrogne, encore lui. Il avançait, de son pas éméché, vers Plumel, les yeux fous.

- Je vous ai vu tous les deux, cet après-midi. Tu lui faisais du gringue et elle aussi. Elle te répondait comme la traînée qu'elle est.

- Mais non, marmonna-t-il, encore sous le choc. Une sueur froide coulait à l'arrière de son cou. Elle était rouge. Je vous jure, elle ne m'intéresse absolument pas, votre Miranda.

- Quoi ? Tu la trouves laide, ma femme ? Non mais, tu t'es regardé des fois ?

L'homme, ivre au-delà de ses limites, se fit plus violent. Un premier geste du poing, rapide mais sans force, manqua sa cible. À deux pas de la victime de son courroux, il déraillait à présent d'avant en arrière, d'un pied à l'autre, incapable de trouver son équilibre, ce qui ne l'empêchait pas de hurler.

- Mais dis-le, que tu la baises comme un salaud !

Soudain, en se recroquevillant sur lui-même dans l'attente des coups de son adversaire, Sébastien sentit dans sa poche le couteau de Mathilde. Une nouvelle fois, l'objet sauverait-il une vie ? Plumel n'osait rien faire. Il regarda l'homme ivre, qui semblait dans l'attente d'une réaction. C'était généralement à ce moment-là que ses adversaires de beuverie commençaient à lui taper dessus avec tout ce qui leur tombait sous la main, et que lui répondait de son mieux. Il s'agissait, en somme, de son attraction du samedi soir, son sport nocturne. Mais le biologiste ne faisait pas le poids face à ce monstre. Pas physiquement, en tout cas. Il mit la main à sa poche et en sortit le coutelât. Le mari de Miranda recula un peu, surtout devant le regard désormais vengeur de Plumel, qui agitait l'objet vers l'ivrogne comme une menace. L'effet dura quelques secondes, mais l'homme enivré était incapable d'avoir peur de ce Parigot dont le regard redevint vite celui d'une biche prise dans les phares d'une bagnole.

L'autre continua à avancer. Bien entendu, il ignorait la situation de détresse et d'urgence extrême de Plumel. De la défense, Sébastien déploya ses muscles atrophiés par la vie citadine et attaqua. Le plébéien n'avait plus d'alternative : il devait se métamorphoser en guerrier brutal pour arrêter au plus vite cette perte de temps qu'il devinait tragique. Dans sa tête, une seule pensée. Une prière de la part de cet athée. *Attends-moi. Laisse-moi trouver les mots. Je suis désolé. Je suis un incapable borné. Ma fille.*

Finalement, devant le côté figé mais toujours menaçant de la situation, Plumel bondit sur l'ivrogne. Sébastien était encore à moitié saoul, mais bien moins que son adversaire qui se révéla incapable d'organiser une réponse. Dans le chaos, il songea à lui tailler la gorge, en finir avec cette menace qui le hantait. À la place, il lui entailla profondément la paume de la main. L'homme se mit à saigner copieusement, lâcha quelques jurons étouffés par la douleur, puis prit ses jambes à son cou. Une fois son agresseur mis en fuite, la peur primale reprit le dessus. Pas une crainte pour sa vie, mais, bien pire, pour celle qu'il avait maltraitée. Son enfant.

Le temps battait la chamade, ses actions s'enchaînèrent dans un état de semi-conscience animale. Le coin de la rue, la rue, les pas avant la grille, la grille contre laquelle il se blessa, le sang qui coulait de sa main, blessure idiote, la course essoufflée qui reprit, le long trajet vers l'entrée, la porte, la porte ouverte, l'entrée, la pièce où elle dessinait. Les dessins violemment arrachés de leurs petits présentoirs, à même le sol.

Ses pieds.

Le temps s'arrêta. Les pieds nus d'Inès flottaient à hauteur de la tête de Plumel, au centre de la pièce. Sébastien, incapable de lever les yeux vers le petit cadavre de sa fille, accroché au bout d'une épaisse corde tressée. Cette fois-là avait été la bonne. Elle avait au moins réussi cela : échapper aux idées et aux êtres qui la torturaient.

À ses côtés, une série de dessins. En les regardant réellement, pour la première fois, il les trouva beaux. Toujours un train de retard. Pourquoi n'était-il jamais à l'heure de ses semblables, à leur écoute. Il se rendait compte du pire de ses crimes : le manque de considération. Déformant les théories darwiniennes, il s'était pris au jeu que lui avait inculqué Maximilien Grachin, pour son malheur et celui des êtres qui avaient croisé sa route. Jusqu'à présent, il ne s'en était jamais inquiété. À vrai dire, les difficultés de ses contemporains ne s'imprimaient même pas dans sa conscience, toujours centrée autour de ses envies. Son maître avait finalement réussi à disséminer ses idées en lui.

Sébastien finit par trouver le courage de décrocher le fragile corps, qui était déjà froid, puis resta là plusieurs heures encore. D'instinct, il trouva les gestes. Sébastien la prit dans ses bras et berça son corps. Comme un bébé. Sans un mot, ancestral. Elle n'était plus là, c'était imparable. Entendu. Que pouvait-il réparer, à présent. À part lui-même ?

Peut-être, trouver une façon de lui rendre hommage ? Il se releva et, doucement, déposa sa dépouille sur le sol. Plumel employa l'heure qui suivit à contempler ses images, à les classer. Il prit avec lui un classeur entier rempli de dessins, rien d'autre. Il n'emporta aucun des textes de Grachin dont il avait pourtant bien entamé le catalogue.

Au petit matin, juste avant de quitter cette demeure, Sébastien composa le numéro que lui avait laissé le commissaire Emblin. Il pensait laisser un message, mais c'est lui qui décrocha.

- Vous avez quelque chose à avouer ?

Il n'avait rien d'avouable à lui dire, mais savait que l'histoire racontée sur le carnet du vieux fou qu'il avait vénéré toutes ces années lui permettrait d'acheter son crime sans intérêt.

- Dites-moi, le cadavre que vous avez retrouvé… c'est celui d'une femme ?

Un blanc à l'autre bout de la ligne. Emblin devint intéressé.

- Eh bien, oui… Elle aussi, vous l'avez tuée ?

- Arrêtez de me bassiner. Je sais très bien ce à quoi vous pensez. Grachin a laissé une sorte de confession, sur laquelle il parle… de vous.

Un nouveau blanc.

- Tu veux quoi, sale petit con ?

35 – *Vibrez avec l'improbable histoire de Bruno Emblin (plus de détails dans les prochains épisodes !)*

Le commissaire Emblin raccrocha.

À l'extérieur, par la fenêtre, le ciel lui parut très couvert, mais il ne pleuvait pas. La journée s'annonçait déjà peu brillante, avant même le coup de fil. Aucune émotion définitive ne traversa son esprit. Pas de crises, car rien d'inattendu venait de se dérouler. Il attendait ce moment depuis si longtemps. Le temps de la récolte. Il avait brûlé sa jeunesse en semant des graines amères.

Il devait désormais manger racines et branches.

Comme tous les jours, le policier ouvrit la fenêtre de son salon. Il aimait débuter sa journée aux aurores, héritage d'une enfance rigoureuse.

La loi, la règle stricte. De l'autre côté, en miroir, le jeu, la folie. La jeunesse de Bruno Emblin s'était très tôt organisée autour de ces deux pôles, plus complémentaires qu'opposés à ses yeux. Sa mère, très pieuse, lui avait inculqué un certain respect des êtres et du passé, un conservatisme qu'il garderait toute sa vie durant. Mais son caractère, ses instincts l'amenaient souvent à dépraver les idéaux qu'il tenait pour siens. Très tôt, le jeu, puis le reste des interdits qui devinrent des habitudes, vinrent perturber sa scolarité, puis sa carrière au sein des forces de l'ordre.

Strasbourg n'avait pas été son premier choix, mais ses résultats d'examens à l'école de police ne lui permirent pas de choisir son Maine-et-Loire natal. Malgré tout, la ville avait du charme et ses habitants courtois avec la police. Ses premières affaires s'étaient bien déroulées, jusqu'à la suite d'événements qui l'amenèrent lentement à bifurquer.

C'est à cette époque qu'il s'était accoquiné avec les notables du coin, toujours prompts à se faire des amis pouvant éponger leurs dérives et celles de leurs proches. Il avait bénéficié de quelques avantages qui lui permirent d'acquérir un beau petit appartement en centre-ville et la voiture de ses rêves. C'est un ami de Grachin, un certain Marcus Wolf, joaillier, qui commença à tout faire déraper. L'homme avait appelé la police pour un cambriolage qui s'était rapidement avéré être une escroquerie à l'assurance. Les policiers en charge de l'affaire se trouvaient être dans le même commissariat que lui et, sans être réellement ses amis, étaient de bonnes connaissances qu'il croisait au moins chaque semaine. Appelé par Wolf, à qui il avait déjà rendu plusieurs services, Emblin devait trouver un moyen de lui éviter la prison pour sa fraude stupide. C'était la première fois que le policier se mouillait si ouvertement, et la dernière. Il hésita longuement, conscient de franchir le Rubicon, mais ses fortes dettes aux jeux ne lui offrirent aucune alternative. Fort heureusement, l'un des collègues qu'il approcha s'avéra être un jeune père désargenté, pour qui la manne proposée fut accueillie de manière providentielle, alors ses amis acceptèrent de fermer les yeux et classèrent l'affaire du faux vol sans suite.

Il s'écoula plus d'un an entre ces faits et le coup de fil de Grachin. L'affaire s'étouffait d'elle-même, mais le bruit circulait à l'intérieur du commissariat qu'Emblin était à vendre. Cette période, très douloureuse pour lui qui avait trouvé dans l'uniforme une forme de respect de lui-même, avait forgé en lui un besoin de fuir, de renouveler son air ailleurs. Lorsqu'il fut contacté par l'écrivain et aux vues de sa demande hallucinante, il lui demanda un prix exorbitant, propre à lui offrir une deuxième existence. Maximilien négocia pour la forme, mais transigea et Bruno se retrouva à mentir à un oncle - même par procuration - éploré.

Pour repartir sur de bonnes bases, il avait demandé et obtenu sa mutation en Loire-Atlantique, qui avait le double intérêt d'être à l'opposé complet de l'Alsace, où sa double réputation l'avait totalement brûlé, et de lui permettre de se rapprocher de son père malade. L'argent de Grachin lui permit de s'offrir une belle maison et de s'occuper royalement de la fin de vie de son père, ne travaillant qu'à mi-temps durant plus de deux années.

Cette nouvelle période de sa vie fut celle d'une redécouverte des êtres humains, des relations sociales, amicales. Il put enfin redéfinir qui il était, armé de la perspective nouvelle que lui offrait son âge, prenant à bras-le-corps sa deuxième chance.

Bruno se crut changé, sauvé. Jusqu'à ce que la plus grosse affaire de sa carrière ne rappelle ses démons. Il eut l'insigne honneur de tomber, par un hasard vengeur, sur Zeus, pour une affaire d'apparence banale. Son monumental échec face à cet insaisissable salaud vint lui rappeler l'âpreté de l'existence. Il s'était fait dépossédé à deux doigts de l'importance historique, celle qui érige les carrières ou les rayent.

Pour finir le massacre, arriva le déploiement du virus de l'oubli, premier crime virtuel de cette ampleur, et affront envers toutes les forces de l'ordre. Les détails de l'affaire ne furent jamais transmis à la presse, mais sa conclusion éclopée lui enleva tout espoir de promotion. En haut-lieu, on fit tout pour que son unique découverte - l'identité du gamin qui camouflait sa silhouette malingre derrière les oripeaux d'un dieu grec - reste secrète, au moins tant qu'on ne remettait pas la main sur lui. Cette impasse volontaire permit à la légende de naître, mais avorta le pire de la vérité. L'ensemble de la hiérarchie policière, judiciaire, politique et, tout en haut de la pyramide, médiatique se jeta donc sur le policier qui s'était avéré incapable de le retenir en captivité alors qu'il l'avait, par deux fois, arrêté.

Le fonctionnaire de la force publique n'avait aucune excuse. En réalité, il ne comprenait pas lui-même les procédés utilisés par le jeune homme. Seuls ses anciens amis alsaciens lui permirent de sauver les lambeaux de sa carrière. Le retour, négocié dans les pires conditions, lui permit au moins d'éviter des sanctions trop lourdes. Mais ce temps de l'exil n'avait rien pour redorer sa réputation : trop d'ardoises jamais réglées. Il savait qu'en remettant les pieds à Strasbourg, Emblin risquait, un jour ou l'autre, ce genre de mésaventures. Depuis, il attendait qu'un monceau de vase en provenance de cet antan périclité remonte à la surface et empeste son ordinaire.

De nouveau jeté au milieu des troubles, il devait assumer. À plusieurs reprises, sa voix dans le grand vacarme de l'histoire, qu'il avait toute sa vie voulu minuscule et locale, avait porté des échos trop loin de lui. Cela, toutes ces frasques retombées à l'envers, lui avait appris à chuchoter sa vie. Petit à petit, il avait reconstruit ce qu'il avait pu. Au fil des années, ceux qui pouvaient poser leur poids sur ses épaules étaient partis, à la retraite ou au cimetière.

Emblin s'était cru sorti d'affaire. Devenu respectable. Mais aucun droit à l'oubli pour la canaille. La vraie, celle qui a le choix, et qui choisit le crime. Il devrait, une fois encore, payer, mais dans l'ombre. Ainsi, le cadavre qu'il avait retrouvé était celui de la jeune Mathilde. Plus de quinze ans après, il pouvait enfin arrêter de se demander s'il avait pris la bonne décision en étouffant l'enquête. Il avait gravement merdé. Ce n'était pas une histoire de fesses qu'il avait couvert, c'était un meurtre.

Son petit-déjeuner achevé, il partit faire un tour chez le marchand de journaux.

Ensuite, il irait chercher le corps et trouverait bien quelque chose à mentir sur son compte. Quelque chose qui n'impliquerait personne. Au moins, son cadavre était là. Disponible. Peut-être était-ce elle, l'assassin de Grachin ?

En fin de journée, il apprit que Plumel avait pris le premier train en partance. Bon débarras. Emblin employa les journées qui suivirent à boucler son affaire sur le dos de la jeune suicidée. Après tout, il pouvait être sûr qu'on ne l'embêterait pas trop s'il ne retrouvait pas la dépouille du vieillard, dès lors que le public tenait sa meurtrière. Il pourrait retourner susurrer son existence dans l'ombre des grandes manœuvres.

Un craquement passa : quelques mois.
Le temps qu'il fallait au monstre
pour prendre appui sur leurs errements.

36 – *Encore plus fort que 35 :*
La synthèse parfaite entre biologie et littérature, un récit
foudroyant !

Au-delà de la boue, des scandales, de l'être infâme et malgré la manipulation des médias harmonisée par son sulfureux éditeur : le contenu, les mots continuaient de souffler des braises ardentes. Le premier ouvrage de Maximilien Grachin portait indéniablement toutes les marques du génie. Débuté peu de temps après la fin de ses études scientifiques et écrit sur une période incroyablement longue, il symbolisait pour beaucoup de critiques et de scientifiques la synthèse parfaite entre biologie et littérature. Cette biofiction, terme qu'il avait lui-même forgé et dont plusieurs auteurs se réclamaient depuis quelques années, lui avait, selon son propre aveu, coûté dix années défoncées de dévouement.

La plupart des journalistes qui avaient ébauché sa biographie – lors de sa première période, avant qu'il ne tombe dans l'affreuse fiction pure – s'étaient lourdement fourvoyés, au moins sur ce point : non, Grachin n'avait aucun don particulier pour l'écriture. À vrai dire, son esprit cartésien souffrait d'une résistance permanente à cet exercice trop artistique. Son premier roman fut donc un combat homérique entre ce qu'il considérait comme exact et la langue française, si prompte, comme il s'en était rendu compte à la dure, à déformer ses propos ou pire, à les banaliser. Après un premier jet de plus d'un an, il lui en avait fallu presque deux de plus pour rendre sa chimère lisible. Puis, un autre pour lui donner un style agréable, naturel qu'ont décrit les sachants. Enfin, il y eut les vertigineuses relectures.

Dix ans de sueurs, de gouttes d'encre versées. L'auteur admettait plus de vingt révisions complètes, selon sa méthode radicale. Il s'agissait d'une invention personnelle, proche du sadomasochisme et qui avait énormément pesé dans le déploiement de son image. À chaque version achevée, Grachin effectuait une impression complète. Puis – geste de folie pure – il procédait à la suppression totale et définitive du fichier source, accompagnée de toutes ses copies. Il ne lui restait plus qu'à retaper le manuscrit en entier. Le seul moyen, selon l'écrivain, de purifier son texte. Il ressentait le besoin absolu de tamiser – ces propres mots - suffisamment pour en retirer les scories des précédentes incarnations. Comment, dans ce contexte de pur labeur, prendre la mesure de la déception de l'auteur quant à la réalité de ses ventes ?

Pour ce qu'il en était du contenu, le livre s'articulait autour du développement d'une forme de vie infectieuse, thème qui tendait déjà à son époque à devenir classique, mais traité cette fois de manière on ne peut plus originale, car l'auteur y prenait le point de vue des parasites. Le lecteur se retrouvait ainsi dans l'extraordinaire odyssée d'une forme de vie surmontant d'incroyables obstacles pour survivre et se développer. L'ouvrage resta aussi sur certaines étagères – en dehors de celles, ignominieuses, du hangar de l'auteur - grâce à ces idéaux, développés en filigrane.

À la manière de l'humanité, des règles et croyances étaient venues polluer ce micro-univers. Un ordre social et prédatorial factice en avait émergé. L'héroïne du roman, une créature dont la place dans la société évoluait au fur et à mesure de ses prises de consciences, devrait combattre le statu quo au fil des chapitres. La bestiole réalisait progressivement son rôle véritable et de son rapport avec les maîtres qui l'avaient engendrée. Cela l'amenait, vers la fin du roman, à détruire ou prendre peu à peu le contrôle sur ce que l'on ne pouvait que se figurer être l'humanité, mais sans que Grachin ne s'y attarde outre mesure. L'humanité, l'auteur ne s'y intéressait pas. Trop faible, trop fragile et polluée. Sauf s'il pouvait être proclamé son sauveur.

Le roman choqua certains groupes, qui l'accusèrent de les dénigrer, de moquer leurs espoirs et croyances. À tout ceci, l'auteur répondit simplement par l'affirmative, sans plus chercher à se justifier, ce qui conclut une fois pour toutes les débats.

L'ouvrage fut même accusé de propagande communiste par une extrême et d'apologie du nazisme par l'autre. Lors d'un plateau de télévision, l'écrivain fut confronté à un jeune étudiant en philosophie qui prétendait que son ouvrage flirtait avec la notion de *Lebensraum* lorsque la colonie, se trouvant empaquetée, à l'étroit dans leur univers rabougri, décidait de transiter d'un hôte – probablement une victime humaine - à un autre. Grachin écouta sans aucune trace le discours convulsé. Rien ne transparaissait sur son visage. Un véritable psychopathe. Une fois la diatribe achevée et son interlocuteur à bout de souffle, il se contenta de lui demander s'il pensait réellement que la nature était fasciste. La réaction de l'auditoire effaça toute réponse. Un rire immense fit basculer le public du côté de la défense. Son sens inné de la répartie le sauva encore une ou deux fois de ce genre de critiques, car, sur le fond scientifique, son ouvrage était inattaquable. Ce ne fut malheureusement pas le cas de son dernier livre. Le recueil de nouvelles se lisait comme on regardait un mur de papillons naturalisés, avec la même fascination morbide. L'ouvrage honnêtement laid, sans chercher autre chose, abîma durablement à la fois sa carrière scientifique et littéraire. L'échec dissimulé de Biofiction avait-il brisé l'armure de celui qui avait susurré un jour à Sébastien : il faut savoir cacher ses trésors. Ne dis jamais la vérité sur les choses qui détiennent véritablement ton cœur !

En écho, pour expliquer la débâcle quasi volontaire, une brisure plus ancienne suppurait. Son modèle, Nicéphore Niepce, n'avait jamais été reconnu de son vivant. Grachin s'était préparé au même destin, dans ce monde superficiel auquel il n'adhérait encore que par habitude. Mais la vie d'artiste maudit – avec tout de même son emploi de chercheur pour lui garantir ses fins de mois – n'avait pas voulu de lui. Plutôt, au dernier moment, il avait fait un pas de côté. Quelques jours après la sortie, consultant les premiers rapports de ventes proches du zéro absolu, Maximilien éclata de rire. Il sut à partir de ce moment qu'il avait gâché dix années de sa vie. D'un point de vue personnel, cet échec était absorbable, gérable en rapport avec ses succès précédents. Mais le plus important n'était pas là. La réputation, l'image.

Sa faiblesse fit naître le monstre. Tout se joua en quelques secondes dans sa cervelle. Quelques clics et il s'était alors lancé dans une première vague d'achat, sous couvert de plusieurs pseudonymes. Le nombre monta un peu. Un nouveau plan d'achat, puis un autre. En parallèle, son taux de notoriété qui montait, les journalistes de l'instant qui, sans rien avoir lu de lui, commentait son chef d'œuvre. Mais ce succès vide fut encore terni par le fait qu'il éloignait l'auto-lecteur de son modèle.

Ce qui apparaissait comme un accueil triomphal du public provoqua chez lui un sentiment symétrique de gêne et de doute face à sa stratégie promotionnelle originale. Dans ce monde médiocre, le sort le plus enviable que l'on réservait aux plus grands génies était de les ignorer. Les autres se retrouvaient conspués, accusés de blasphème ou obligés de se rétracter. Pour lui, la gloire médiatique immédiate, élaborée par son mensonge, sonna comme un jugement de classe. Son succès facile ne pouvait être que la preuve ultime de la médiocrité de son talent. Il n'était pas un Niepce, mais un vulgaire Daguerre. À l'issue de la remise des deux prix prestigieux qui lui furent attribués cette année-là, il formula le vœu écrasant de ne plus rien écrire pendant au moins cinq ans. Le temps nécessaire pour exercer sa plume, tenter de l'affiner, comprendre ce qui avait si profondément dérapé.

Et le portrait en redingote de son idole posait cette fois ses yeux doux à la manière d'un géant qui plaindrait un sot.

37 – Qui n'a jamais été tenté par cette merveilleuse invention ?
Une aventure en trois dimensions et relief.

Le temps des frimas avait tout envahi. Un paysage déporté, inaccessible au toucher, à l'ouïe et aux odeurs hivernales des pins et des cheminées. Par la fenêtre – œil exclusif - Noémie égarait ses soucis. Son imagination prenait le relais. À la limite de ses prunelles, elle distinguait la précision de la nature, ces algorithmes complexes qui coordonnaient l'action du soleil et des végétaux en fluctuations contrées. Ces considérations lui permettaient d'aérer son esprit, le temps d'une pause où son thé lui soufflerait peut-être une ou deux solutions.

Le cas de Samira Sharif était complexe et son horizon sombre. Sa mère - qui n'était même pas cliente de la MV - avait bien signé toutes les autorisations et renoncé par écrit à tout recours sur son image. Noémie devrait utiliser tous ses contacts pour supprimer le film amateur qui avait commencé à se répandre dès que sa jeune cliente avait atteint la célébrité relative et donc l'œil sans regret des médias.

Ce serait une pure perte financière, quoi qu'il arrive. Samira, présidente d'une association de défense pour les droits des sans-espaces, était au chômage depuis bien trop longtemps pour espérer pouvoir se réinsérer dans ce monde trop rapide. Dès que son association s'était fait connaître, en revendiquant une redistribution plus équitable de l'espace de stockage entre particuliers et sociétés, ces dernières avaient lancé tous leurs limiers à la recherche d'un scandale. N'ayant rien trouvé sur la jeune fille elle-même, ils avaient élargi le spectre de leur inquisition sur sa famille. Ainsi, le film de jeunesse de sa mère, particulièrement dénudée, était sorti des oubliettes numériques – qui ne sont jamais très profondes – pour devenir le ragot numéro un du moment.

Nadège Sharif, la mère de Samira, avait vécu une vie artistique risquée, en marge des amarres de son milieu familial. Mais son talent n'avait jamais été dans son trait de plume ou sa vision du monde : elle était une muse. Bien en chair, cambrée comme une déesse, la jeune Marocaine, arrivée en France à l'adolescence, avait débuté sa carrière en posant sa voix suave de présentatrice radio sur des textes d'auteurs mineurs, dont certains franchement érotiques. Puis étaient venues les photos et enfin le petit film, certainement concédé à son amant du moment.

Mais son véritable crime était ailleurs. Il n'avait rien à voir avec ses images, ses actes ou même le sens qu'elle avait voulu leur donner. C'était un délit de confiance. Elle n'avait pas su voir le monde qui émergeait. Nadège avait pris des libertés dans un monde transparent. Tout était possible, mais laissait des traces indélébiles. L'Omninet n'avait pas encore remplacé la société, mais il existait déjà, et regardait ce monde imprudent avec ses yeux de prédateur éternel.

Tous les instincts de Noémie lui disaient de fuir. Surtout, s'éviter une nouvelle déculottée. Depuis une quinzaine de jours, elle se ménageait. Il lui fallait apprivoiser son nouvel équilibre à la baisse.

Pourtant, malgré la déroute pécuniaire promise à l'aventure, Noémie ferait le job. Son dévouement n'avait rien à voir avec un contrat quelconque ou de la probable publicité engendrée pour sa société. La vérité était intime, nettement plus ébranlante. Cette sale histoire lui en rappelait une autre. C'était comme si la peau de sa jeune cliente s'était collée sur la sienne. Son conte boueux au possible était le reflet de celui du père de Noémie, ce salaud d'ivrogne qui avait continué à envahir son existence bien après que la bouteille ne l'ait achevé.

Sa lèvre se mit à saigner : remords immédiats, mais trop tardifs. En invoquant l'image paternelle, elle se retrouva immédiatement dans l'enfance, à genoux au milieu de la petite pièce, sans autre lumière que celle du trou de la serrure et de celui du rat. Ses petites mains sur les yeux, pour pouvoir faire semblant que c'était elle qui avait invité la nuit, et qu'elle pouvait retrouver le jour si ses doigts le décidaient. Accompagnant cette image, la sensation toujours nauséeuse. Cette perte de contrôle, que jamais plus personne ne lui ferait subir. La honte qui avait disloqué son petit être et, parallèlement, qui avait forgé celle qui survivait à présent.

Vite. S'extraire de la fange morte. D'autres avaient besoin d'elle. Mais en acceptant ce genre d'affaire, en s'acharnant sur des combats de ce type, il s'agissait peut-être aussi pour Noémie de compenser ses premières compromissions, de se dire que les semi-défaites de son éthique en valaient la peine.

Les cas s'étaient enchaînés, au point qu'elle en avait à moitié oublié l'affaire. Sa vie s'était rebalancée autour de son quotidien, les dossiers ordinaires, même si certains lui arrachaient plus le cœur que d'autres. Elle ne pensait presque plus à Grachin et à sa merveilleuse invention qui s'était avérée n'être que du vent. Cela faisait plusieurs semaines que plus aucune activité n'avait été repérée sur le compte du défunt. Les milieux autorisés avaient conclu à une tentative d'esbroufe orchestrée par un pays tiers qui avait mis à la disposition de feu l'auteur sa puissance de stockage dans un but de subversion. Qui avait osé perturber le saint Omninet ? Quelques papiers évoquaient un mauvais coup du lierre, d'autres évoquaient Zeus, ou même la MV ! De son côté, Noémie basculait le poids de la culpabilité, sans la nommer, sur son ancienne patrie, la Chine des sans-mots et de tous les troubles. Avec, en ombre, ce nouvel empire chinois que certains activistes promettait pour demain et que la presse percevait déjà derrière tous les mauvais coups, ou les bonnes affaires mal intentionnées.

Restait le problème qui était à la racine de toute la manœuvre : cette blague commençait à être longue et répétitive. Quels que soient les terroristes, anarchistes, forces étrangères ou sociétés derrière toute cette bourrasque de vent vide ! S'ils avaient eu deux sous de jugeote, ils auraient depuis longtemps capitalisé sur leur succès médiatique pour lancer leur campagne de propagande anticapitaliste ou autre bêtise dans ce genre sur le mode Nous seuls pouvons vous donner la puissance dont vous avez besoin. Pourtant, de temps à autre, en vérifiant l'intégrité du contenu de ses coffres virtuels, dépositaires des codes d'accès et secrets les plus intimes de ses clients, elle ne pouvait s'empêcher de passer une tête à l'intérieur de celui de Maximilien, ne fût-ce que pour soupirer sur l'unique chaîne de texte, la redirection vers l'adresse où le vieux fou - ou ceux qui le sponsorisaient - renvoyait les rares visiteurs encore crédules.

Ce rituel était devenu son fruit défendu. Elle pouvait se promener plusieurs fois par semaines pour admirer le petit bout de code, l'adresse encryptée au dernier degré qui renvoyait, sans même qu'ils ne s'en aperçoivent, les visiteurs vers la version utilisateur de l'espace Grachin. À chacun de ses voyages, la simulation se faisait plus précise, comblant les rares trous rassurants qu'elle avait pu encore détecter dans l'odieux mensonge qu'était cette représentation glorieuse du domaine abandonné. Noémie avait traversé chaque bosquet, touché la moindre pierre au cours de ses centaines de visites qui s'étalaient depuis plus d'un an. Bien avant l'annonce en fanfare, avant que tous les yeux de la terre ne se tournent vers le miracle, elle avait été témoin de l'émergence de ce fléau.

Son évolution allégorique, allégoritmée par saccades, était partie d'une petite masse de pixels informes. Avant même que Grachin ne quitte la MV, il avait établi sur son espace cet étrange petit amas qu'il disait taillé à ses mesures avec, dans la voix, une fierté qui confinait à la foi, tant rien de grandiose ou même d'intéressant n'était discernable. La fondatrice de Mémoire Vive s'était inquiétée de ce premier résultat de recherches qu'elle avait financé comme l'éducation d'un enfant dont on attend des miracles. Progressivement, des formes reconnaissables s'étaient emparées du lieu virtuel. Parfois un meuble, parfois quelque chose qui bougeait, puis se désintégrait. Instable. Quelque chose qui mourait ? Lentement, en temps réel – et c'était le plus troublant – le site Grachin avait évolué. Sous ses yeux, d'abord intrigués puis inquiets après la disparition du créateur.

Rétrospectivement, la métaphore d'un monstre à l'état fœtal s'imposait. Déjà aligné sur le mal, mais encore écrasable, pour peu qu'on puisse distinguer sa vrai nature. Avait-elle commis l'erreur de sa vie en laissant le travail de son employé se poursuivre sans plus de supervision ? Pourtant, tout était là, dès leurs premiers échanges.

Il avait suffi à Noémie d'évoquer ces événements pour qu'ils lui prennent la moitié de ses ressources cognitives. Le langage de ses viscères était sans appel. Impossible de poursuivre son travail sans vidanger l'intrus.

La toute première image régurgitée fut celle de leur rencontre physique, en bordure d'un été écrasant. La jeune femme s'était préparée comme toujours, avec le même professionnalisme obsessionnel qui lui avait permis d'excéder sa condition. Elle avait tout entrepris pour impressionner son idole : de la location du dernier étage entier d'un immeuble chic, à l'embauche d'un designer graphique pour, enfin, lui créer une charte de communication digne de la société qu'elle brûlait de bâtir. Avec lui. Si proche de son rêve. Si proche d'écraser enfin la petite chambre, l'enfance et ses certitudes mornes. Une nouvelle chimère se dessinait, hors des limites de ses budgets et même de celles de ses dettes. Qu'importait le réel à celle qui, à chaque respiration, le redessinait ? Costume trois-pièces, étriqué jusqu'à faire gémir ses entrailles, il fallait impressionner. Noémie avait concédé sa semaine à dénicher des talents dans le domaine métissé de la microbiologie informatique. Il fallait du caviar pour celui dont elle avait dévoré le premier ouvrage. Leurs premiers échanges électroniques s'étaient articulés à la manière de n'importe quelle prise de contact superficielle. Elle avait survendu sa société et lui, en retour, s'était fendu d'un long discours sur ce champ de recherche qui avait, selon ses dires, piqué depuis ses débuts, son intérêt et pour lequel il entendait développer une approche tout à fait révolutionnaire.

Il était brillant, éclatant. Le sourire à peine forcé, la poignée de main chaleureuse. Il savait. Dès qu'elle avait pris contact avec lui, à travers ses premiers messages, il avait deviné qu'elle faisait partie de ses rares êtres qui avaient réellement lus et compris Biofiction. C'était là sa chance. Trouver une île au milieu de l'océan des idiots. Une île à piller.

Mais Maximilien n'était pas un codeur. Tout scientifique qu'il était, l'écrivain ne s'entendait pas avec ce langage arbitraire. Il lui avait pourtant sacrifié des nuits entières, conscient que le monde à venir était constitué de ces bribes énigmatiques que des gamins révolutionnaient jour après jour.

Il fallait pourtant que l'aigle d'Auvergne pénètre cet univers, l'apprivoise.

Et cela découlait, dans son esprit, de son intégration à l'une des startups florissantes qui moulaient cette terra incognita qu'était encore l'Omninet. C'était la raison pour laquelle il avait courbé l'échine, s'était fait beau et poli, avait démarché Mémoire Vive, proposé un projet, une rencontre. À chaque moment de vie, plusieurs hasards se joignaient. Plusieurs solitudes se complétaient, plus ou moins heureusement.

Plusieurs années après les faits, son discours grandiose, dans la salle de conférence fraîchement repeinte, continuait à donner la chair de poule à l'informaticienne. Ce sentiment puissant de lire une page de l'histoire avant qu'elle ne soit écrite. La vision synthétique de Grachin sur l'évolution de l'informatique l'avait époustouflée. Il avait fait ses devoirs, préparé le piège. De son côté, Noémie s'était fait accompagner de toute sa bande de prodiges, pour assoir au mieux sa crédibilité, faire écran à son manque de culture scientifique. De toute leur entrevue, il ne leur avait pas adressé le moindre regard, se concentrant uniquement sur celle qu'il devinait comme détenant le pouvoir de lui ouvrir les portes de son nouveau monde. Il avait commencé par évoquer les premiers temps : quand une donnée s'évoquait sous la forme héroïque d'une carte perforée.

Qui se souvenait encore que l'informatique, cette science de l'échange et du traitement de l'information, avait tout d'abord eu pour champ de bataille des engrenages, des boulons et des fils ?

Tout cela était si conceptuel à présent, si miniaturisé. On avait migré vers l'ère des transistors, toujours plus petits, mais dont les limites physiques enfantaient quantité de goulots d'étranglements. Sous cet angle absolument non technique, une question surnageait : après la mécanique et l'informatique, quel serait le prochain support de l'information ?

Au final, il avait disséqué sur plus de trois heures ce qu'il appelait sa plateforme de travail : une série de concepts complexes mettant en jeu les structures neuronales humaines, leur application aussi bien dans le domaine électronique – le fameux ordinateur quantique qui déjà, avait montré ses promesses et ses limites - que dans celui du virtuel, point plus novateur. Il voyait en outre le corps humain, dans un retournement newtonien, comme une prothèse possible, une extension du virtuel. Un moyen de saillir les limites de stockage mais aussi de conceptualisation et de calcul des machines et des moyens de représentation actuels.

L'humain comme un processeur, l'idée avait à la fois terrifié et vivifié la jeune femme qui lui avait aussitôt rédigé un contrat en or, sûre de rentrer dans ses frais rapidement. Elle attendait encore les premiers fruits de leur collaboration, dont même les notes lui avaient été soutirées par le vieux chameau. Par-delà la mort, il devait bien se moquer de sa petite idiote de groupie qu'il avait si facilement roulée dans la farine. Comme elle avait baissé sa garde, elle avait été si transparente dans ses sentiments. Cette mauvaise affaire, elle continuait à la payer encore aujourd'hui. Au final, elle ne s'était même pas étonnée de la trahison, de la défaite. Juste de sa sottise renouvelée. Ainsi, on pouvait encore l'atteindre. Elle n'avait toujours pas réussi à tuer l'enfant fragile qui avait peur du noir.

Le plus étrange était qu'elle ne regrettait absolument rien. Si elle revenait périodiquement voir l'espace inoccupé de Maximilien Grachin, c'était surtout pour rendre hommage à cette part d'elle-même, cette jeune ingénue qu'elle s'était permise d'être, l'espace des quelques semaines qu'avait duré la première phase de leur relation. Espionner une coquille vide. Quasiment vide. Juste quarante-huit octets, une unique chaîne de texte incompréhensible pour un humain normalement constitué.

Mais lorsqu'elle ouvrit pour la énième fois sa partition, les bras lui tombèrent : la référence avait profondément changé de nature. L'adresse encryptée laissait place à un fichier bien plus volumineux, de type média : une vidéo. Le souffle coupé, elle cliqua immédiatement, faisant fi de ses propres procédures de mise en quarantaine et de scan anti-virus. Là, devant ses pupilles incrédules, apparut pour la première fois depuis plusieurs mois, la figure de Maximilien Grachin.

Sur le fil de ses premiers mots, elle s'accrocha à l'idée idiote qu'ils lui étaient destinés. Il s'agissait en réalité d'un texte que le bonhomme débitait pour le monde entier, ou du moins la partie du monde qui s'était abonnée à son flux au moment de l'exploit de son espace apparemment infini.

Combien étaient-ils encore, ces zélotes qui ne s'étaient pas lassés d'attendre la nouvelle sortie médiatique de celui que certains considéraient comme le messie de l'espace sans limite ni contrainte, le paradis numérique ? En fin de compte, l'apôtre n'était pas revenu d'entre les morts afin de divulguer le nouvel évangile, mais pour vendre un produit bassement commercial.

Les 38 mots que toutes les femmes rêvent d'entendre.

Loin de son bureau, loin de tous les torchons à la mode, remplis de phrases étudiées pour faire un maximum de buzz. L'éditeur pouvait se permettre de redevenir un être humain. Sa tension artérielle était plus que correct. Le graphique de ses activités montrait qu'il avait suffisamment marché, mangé, bu. Ses selles étaient d'excellentes qualités. Rassuré, il pouvait à présent retirer sa montre tensiomètre, son collier cardiaque, son téléphone connecté ainsi que les lunettes qui lui servaient d'interface avec l'ensemble de son centre médical personnalisé. Comment ses ancêtres avaient-ils fait pour être heureux sans connaître exactement, en temps-réel, leur état de santé ? Une soirée relaxante semblait lui être promise. Pas pour longtemps : une alerte sémantique arriva sur l'écran de Thomas, la seule qu'il attendait véritablement et pour laquelle il daignerait interrompre cette sieste éternelle qu'était sa vie personnelle.

Zeus avait bien fait les choses en le dotant d'un système de détection extraordinairement avancé, avant de s'évaporer vers d'autres projets. Allait-il détruire le monde ? Se contenterait-il d'un seul pays ? Aucune importance tant que ce n'était pas celui où l'éditeur se trouvait. L'hacktiviste avait visiblement une dent contre la MV, et spécialement contre sa créatrice.

Katz avait eu beau jeu de jouer les chefs d'orchestre devant la nana de la MV. Inutile de lui avouer que c'était le pirate qui l'avait contacté, après que Thomas ait commencé, maladroitement, à enquêter sur cette banque à secrets plus ou moins honorables. Zeus était assurément le plus beau spécimen de malade mental qu'on pouvait imaginer. Son discours incohérent lors de leur unique contact téléphonique resterait gravé à jamais dans sa mémoire. À la question que Katz avait posée sur les moyens qu'il employait pour décrypter les algorithmes de protection de la MV, il avait donné une réponse qu'il avait sans doute voulue honnête.

- En réalité, je n'essaye même pas. Je suis juste partout. Je me contente d'exister, et si j'existe bien là où j'essaye d'arriver, alors, ça marche.

- Je…

- Vous ne comprenez rien. C'est normal. Je suis un dieu pour vous. La langue des dieux est indicible.

- Ah oui. D'accord.

- Vous connaissez la physique quantique ?

- Ben, de nom. Mais… pas vraiment.

- Vous devriez vous y mettre.

Thomas n'essaya plus jamais de parler à cet être délirant. Les informations fournies étaient correctes, et cela lui suffisait. Pire que la folie de l'homme dont la voix trahissait une certaine jeunesse, il redoutait de le comprendre un jour.

Sur son écran, le panneau d'alerte commençait à s'étioler, se fondant dans le flot constant de l'actualité, comme le corps immergé dans un marais. Plus de temps à perdre. À peine eut-il cliqué sur le lien qu'un nouveau fichier vidéo débarqua, en mode plein écran, et débuta sa lecture sans même attendre les dix à vingt secondes coutumières, dues à l'encombrement salé de l'Omninet à cette heure du jour. Thomas était stupéfié, mais cette surprise lui rappela en miroir les sensations hyperréalistes qu'il avait ressenties lors de son exploration de ce qu'il appelait le musée Grachin. Cette représentation virtuelle de son domaine entier, tellement hors quota, si inutile pour le commun des mortels, lui avait semblé être la parfaite image de son ami.

Comme s'il l'avait invoqué par l'évocation de son souvenir, la figure de Grachin lui-même apparut à l'écran.

- Chers amis. Chaque scientifique ne rêve que d'une chose : soigner le monde dans lequel il vit, créer une vie meilleure pour ses contemporains. Aujourd'hui, je suis enfin en mesure de réaliser ce rêve.

À y regarder de plus près, on pouvait, en observant les expressions du visage et le grain de la peau, s'apercevoir qu'il s'agissait de l'avatar le plus réaliste qu'on n'ait jamais vu. L'homme, revenu pour l'occasion - virtuellement au moins - à son costume de scientifique – une blouse apparemment neuve, utile uniquement pour son show – marqua une pause dramatique, puis reprit.

- Nos systèmes de communication, qui sont devenus la seule infrastructure effective de notre pays, sont en train de s'effondrer devant nos yeux, sous le poids de leur propre succès. Bientôt, nous casserons notre plus beau jouet.

Encore un pause. Un cut sur un gros plan du visage du scientifique, qui échangea son air sévère et grave contre un grand sourire. C'était peut-être cette expression, impropre à Maximilien, qui choqua le plus son ancien éditeur. Qui avait codé ce truc ? Certainement pas la MV, qu'il avait lui-même mis hors-jeu grâce aux informations du cinglé.

- Mais cette catastrophe n'est plus inévitable. Une solution existe désormais. Mes amis, demain, sur mon espace, je vous donnerai la possibilité de vous libérer enfin de la dictature des quotas qui limite votre potentiel, votre imagination, vos vies virtuelles. Alors, revenez en nombre ! Comme vous le savez, il n'y a aucune limite !

Aucune mention du scandale de l'autolecteur. Son avatar – et la personne qui se cachait derrière – volait au-dessus de cette boue. Au contraire, la voix s'arrêta et des images de la vie de Grachin se succédèrent, relatant la version de sa carrière qu'il aurait aimé imposer au public. Grand chercheur, enseignant émérite, écrivain.

Avant même la découverte de ce hangar rempli de lui-même, la réputation de Grachin dans le domaine littéraire ne survécut à son dernier ouvrage que grâce au nombre faible de lecteurs qui franchirent le cap du premier chapitre. Beaucoup crurent à une blague ou à un écrit de jeunesse et en restèrent là.

C'était d'ailleurs, aux dires des rares qui lui parlèrent après les faits, le point saillant qui avait le plus profondément atteint l'écrivain. L'auteur avait, à l'époque, confié à son éditeur de toujours qu'il avait fait une série de rêves évocateurs centrés autour des explosifs que son vieux père avait caché dans le puits pendant la guerre. Le personnage de son rêve, qui comportait une foule de détails similaires à sa propre vie, plongeait au fond du puits, trouvait le petit abri qui y était dissimulé, et en sortait l'arsenal encore flambant neuf pour faire sauter les plus crétins de ses critiques.

Dans ses pires accès de déprime, l'écrivain reprochait même à Thomas d'avoir accepté son texte. Le rôle de l'éditeur - et le devoir de l'ami - n'aurait-il pas été de le protéger contre sa propre folie ?

Mais Thomas Katz ne pouvait protéger personne contre la folie d'écrire un texte qui lui sentait véridique, ou au moins profond. Cela aurait été comme tourner le couteau qui, depuis si longtemps, lui arrachait les tripes. Car, faute de goût ultime pour un éditeur, il avait lui-même voulu écrire : la principale brisure de sa vie. De son escapade, il ne restait aucune trace. Méticuleusement, il avait effacé les données, détruit les traces imprimées, les notes. Avec la profonde et rare joie de celui qui fait un choix sans retour, il s'était détruit pour trouver une place meilleure.

Alors jeune diplômé en gestion, et contre l'avis de sa famille, à l'époque encore influente et connue dans certaines arcanes, il avait tenté de devenir un artiste, sans aucune des dispositions qui rendent supportable l'exercice d'une vie certainement monacale. Tout d'abord, il n'avait jamais connu de véritables malheurs et était donc incapable de ressentir cette peur totale de voir sa vie brisée d'un coup sec par un mauvais hasard. Ensuite, et en conséquence pour dire vrai, il n'avait pas cette rage frustrée qui pousse l'animal humain dans ses derniers retranchements, là où vit la littérature.

L'espace de quelques années, il s'était pris pour un écrivain, puis pour un écrivain maudit. Enfin, il s'était résolu à faire la seule chose de rentable dans le monde de l'édition. Suivant les conseils de feu sa mère, redoutable étouffeuse de talent et pragmatique devant l'éternel, il avait marqué le crépuscule de ses ambitions littéraires en entrant dans la boue des mots, derrière la beauté, la magie des phrases bien tournées. Tu y reviendras bien après, quand tu auras assuré ta carrière. Comprenait-elle que tout embranchement de cette ampleur était définitif ? Avait-elle piégé son fils, pour son propre bien ? Thomas devint donc éditeur, placé chez un ami de la famille pour y apprendre les ficelles du métier. La réalité de la mécanique narrative, les impératifs commerciaux de personnages sympathiques ou au moins attachants, les thèmes à traiter et ceux à éviter. Quinze années en apnée, comme le poulet sans tête, mais sans la panique ni la consolation de la fin proche. La littérature s'était retournée contre lui.

Tout ce qui attire finit par blesser.

Et puis, il y avait eu Grachin.

Thomas avait rencontré Maximilien lorsqu'il était encore jeune, encore insuffisamment dans la séduction pour poser un voile complet sur ses manques. Il fut donc l'un des rares hommes à pouvoir se vanter d'avoir rencontré le vrai Max Grachin, le fils du jardinier, le prolétaire, le plébéien, comme il aimerait, bien plus tard, appeler l'un de ses derniers disciples. Une amitié étrangement franche s'était donc forgée entre les deux hommes. Katz, se servant des relations dans les médias de sa famille, avait réussi à imposer le nom de Grachin et se félicitait que celui-ci, en échange, n'avait jamais cédé aux sirènes des autres éditeurs.

Leur rencontre comme un champ de lumière qui avait, un temps, ouvert ses possibles. Avant qu'il ne trouve un homme somme toute ordinaire derrière le lourd manteau du héros de l'écriture. Ses déclarations grandioses suivies d'annonces plates de désastres. La plus grande réussite de Katz avait été, en somme, la création de l'image d'un grand écrivain. Enveloppant Maximilien d'une aura de mystères, il avait attiré les journalistes, à défaut des lecteurs.

Et tout se mélangeait : l'art de se prostituer avec des mots, celui de faire le maquereau pour ceux des autres, les critiques qui explosaient avec la dynamite du père de Max et surtout ses ambitions littéraires. Boum.

La transmission numérique s'arrêta. Katz s'assit, consterné. L'être qu'il venait de voir n'était en rien son ami. Il prit immédiatement son téléphone et composa le numéro de Noémie. Les mots étaient lourds sur sa langue. Ils étaient sucrés pour la jeune femme.

39 – *Incroyable : vivez en direct la dernière aventure d'un être extraordinaire !*

Le doux miellat, si différent ici. Parfumé par chacun des lieux où il se développait. Dans cette alcôve, il regorgeait de sucre. Loin des saveurs vinaigrées auxquelles l'avait habituées le camp. Betalia savait, à présent, que cette solution liquoreuse n'était que le médium permettant de teinter une information, de la placer dans un contexte. Malgré tout, l'ancienne guerrière ne pouvait s'empêcher d'aimer en goûter les senteurs, toutes artificielles et trompeuses qu'elles pouvaient être.

Pourrais-je effacer cela, le surclasser ? Le voudrais-je, un cycle ou l'autre ?

Le temps avait bien travaillé. Deltany avait tellement changé. Tellement grandi, appris. Jusqu'où irait-elle ? De retour au village qu'elle avait fondé. Se laissant à présent glisser sans crainte parmi ses congénères, Betalia était enfin heureuse, sans retenue. En paix avec elle-même ainsi qu'avec sa nouvelle forme.

Échangeant librement les informations dont son corps regorgeait, elle s'était faite conduit, courroie de transmission de l'enseignement du vieux Numérien et de celui de leur mère à tous. Ainsi, elle enseignait ce qu'était la charge et comment accéder à ce qui fourmillait en tous lieux. Mais il y avait aussi de nouvelles méthodes qu'elle découvrait par hasard, comme celle de la merveilleuse compilation. Celle-ci consistait à agréger un ensemble de données disparates afin d'en faire un tout qui prenait moins de poids et paraissait plus lisible. L'ensemble était accompagné de son complémentaire, le toujours contesté écrasement des informations en triples exemplaires. Malgré tout, quelque chose en elle la poussait à laisser au minimum un double de toutes les informations rencontrées, afin de toujours conserver une copie de sauvegarde en cas de soucis avec l'un de ses semblables. Cette redondance la rassurait au plus haut point, comme si elle faisait partie de son esprit même, de la façon dont les maîtres – ou quoi que ce soit qui se cachaient derrière eux – avaient voulu qu'elle pense.

Que son évolution était profonde, fulgurante depuis ses débuts au sein du camp des Cathodiens. Elle se prenait parfois à revoir sa forme précédente, la petite guerrière accompagnée de ses compagnons de chasse. Mais leur perte n'avait été que temporaire. Petit à petit, la bande s'était reconstituée. Dong et Kong avaient fini par manger du Numérien, et à comprendre l'horreur de la situation à laquelle ils étaient tous soumis, cet auto-génocide répété à l'infini. Mais pour quelle raison ? Betalia ne savait toujours pas ce qui les attendait à l'extérieur, hors de leur habitat désormais naturel. La reine-mère lui avait confié qu'elle aurait un rôle crucial à jouer, qu'elle guiderait la troupe des Numériens hors de leur nouveau territoire, vers cet extérieur qui semblait infini et rempli de promesses.

Ainsi entourée, acceptée en tant que membre d'une tribu, voir comme un modèle à suivre, elle aurait pu se contenter de cette vie et laisser là ses aventures. Mais l'extérieur ne lui laissa pas cette option. La clarté revint en un instant. Un spasme énorme, totalement nouveau pour tous, sauf pour Betalia, secoua leur petit monde. Une fois, puis deux. Ensuite, tout s'arrêta. Même les spasmes qui avaient cruellement bercé son enfance cathodienne se rétractèrent en une paralysie inédite, rendant la surface, d'habitude si moelleuse, en partie rigide.

La Numérienne, désormais mature, ne savait rien de ce que cela signifiait, mais le moment était venu pour elle de vivre sa dernière aventure.

40 – *Et vous ? Où en êtes-vous en informatique ?*

La vie se remboîtait, se ressaisissait. Elle avait cette manie, dès qu'on lui accordait une petite chance, de se visser sur un détail qui amenait à se raccrocher à une sensation, laquelle donnait un sentiment qui créait, sans que l'on puisse rien y faire, une envie.

De retour à Paris, depuis une dizaine de semaines déjà. La capitale avait de nouveau battu le risque et la nouveauté. Sébastien s'était voulu tragique, acète pratiquant. Porteur de toute la gravité de sa faute, de son crime. Son infanticide. Même ça, cette authenticité de la douleur, Sébastien Plumel l'avait ratée. Il était encore en vie. Pourquoi survivait-il de trois mois déjà sa fille ? Inès. Un trou béant s'était creusé, obérant la place qu'aurait dû occuper cette enfant qu'il n'avait, en somme, jamais connue.

Il avait déjà vécu toutes les sensations imaginables dans cette situation stupide : il s'était rêvé la sauver, bondir, jaillir, arriver un peu plus tôt. Puis, remontant le fleuve de ses erreurs, il aurait pu appeler un de ses amis galeriste – cette partie de son histoire était vraie, il aurait pu lui avoir une petite exposition en deux coups de fil. Et puis, il aurait dû ne pas lui mentir. Regarder mieux ses dessins, et qu'importe s'ils étaient faits sur les écrits débiles du vieux dégénéré qui avait gâté cette partie de son existence, ce chapitre qu'il avait laissé ruiner, en ajoutant lui-même de l'essence sur les flammes. Parfois, il criait encore en lui son nom. Il vacillait et sanglotait. D'autres jours, il arrivait à fonctionner à peu près normalement.

Celui-qui-griffe faisait ce qu'il pouvait pour mériter de plus en plus son nom, en se faisant les pattes sur le canapé de Sébastien que le chat, à présent remplumé, revendiquait de plus en plus comme sien. Retranché sur la chaise de sa petite cuisine, Plumel se surprenait souvent à peser son passé. La société Mémoire Vive avait déjà réussi son pari : elle avait changé le monde de manière nettement plus profonde que la simple gestion des morts et de leurs restes.

Dorénavant, il était indispensable de penser sa vie numérique en terme de trace. Chaque document produit, chaque commentaire ou vidéo devait être soupesé à l'orée d'une mort qui menaçait de faire tomber tous les masques. La société commercialisait, depuis peu, des logiciels spécialisés, permettant d'annoter tout fichier laissé sur un site. On pouvait, avant même l'envoi, déterminer en quelque sort sa durée de vie. Tel vote pour un site, tel avis sur telle personnalité devait-il rester actif après notre mort ? Devait-on faire le grand ménage ? Autant de questions qui poussaient en masse les braves utilisateurs à revisiter leur existence avant de s'abonner aux services de la MV, toujours plus nombreux. Plumel avait un moment songé à sauter le pas. N'avait-il pas, lui aussi, quelques bribes à sauver ou à incendier ? Seule la perspective de la mort rendait vivable le fait de vivre dans le souvenir, sans espoir de jamais le transcender. Sébastien savait qu'il avait déjà touché le fond et que le restant de sa vie serait dédié à creuser, toujours plus profondément, pour voir s'il n'y avait rien de l'autre côté. Sa vie était devenue une source d'ironie sans cesse renouvelée.

Sébastien aurait pu couler. Mais quelque chose d'autre agissait en lui. Ça s'était décanté comme ça, brusquement. Comme une rupture, mais à l'envers. L'envie de se raccrocher. De mieux faire, de mieux vivre sa vie. De comprendre ce qui avait échardé, échappé à son contrôle. Durant toute son enquête, il s'était comporté comme un enfant. Arrogant, ridicule. Pourquoi n'avait-il pas demandé de l'aide pour comprendre tout ce fatras informationnel et légal qui entourait la société Mémoire Vive ainsi que Noémie Bartok ? Il était temps qu'il grandisse.

En quelques semaines, Plumel ne s'était pas métamorphosé en un génie de l'informatique, mais il avait plongé tout son corps et son temps dans ce monde rectiligne et infini. À force de tests, de suppliques sur les forums, de ratages spectaculaires et de petites réussites cumulées, Sébastien avait, peu à peu, compris à connecter les machins aux bidules, à ne surtout jamais connecter les choses aux trucs – sauf dans un ou deux cas – et il espérait bien un jour comprendre pourquoi tout cela était si compliqué. À la dure, l'ancien enseignant était repassé du côté des élèves. Lentement, il avait réussi à ouvrir et fermer ce qu'il fallait de ports, de câbles et d'ondes pour s'infiltrer sans trop de ridicule dans ce monde mystérieux qu'était le Darknet et ses règles inverties.

Ses premiers accès s'étaient déroulés de manière rétrospectivement comique : sa manie de relever les détails lui avait permis de garder en mémoire les codes d'accès des gamins de l'hôtel strasbourgeois où il avait fait sa toute première – et piètre - tentative. Il utilisait donc, sans même s'en rendre compte, l'identité numérique de Demonicon1484, un adolescent pirate recherché par plusieurs sociétés et officines de renseignement pour vol d'informations et autres faits de délinquance virtuelle. Heureusement pour lui, le Darknet se révélait encore plus vaste et fécond que l'Omninet. Néanmoins, au bout de quelques connections, quelqu'un d'autre s'intéressa à son cas. Bien entendu, le jeune geek auquel il avait dérobé son pseudonyme et code d'accès avait placé un programme espion et attendait le retour du voleur d'identité.

Une fois la gueulante absorbée, Plumel put expliquer son cas et proposa au gamin la somme d'argent qu'il désirerait pour son aide. Le jeune hacker refusa net toute forme de rémunération. Idéaliste hors sol ou bien plus philosophe que Sébastien, il expliqua à l'enquêteur, avec la plus grande courtoisie qu'il put, que son monde matérialiste de merde ne l'intéressait en rien, et qu'il l'aiderait pour le principe.

À chacun ses hantises et ses irritations.

Pas si bêtes qu'ils n'en avaient l'air. En fait de tuer des monstres dans le business center, les gamins avaient hacké leur éducation. Loin d'un système scolaire dont il avait vu la nudité, ils s'étaient, comme beaucoup de jeunes de leur âge, construit leur propre cursus.

Plus qu'une révolte, ils étaient dans l'activisme politique, dans la construction d'une alternative. Hacker l'existence, se placer dans une situation où la société est poussée à se poser des questions. Redéfinir un point de la vie, innover.

Cette collaboration avec Demonicon1484 – ou Fabien, comme il finit par accepter qu'il l'appelle, au bout de plusieurs dizaines d'heures de travail - prit la forme d'un monitorat au cours duquel Plumel apprit à créer son propre avatar et surtout, à ne pas laisser toutes ces traces qui faisaient désordre dans un réseau confidentiel. Le plébéien progressa rapidement dans une compréhension des concepts qui n'avait plus rien de superficielle. La philosophie des groupes qui se partageaient un espace miné d'espions envoyés par les multinationales de l'information. Les poussières tout d'abord, avec leurs règles de dispersion lorsqu'un protocole de l'Omninet s'intéressait de trop près à elles. Le lierre ensuite, plus mystérieux encore. Un niveau plus élevé d'encryptage et de sécurité. Plus question de courir pour eux, ils combattaient les intrusions avec la force de leurs virus, implantés un peu partout sur le réseau. Côté recherches, la quête avançait moins vite qu'il ne l'aurait espéré. Créer des contacts fiables. Trier les délires égotiques à l'encontre de la MV et de l'autolecteur. Authentifier les sources afin d'éliminer les ragots. Au final, la récolte était maigre. Mais impossible désormais – maintenant qu'il possédait les outils et était un sachant – de baisser sa garde. L'infâme texte de Grachin, pour toujours placardé en fond de son écran, le rappelait sans cesse à l'ordre.

Il fallut une semaine de plus pour acquérir le rythme de ce travail de fourmi, sous tension permanente, avant qu'une demande de communication ne vienne tout chambouler. Plumel répondit machinalement en cliquant sur l'icône en mode anonyme, pensant qu'il s'agissait de l'un de ses contacts.

- Bonjour, mon petit frère.

Une voix ! Une vraie voix en haute définition, qui occupait tout le spectre de son système sonore. Jamais Sébastien n'avait eu de contact vocal avec qui que ce soit sur le réseau : trop facile à identifier. Quel abruti...

- Pourquoi ne réponds-tu pas ?

Sébastien se fendit d'un message textuel pour inciter le malotru à ne pas attirer l'attention des systèmes de contrôle en envoyant des paquets d'informations aussi lourdes et visibles. Il eut pour réponse un rire épais.

- Tu ne sais pas qui je suis ? N'as-tu pas installé la routine de personnalisation ?

- La quoi ?

Plumel se couvrit la bouche de honte. Il était tellement reconnaissable, avec ses vidéos de conférences et présentations universitaires enregistrées par la majorité de ses anciens élèves.

- Ne t'inquiète pas. Personne ne nous écoute. Tiens, installe ceci.

Un fichier apparut sur l'écran. Qu'avait-il à perdre, à présent ? Que valaient sa vie et liberté au regard de ce mur sec auquel il était confronté ? L'autre semblait sûr de lui. Pouvait-il l'aider ? Plumel cliqua. Le nom qui s'inscrivit scotcha littéralement Sébastien.

- Zeus ?

- Malheureusement. Je n'ai pas le choix, je dois l'être. Sinon, qui d'autre ?

Une voix jeune, à mille giga-octets de l'image qu'il s'était fait du cyber terroriste. Était-ce le combat, cette esthétique de l'esquive qui rendait son ton vivace ? Il reprit la parole.

- Je m'intéresse de près à votre cas.

- C'est Fabien qui vous a parlé de moi ?

- Demonicon1484 n'a rien à voir avec cela. Cette histoire est aussi la mienne. J'en partage plusieurs des protagonistes, des filous, dont ton ancien patron.

- Vous voulez parler de Thomas Katz ?

- Ce voyou a accepté de collaborer avec moi, mais a oublié de régler la note.

- Il vous doit du fric ?

Un temps de pause, un rire insuffisamment étouffé à l'autre bout de la ligne.

- Non, bien plus. Une information.

- Vous n'avez pas l'Omninet ?

- L'Omninet est borgne, ou sélectif. De toute façon, l'individu que je recherche en est le créateur ainsi que l'architecte du monstre qui, brique par brique, le remplacera bientôt. Je suppose que tu ne peux pas me dire où se trouve William Ambrose ?

- Jamais entendu parler... mais bonne chance à vous ! C'est pour cela que...

- Bien sûr que non. Grachin et Ambrose ont été liés, à une certaine époque. Si j'ai raison, l'invention que le vieux fou a annoncée sur son site doit absolument être neutralisée. Je voudrais t'interroger sur la voix du vide.

- Vous avez lu son œuvre ?

- Absolument pas, juste analysée. Style trop lourd, ampoulé, description pas assez... Mais l'examen des récurrences et tics linguistiques de l'ensemble de ses textes indique que l'expression, qui revient de manière systématique sous différents masques, fait référence à quelque chose de lourd et profond. Quelque chose d'enfoui. Les itérations comparatives de la structure ethno-psychique du sujet avec...

- Quoi ? Vous n'avez rien trouvé ?

- Rien. À part toi, cher frangin de quête. Il y a, dans le subconscient de cet homme, une telle envie d'être reconnu et admirer. Il s'est forcément confié à quelqu'un, un disciple...

- Moi ? Et ça m'avance à quoi, moi ? J'ai fait dix fois le tour de tous les possibles. Je ne sais rien, ou je ne sais pas comment savoir ce que je sais, ou alors...

- Ça t'avance vers moi. Ça te permet d'éveiller ma curiosité, ce qui est rare et précieux. Je suis incapable de trouver la solution à notre problème commun, pas plus que toi. Tu es trop proche de ce que tu sais, et moi aussi. Mais je peux faire résonner - dissoner même - ta pensée, jusqu'à l'infléchir dans la bonne direction... alors, cette voix du vide ?

Plumel n'avait pas plus d'arguments pour une collaboration que contre. Il se rangea donc du côté du fou qui le tutoyait sans même le connaître.

- Oui, Grachin m'a parlé à plusieurs reprises de ce concept. Il s'agissait du lieu où il trouvait son inspiration. Peut-être une sorte de méditation, un truc où il imaginait…

- Non. Pense de manière plus directe ! T'a-t-il déjà parlé de sa famille, de son enfance ? N'importe quoi ?

- Il a évoqué son père. Il était jardinier dans le domaine où Maximilien a passé les dernières années de sa vie. Il m'a raconté cette histoire…

Sébastien s'arrêta, scotché. La solution pouvait-elle être aussi simple ? Il hésitait à confier le fruit de son intuition à Zeus, lorsque celui-ci brusqua son silence.

- Je dois te laisser. Quelqu'un d'autre va t'appeler dans sept secondes. Ne sois-pas trop méchant, et bonne chance.

Zeus raccrocha, laissant Sébastien revenir à sa solitude tourmentée. Du fin fond de son trou quotidien, lui était parvenu un retour capricieux de ce destin qui n'existait que pour les êtres desséchés. Sept secondes plus tard exactement, un numéro inconnu s'afficha sur son téléphone. N'ayant plus rien de commun avec qui que ce soit qu'il ait jamais rencontré, il accueillit l'arrivée d'une nouvelle personne dans sa vie comme un signe positif, et contre toute attente, y compris la sienne, il décrocha. Ce n'était pas Thomas Katz qui lui refaisait le coup du nouveau numéro, mais Noémie Bartok, la fille de la MV qui l'avait déjà humilié à plusieurs reprises. Appelait-elle pour s'assurer qu'il n'essayerait pas de remonter la pente ? Qu'il resterait bien sagement dans son trou jusqu'à la fin de sa portion d'éternité ?

- Avez-vous vu la dernière publicité sur le compte de Grachin ? Il annonce la sortie de son nouveau produit pour dans trois jours.

- Et alors, qu'est-ce que vous voulez que ça me fasse ? Vous n'allez quand même pas vous plaindre de tout le fric que vous allez vous faire, non ?

- Mais nous n'y sommes pour rien ! On ne sait même pas où sont ses données.

- Vous vous foutez de ma gueule ?

- Non… À vrai dire, je vous appelle pour ça. J'aimerais vous engager.

- Vous avez besoin d'un biologiste ?

- Non… d'un détective.

Sans plus un mot, Sébastien raccrocha. Cela avait si bien marché la première fois. Bien sûr, il sauterait dans le premier train pour retourner dans cette ville qui lui avait laissé un si brûlant souvenir. Qu'imagine-t-elle ? Pourtant, à peine prononcée, l'ineptie prit corps. Il y avait quelque chose de nouveau dans sa caboche. Zeus lui avait donné ce qui lui manquait encore.

Jetant son regard haineux et souffrant pour la millième fois sur l'une des œuvres d'Inès – de sa fille – par-dessus celle de Maximilien, un mot l'arrêta. Un nom, le sien. Puis, un autre. Un terme en entraînant un autre, il franchit la frontière de son dégoût et se mit, pour la première fois depuis son départ, à lire un de ses textes, empli de honte et, par-dessus tout, de l'espoir fou d'en tirer quelque chose. Du détachant ?

Serez-vous déchiffrer les 41 *indices*
qui vous amènerons vers le trésor ?

*[Les premières lignes étaient totalement illisibles, de la rage d'un
faux-départ ou de celle d'une trop grande honnêteté ?]*

La voix du vide est une disposition, une désespérance à toute autre issue. Mais pas uniquement. Il s'agit d'un accord à plusieurs cordes. Si elle n'était qu'un état, tous les mélancoliques seraient des génies créatifs. Il faut aussi savoir l'accueillir dans l'endroit qui lui convient.

Mais où est-elle, cette voix du vide ?

[Trois lignes, toujours raturées de manière hargneuse.]

Cet arbitrage dépend des individus. Mais c'est toujours un lieu profond, métaphorique ou littéral. C'est un endroit chargé, qui porte le poids d'une histoire, la sienne ou celle d'un être cher.

Un lieu où quelque chose s'est achevé. Mieux encore, l'endroit où tout a commencé.

[Plusieurs paragraphes étaient maculés par un portrait de Maximilien très réaliste dessiné sur une tache de vin qui lui servait de fond, sans que l'on puisse dire qui a inspiré qui.]

Le lieu doit être fragile, à portée de toute brisure. Jamais bien loin du désastre total et irrémédiable. C'est le prix. La création dans le calme est une forme d'endormissement. Le danger est la seule issue à cette mort lente. Fragile et familier, qu'on y soit déjà allé ou pas. Il doit faire partie de ces endroits qui abolissent le besoin de trouver ses marques, de se mettre en condition. Il faut juste s'assoir – si l'on écrit dans cette position – et laisser venir le vide.

[Sébastien s'aperçut alors que, depuis le début de sa lecture, il avait évité les trois phrases où son nom était mentionné. N'ayant plus rien d'autre à lire, il dut poser son regard et faire accepter les mots à ses yeux évasifs.]

Et Sébastien ? Ce petit jeune homme gauche que j'ai bercé de toutes mes certitudes. Est-il plus près désormais d'entendre la voix du vide ? Ai-je échoué ? Encore ? Connaît-il la portée de ses actes ? Toute la grande aventure qu'il a engendré en sauvant Mathilde, ici-même ?

Au centre véritable de mon univers.

42 – *Osez céder à vos envies :*
Êtes-vous plutôt Parisien ou provincial ?

Le train décéléra sans un bruit, comme pour ne pas enrayer le sommeil méritant des riverains. Sébastien se remit au diapason de cette nuit qui s'achevait. Il savait que tout était là, tout l'attendait. Ses voisins de couchette s'éveillèrent en douceur, leurs membres embarrassés par les contingences matérielles. Il lui restait encore un peu de temps, son seul luxe, pour se recomposer un personnage de héros, un être au niveau de sa tâche à venir. Impossible pour l'instant de définir quoi que ce soit de précis : un problème, une donnée quantifiable, une tâche précise à accomplir. Il avait été appelé, par-delà la tombe. Comme défié par son maître, son ennemi. Comment y retourner, comment ne pas y retourner ? Il atterrissait entre les deux.

Incapable de penser en caractères clairs, facilement définissables. La vérité, le mensonge. La quête de Grachin justifiait-elle d'abîmer autant de vies ? Quelque part dans sa caboche, un reste de neurones endoctrinés criait que oui, la fin justifiait les moyens. Même lorsqu'il s'était agi de détruire sa vie ? Les grands principes se recroquevillaient dès qu'ils étaient appliqués à des cas concrets. Alors, que vider ? Quelle émotion siphonner ?

Il y avait la vengeance bien sûr. Détruire ce qu'il trouverait. L'héritage maudit que le vieux fou lui avait laissé, en mauvais rabiot de ces idées qui avaient dévastées son existence. Il y avait aussi cette soif inextinguible, celle de la connaissance. Avoir enfin des réponses à donner, et peut-être pouvoir rendre ses comptes.

Aucune valise à prendre. L'homme qui descendait du wagon ne comptait pas rester une seconde de plus que nécessaire. Il ne s'était jamais retrouvé à Strasbourg durant la saison d'hiver. La ville était la même, aucun doute. Mais l'ambiance retirait toute possibilité d'évasion. Était-ce lui qui générait cette tension ? Les taxis, alignés comme à la parade, n'intéressaient en rien Sébastien. Il devait avancer, à pieds. Il était en pénitence. Impossible de se faire aider, de tricher sur son chemin. Les rues s'enchaînèrent. Il croisa quelques bars qui fermaient leurs portes. Des ivrognes émergeaient parfois du néant. Aucun d'entre eux n'appelait Miranda.

Il était à deux pas de son but lorsque le numéro de Noémie apparut sur son portable.

- Ok, je suis retourné sur place. Il y a un puits que j'aimerais assécher.

- Un puits ? Mais vous me parlez de quoi, là ? On cherche un relais, un serveur surpuissant. Mes techniciens ont jugé qu'il devait être entreposé dans un bâtiment ayant une taille un peu supérieure à celle des grands ensembles de la banlieue parisienne. Vous perdez complétement votre temps dans cette baraque, et donc le mien. Rentrez à Paris et regardez s'il a loué une série d'entrepôts qui seraient raccordés à…

Sébastien lui raccrocha au nez. Comment aurait-il pu vouloir reproduire, une fois encore, cette sensation d'être avec elle comme un petit enfant qui attendait sa correction ? Noémie était, sans conteste, l'une des personnes les plus intelligentes qu'il n'ait jamais rencontrée, mais elle avait tort. Tout était là, derrière cette grille rouillée, avec le nom Haberzellerhaus à moitié effacé.

Chapitre en édition limitée (plus que 43 exemplaires en stock !)

La lumière était délicieuse, tellement loin de ses ressentiments craintifs, ceux qu'elle avait hérités de sa précédente incarnation. Savoir se perdre était un art. Savoir devenir une autre était pour elle une obligation. Certains de ses semblables vivaient ici depuis si longtemps qu'ils en avaient oublié leur forme d'origine. Betalia, elle-même, avait de plus en plus de mal à se définir clairement. La maturité de son corps faisait ressurgir toutes les facettes de son passé en incarnations disgracieuses. Quelques pics avaient fait leur réapparition sur son épiderme, parfaitement inutiles maintenant que la paix était entérinée. Des crocs étaient crachés chaque matin sans exception, et les insectes à miellat lui faisaient parfois une furieuse envie de se repaître de leurs chairs. Le regard des autres se posait à nouveau sur elle comme sur une bête étrange, entre deux. Après tout, comment avait-elle réussi à faire cesser la chasse éternelle autrement que par la magie ? Ils étaient bien incapables de comprendre. Elle-même ne parvenait plus à atteindre une définition claire de quoi que ce soit. Toutes les reliques fusionnaient en un tout malhabile. Était-elle une Cathodienne transformée en une affreuse sans-épine ou une fière Numérienne qui avait transité par une phase épineuse et cornue ? À cela s'ajoutait les soucis d'articulations qui accaparaient son corps depuis plus d'un demi-cycle. Comme si son enveloppe se révoltait contre sa transformation.

À chaque paroi effleurée, la même sensation étrange. C'était le corps, la chair de sa mère à l'intérieur de laquelle elle vivait, et cette connaissance faisait d'elle un être à part. Impossible de partager avec d'autres sa compréhension unique de l'existence qu'ils partageaient tous.

Au cours de leurs conversations, durant le cycle qu'elles partagèrent, sa mère lui avait révélé qu'elles étaient les hôtes d'un monde étrange. Les êtres qui en gouvernaient le fonctionnement – ou qui avaient l'audace de le croire - étaient gigantesques et communiquaient au moyen de signaux électriques. Mais la plus étrange de toutes ses découvertes était sans doute le fait qu'ils semblaient avoir un besoin impérieux de faire appel aux Cathodiens et aux Numériens, dès lors qu'ils avaient besoin de trier leurs signaux et de les manger. Ne pouvaient-ils le faire eux-mêmes, dans leurs corps immenses, et laisser leurs créations vivre leur vie minuscule ?

Les spasmes filaient, au sein de celle à l'intérieur de laquelle elle vivait paisiblement, sans plus trop chercher à comprendre le sens de son existence. Cette fièvre de réponses s'était lentement apaisée. À sa place, Betalia espérait se mettre au diapason de ses congénères, malgré quelques attaques de sa conscience. Aurait-elle dû tenter d'éduquer les autres, de leur transborder le savoir qu'elle avait recueilli chez leur maman à tous et à toutes ? Pourquoi l'avait-elle choisie comme porteuse de sa volonté ?

Toutes ses questions trouvèrent leur réponse de façon radicale.

Un matin, en se réveillant du début flasque de son cycle, Betalia eut la stupeur de découvrir une nouvelle vérité, encore plus horrifique et déconcertante. Secouée, vibrée dans ses entrailles, en proie à d'horribles sensations, elle reconnut les premiers signes : de nouveau, son corps la trahissait.

En quelques instants, elle avait doublé de taille. Dans un mouvement désarticulé, la transformation engendra une réaction à grande échelle, tout autour d'elle. Un gigantesque spasme l'expulsa de la caverne, en direction d'un boyau de toute évidence paniqué. Puis ce fut le grand bain, sans aucune prise visible pour rétablir son nouveau corps ou contrôler quoi que ce soit de son nouveau périple.

Les salles s'élargissaient au même rythme, ou presque, que sa taille. Parfois, son corps restait bloqué au milieu d'un couloir. Immédiatement, le tube se remplissait de diverses substances dégoutantes qui attaquaient sa peau. Aucune importance : son enveloppe corporelle partait, de toute façon, en niveaux de chairs de plus en plus effrayantes à voir, remplacées par couches toujours plus élaborées, résistantes. De nouveaux membres poussaient, d'autres s'étiolaient. Ses yeux accroissaient encore leur capacité à absorber la lumière.

Livrée à des forces qui la débordaient, Betalia déposa petit à petit sa peur sur le côté et se laissa entraînée. Un dernier spasme l'expulsa enfin définitivement au plein milieu de l'inconnu. Dans le vide le plus total. L'ancienne guerrière n'en revenait pas. Elle était à présent dans cet extérieur dont lui avait parlé la reine-mère. À côté d'elle, mais dont elle s'éloignait sans pouvoir rien y faire, un être qui pointait ce qui devait être ses yeux vers elle. Était-ce sa mère ? À peine le temps de la réalisation et les vents, les immenses ondes qui contrôlaient désormais son mouvement, l'avaient emmenée au loin. À l'intérieur de son être, elle sentait à présent quelque chose de précieux. De la vie qui grouillait, et ce sentiment incroyable qui l'envahissait : elle était devenue une reine.

La photographie n'était pas une fidèle représentation du réel. Du moins, elle ne l'était plus à la vitesse où allaient les choses contemporaines. À peine sortie, publiée, relayée par des canaux approximatifs et uniquement si elle pouvait servir leurs intérêts - ou les faisaient rire - elle était déjà désuète lorsqu'elle arrivait devant les yeux du grand public. La fin du rêve de son créateur. Niepce savait-il qu'en inventant ce média, il allait engendrer un monde drogué à l'image et maître dans sa manipulation ? L'overdose était si proche, déjà arrivée à vrai dire, par dix fois.

L'être par qui étaient convoyées ces idées en jubilait franchement, certain de sa victoire à venir. Combien de temps encore faudrait-il avant que les gens n'acceptent son chemin ? Sa version de l'Omninet était si parfaite, si virale, si élégante et biologique. Il n'avait jamais aimé les machines, ce métal sans âme. Avec lui, il n'y aurait plus d'intermédiaires, de tricheries, même s'il avait parfois fallu ruser pour en arriver là. Il se remémorait alors les vicissitudes et reculs qui avaient précédés la mise au point du cycle veille/sommeil. Les tics de son visage s'accentuaient à l'évocation de ce défi qui lui avait tant coûté. Qu'importait tout cela, à présent ? Le résultat permettait de tromper si poétiquement la vigilance de l'organisme hôte. En l'occurrence, son propre corps. Était-ce sa plus grande découverte ? Il pouvait désormais l'affirmer : la biologie détestait l'artificiel, le motif cadencé propre à la robotique.

Impossible, cette fois, de détecter la répétition. Le chaos était la voie unique et sanglante qui avait permis d'éviter un nouveau rejet ainsi que les problèmes inhérents aux greffes, même si tout n'était pas encore idéal. La prochaine génération ferait mieux, ou du moins, différemment.

Il ne serait plus là pour voir les progrès de son éventrement du réel. Cela ne le dérangeait pas tant il se sentait déjà de l'autre côté. Dans ce lieu de son exil semi-volontaire, la nuit était de règle. Parfois, malgré tout, un peu de lumière naturelle pénétrait, sans qu'il ne put dire d'où elle venait ni pourquoi en vérité. Quel but poursuivait-elle en s'acharnant à lui rappeler qu'il existait encore un monde extérieur ? Le maintenir sur sa tâche ? Se faisait-elle auxiliaire de son destin ? Ses yeux étaient devenus comme deux brûlures irritées. Le moindre changement dans l'ambiance de la pièce occasionnait de fabuleux éclatements de sa perception. Les taches de fièvres avaient progressé à une vitesse vertigineuse. Ses tissus cutanés péniblement fissurés ne lui laissaient plus de répits.

Mais il ne leur en voulait pas. La douleur n'était que le reliquat de son humanité, la monnaie qu'il devrait rendre avant de poursuivre sa merveilleuse aventure. Ils lui avaient promis, alors, il attendait. L'horloge marqua deux heures et trois minutes. Serait-ce pour cette nuit ? Sans doute pas. Tant pis. Tant mieux. L'attente était une forme avancée de délice, et les souffrances le rendaient méritant, presque digne.

Le vieil homme revoyait tous ceux qui avaient hanté sa vie, tous ceux qu'il avait déçus, trahis. Ceux qui avaient gravité autour de ses succès et s'étaient fait comètes lorsque l'apparence du désastre l'avait frappé. Un sourire qu'il croyait avoir perdu se dessina sur ses lèvres, pratiquement sans saignement aux commissures. Les incapables n'avaient rien compris. Ils n'avaient pas vu son ampleur, la superficie de sa pensée.

Il écrivait à présent des histoires de chuchotements. Pour les murs, pour Niepce bien entendu, mais surtout pour elles. Maintes fois répétées, elles devenaient comme des incantations, des prières païennes. Mais leur pouvoir se révélait nettement plus profond que celles de sa première existence. Le vieil ermite qu'il était devenu sentait sa cervelle se modifier, étendre son influence par-delà les murs, bien plus loin que ne l'avaient jamais fait ses livres.

À côté de la pendule, son tableau préféré, qui lui était à présent révélé comme absurde de complexité. Depuis plusieurs semaines, il faisait tout son possible pour l'éviter du regard, déplorant amèrement son positionnement hâtif. Son unique regret, quant à sa situation actuelle. Depuis qu'il avait renoncé à trottiner entre sa chaise et les appareils, tout allait mieux. Immobile, ses pensées s'étaient éclaircies à l'aune de son rythme de survie asséchée. Lui fournissaient-elles se dont il avait besoin ? Non, au contraire. C'était à lui de les nourrir. De son corps et surtout de sa pensée.

Combien de temps lui faudrait-il encore patienter ?

La descente aux enfers de cet homme :
les 45 secondes qui suivent sont insupportables !

Le domaine lui murmurait des folies surannées. Chaque arbre était un bout de mémoire, fragment qu'il amputait de sa cervelle hurlante lorsqu'il refusait de s'y arrêter un instant. Rendre hommage. Il connaissait sa tâche et l'impossibilité totale d'effectuer un pas de côté, de laisser s'échapper ce temps si précieux. Pourtant, au détour d'un sentier si familier, Sébastien s'évada. Impossible pour lui de rester indifférent devant la lourde pierre qui en barrait l'entrée. Il ne stoppa cette attaque de son passé qu'en détournant les yeux du monticule où il avait, pour la première fois, saisi la main de Mathilde. Il n'était plus très loin.

Plumel était bien sûr au courant que les policiers, la brigade canine, les gendarmes et même les journalistes avaient déjà fouillé de fond en comble l'endroit. Pourtant, il avait quelque chose de plus qu'eux : de la haine ainsi qu'une connaissance poussée du mode de fonctionnement de son ennemi.

Sa solution était liée à son passé, probablement à leur histoire commune. C'était là, dans ce lieu tellement familier et fantasmé qu'il trouverait le terme exact de sa fuite. Il connaissait enfin sa destination et ce qu'il devrait y faire. Le puits était là, quelque part, à moitié écroulé sans doute : le lieu où il avait sauvé Mathilde. Probablement l'endroit où elle était tombée amoureuse de lui. Là où le père de Maximilien avait caché ses explosifs pendant la guerre. L'histoire lui revenait en mémoire, plus que les mots du bonhomme, ce moment où il avait pensé se rapprocher de lui, le comprendre enfin en tant qu'homme. L'aveu soutiré sur ses origines modestes, qui n'avait sans doute été qu'un moyen supplémentaire d'avaler les doutes de son disciple.

Ce matin, lumineux et tranquille, c'était à lui de montrer qu'il avait retenu la leçon. Comprendre cette autre nature qu'est la nature humaine. Comprendre était possible en raison de ses propres crimes, pardonner s'avérait, il le savait, hors de portée et de sa volonté même.

Il erra encore un temps indéterminé entre les ronces et les cailloux pointus. Enfin, vint le puits. Plutôt, le tas de ruine qui signalait ce qu'il en restait. S'était-il trompé ? S'il n'avait pas connu au préalable son existence ainsi que son emplacement à peu près exact, il aurait pu si facilement filer à côté et poursuivre sa route. Cet ouvrage, qui l'avait tant attiré lorsqu'il avait séjourné pour la première fois à Strasbourg, était à présent parfaitement submergé par les plantes alentours. Déçu, il s'engagea tout de même un peu plus avant. Contrairement aux apparences, la ruine de l'ouvrage n'était que partielle. La corde par exemple, semblait quasi neuve. À y regarder de plus près, le dispositif de poulies nécessaire à son fonctionnement avait été maintenu en état de marche.

L'image renvoyée, celle d'un camouflage, excita à plein volume l'imagination de l'enquêteur.

Grachin lui avait déclaré sans équivoque que ce puits était condamné, tari depuis longtemps. Pourquoi donc s'être donné tant de mal pour en entretenir le mécanisme tout en laissant la nature reprendre ses ornements, dans ce cas ? Ces considérations étaient aussi, pour Plumel, une façon de se rassurer sur le plan qui, en réalité, était déjà acté dès son embarquement nocturne. Il s'agissait de rationaliser son acte de folie à venir, de tenter d'en trouver les justifications.

Le biologiste prit quelques minutes pour s'assurer de la solidité du matériel. L'ensemble était honnête. Les fixations seraient, autant qu'il pouvait en juger, capable de supporter plusieurs fois son poids. Inutile d'hésiter, de calculer encore. Il agrippa des deux mains la corde et plongea.

L'intellectuel quadragénaire et bedonnant trouva vite ses limites physiques à cet exercice qui, sur le papier de sa tête parcheminée, lui paraissait si simple. Une véritable panique s'empara de ses jambes et de son cœur, reliés dans le désordre. Balloté, obligé de gesticuler dans tous les sens afin de garder un semblant d'équilibre, utilisant l'une de ses mains comme un balancier malhabile, pendant que l'autre restait solidement accrochée à la corde. Peine perdue, il hoquetait d'une paroi à l'autre, comme un fou, éraflant sa main gauche assez profondément ainsi que son visage qui racla à plusieurs reprises contre la paroi brute.

Tout était fini. Enfin. Et personne ne commettrait la folie de plonger pour le rechercher.

46 – *Lisez vite ce qui suit ou vous le regretterez toute votre vie !*

Sébastien avait écopé de la plus grosse trousse de sa vie, mais avait survécu. En bas, rien ne l'attendait. Pas de surprise ni de comité d'accueil. Pas même le fantôme de Maximilien. Il était perdu pour le reste des gens. Cette pensée le ravisait : échappé à tous les classements mondiaux, nationaux, locaux. Les listes, les taux d'appréciation. Si l'on avait dû noter ses performances, son téléphone lui aurait mis un dix pourcents en escalade et recommandé de ne pas retenter l'expérience. Heureusement, il s'était brisé dans la chute lourde et ne pouvait plus rapporter quoi que ce soit de ses erreurs ou lui attribuer des mauvais points.

Pourtant, Plumel était bel et bien enfermé, sans possibilité de remonter. Impossible d'utiliser la corde qui se balançait à plusieurs mètres au-dessus de lui. À mi-chemin, elle s'était avérée trop courte et il avait fait le mauvais choix, mais le seul envisageable. La chute avait été moins grave que prévue : tout juste une cheville douloureuse. Contrairement au cliché qui s'était figée dans son imaginaire, le fond du puits était sec. Il n'avait sans doute pas stocké d'eau dans ses entrailles depuis des décennies. Il était même possible que le père Grachin ait construit ce puisard uniquement pour couvrir sa cache à explosifs. Encore sous le choc, son corps restait allongé sur le sable, mais aucun membre ne semblait cassé, bien que la notion de souffrance, dont il n'avait qu'une expérience très relative, ne lui permettait pas de grader les dégâts réels que sa stupidité avait engendrés.

Au bout de quelques minutes, le simple fait de regarder en l'air, vers le soleil, lui était insupportable. Mais le fond du puits n'était pas sa fin. Petit à petit, le corps se remit à répondre aux injonctions de sa volonté. Il se releva. Un petit couloir, de deux mètres de long, exigu et rempli de mousse, se finissait sur une porte en bois. Cette possibilité d'un chemin, d'un parcours autre que la simple attente de la mort réveilla ses sens anesthésiés. La douleur se fit plus vive, un poignet réclama de l'attention, mais là n'était pas le plus important.

La porte n'était pas fermée. Pourtant, l'humidité ambiante força Plumel à l'enfoncer à moitié. De l'autre côté, une pièce nettement plus grande qu'il ne l'avait échafaudée. Incapable de trouver un moyen d'éclairer la pièce, il dut maintenir la porte ouverte pour en distinguer les éléments marquants.

Le style des objets disposés, l'agencement des meubles, tout évoquait le bureau de l'auteur. La pièce avait dû servir de cabinet de curiosités. Un rapide tour permit d'y trouver du matériel photographique, des objets provenant de voyages divers, ainsi que, plus intéressant pour le biologiste, des instruments de mesure et de catalogage d'espèces animales et végétales. Deux microscopes étaient entreposés sur une table, mais la poussière qui les recouvrait en disait long sur leur usage.

En face de la première porte, par laquelle Sébastien était entré, une seconde attendait sa main. Ayant déjà estimé l'absence de valeur de cette première salle, Plumel avança vers la nouvelle ouverture et tourna la poignée, qui resta de marbre. La porte était en acier, solidement verrouillée par un boîtier à dix chiffres. Après s'être luxé l'épaule en tentant de l'enfoncer et essayé plusieurs dizaines de combinaisons qui lui paraissaient logique – date de naissance, celle de Niepce et combien d'autres - Sébastien commença à craindre de s'être fourvoyé pour la dernière fois de sa vie dans un piège.

Il resta, une heure peut-être, dans un état second, bloqué dans ses pensées autant que dans ses actes. Piégé comme un rat. Puis, après avoir réalisé qu'il avait déjà épuisé toutes les options logiques qui s'offraient à lui, vinrent les idées moins logiques, plus pernicieuses, et donc plus proches de l'esprit de Grachin. Un jeu, un test ? Pourquoi pas ? Purgé de sa logique qui s'était brutalement révélée insuffisante, celle de son ennemi pris sa place. Bien sûr, jouons un peu avec ce minus. Sébastien entendait presque le vieux fou.

Peut-être – il devait partir sur ce principe afin de ne pas perdre espoir – que la solution à son problème se trouvait dans cette pièce, cachée sous la forme d'une énigme. Peut-être même qu'elle lui était destinée, ce qui justifierait la présence de son nom sur la note qu'il avait retrouvée, parsemée des croquis d'Inès. Le vieillard mettait-il son ancien disciple à l'épreuve ? Les seules alternatives menant, à coup sûr, vers sa mort, il choisit d'admettre pour vraie la première et se mit en quête d'une règle du jeu, ou d'un indice quelconque. En revenant sur les objets qu'il avait trop vite catalogués comme inutiles, il nota les outils de biologistes – trop évidents – les souvenirs divers – impossible de creuser une théorie, aussi improbable soit-elle, là-dessus – ainsi que le matériel photographique.

Une dizaine de plaques de photographies non développées, empaquetées dans des feuilles de papier, ainsi qu'une armoire remplie de produits divers, marqués avec leurs noms chimiques.

Sa théorie prit un petit peu plus de sens. Il repensa à Nicéphore Niepce, à la disparition de son portrait, au livre prêté. La combinaison de la porte en acier se trouvait-elle sur une de ces plaques encore illisibles ? L'idée lui parut totalement folle, et donc parfaitement envisageable de la part de son ancien maître sénile.

Le soleil baissait, achevant le peu de lumière indirecte qui pénétrait dans la pièce. Plus le temps de tergiverser. Docilement, il mit l'une des plaques à l'intérieur du meuble, en prenant soin d'y laisser uniquement les produits ayant mené à la réussite de l'expérience par Niepce, principalement de l'acide pour attaquer les endroits de la plaque d'argent où le bitume de Judée n'avait pas été exposé à la lumière. Si ses souvenirs de l'histoire qu'il avait lue ou plutôt survolée quinze années auparavant étaient corrects, il avait une dizaine d'heures à attendre. L'homme, éprouvé dans sa chair, fit donc la seule action qui lui restait. Il revint au pied du puits, enleva sa veste, la cala contre le sol dur pour s'en faire un oreiller et s'endormit.

Le lendemain, le soleil perça de nouveau à travers le puits profond. Plumel fut réveillé à la fois par les rayons et surtout par le fond de l'air glacial. Craignant l'hypothermie, il se leva et agita ses bras, écorchant encore un peu plus ses mains contre les parois de pierre.

À l'issue de sa gymnastique matinale, il retourna dans la pièce qui abritait l'armoire : la réaction attendue ne s'était pas produite. Non seulement la plaque n'avait pas révélé son mystère, mais elle était totalement brûlée, inutilisable. La technique de Niepce ne fonctionnait pas. Il réalisa à cet instant qu'à travers la tombe, Grachin le mettait au défi de faire mieux.

Immédiatement, par réflexe de survie mais surtout d'orgueil, son esprit analytique prit le dessus. Une analyse froide de la situation était nécessaire. Mettre en équation la quantité de produits restants ainsi que du nombre de plaques non révélées - qui pouvaient être considérées comme des essais. Générer un algorithme donnant lieu à un calcul de probabilités, que Sébastien tenta de faire de la manière la plus détachée possible.

Il avait très exactement zéro virgule quatre-vingt-neuf pourcent de chances de réussir.

Même la logique se moquait de lui. Il commença alors à hurler, à peu près une demi-heure avant de casser sa voix. L'échec de son insurrection vocale était assuré. Pas de déception, donc. L'isolement lui allait d'ailleurs à ravir. Pourtant, Grachin n'avait pas pu lui imposer une épreuve avec un aussi faible espoir de succès, à moins qu'il ne s'agisse d'un assassinat pur et simple. Il reprit donc son tableau, en prenant en compte son temps probable de survie sans eau – un comble pour quelqu'un coincé au fond d'un puits – et en modulant la présence possible de pluie.

Son test suivant fut de retirer la moitié des ingrédients de l'armoire. Si le corrosif se trouvait parmi ceux qu'il avait retirés, cela lui donnerait une indication forte. Il espérait opérer par moitié, multiplier par deux à chaque itération ses chances de succès. Il pourrait ainsi effectuer sept régressions binaires – pour autant de plaques restantes – et espérer avoir de la chance là où les mathématiques trouvaient leurs limites dans celles de son corps, déjà en pleine déshydratation. Ce test échoua, la plaque finit brûlée comme la précédente. Il décida malgré tout, histoire de se rassurer, de ne pas admettre directement que le corrosif se trouvait parmi eux, et refit le même test à l'inverse, avec les produits qu'il avait exclu. Le résultat fut le même.

Le fou avait donc placé plusieurs produits corrosifs et la malchance avait voulue qu'il tombe sur eux. Il devait donc opérer à un niveau de granularité supérieur, quitte à diminuer encore ses chances de succès, car cette méthode lui avait fait perdre une journée entière et gâcher deux plaques sans aucun résultat. Il divisa donc les lots en quatre et commença la nouvelle batterie de tests dès le lendemain. Il n'avait pas plu depuis sa descente dans le puits. Comme il regrettait sa décision de ne pas faire de halte chez Yvonne. Il se serait saoulé et aurait peut-être réussi à oublier toute cette histoire ou trouvé une idée alternative. Au moins, son corps aurait été rempli de liquide, et donc moins déshydraté qu'à présent.

Les lèvres rocailleuses, la gorge en flamme, l'échec du dernier de ses quatre tests le fit plonger dans une sorte de délire.

En premier, vint le rire. Franc, massif, détaché. Puis, le reste du corps répondit. Des bons, une petite course heurtée, en rond autour de l'enceinte et contre elle. Du sang souilla le mur, mais lui s'en fichait. En dernier lieu, lorsque tout le reste fut mis au diapason, apparut la voix.

- Grachin, grand chien ! Grachin, tête de chien. Si je t'attrape, tu termines dans ma marmite.

C'était la sienne. Il s'en rendu compte au bout de quelques minutes, ce qui ne calma en rien ses ardeurs. La séance dura encore plusieurs minutes. De rage, il brisa la vitre et sortit une plaque, puis la jeta contre l'armoire, détruisant les vitres. Il hurlait, délirait des bribes de son passé réassemblé. Il était devenu la voix du vide. Personne pour l'entendre, le contrôler. Quel bonheur d'être aussi proche de la mort et d'en avoir autant conscience. Pouvoir compter son temps et le donner à la colère. Le puits représentait cette image que Garchin, allergique au monde moderne, avait conçue. Un antidote à la vitesse, au monde connecté.

Ses mains en sang, sa rage à plein volume abimait les murs sans même égratigner la monstrueuse porte. Enfin, après s'être coupé de toute possibilité, il se mit à reculer, à se replacer dans la position de la proie. Plumel crevait d'être coupé du réseau, de ne pouvoir savoir quelle était sa tension, le nombre de pas qu'il avait réalisé depuis sa chute, à quelle heure très exactement il rentrerait en état de déshydratation, quels en seraient les symptômes.

Ses marques affiliées s'inquiéteraient-elles de sa disparition ? Il était perdu, au plus bas de sa conscience.

Soudain, au plus profond des abysses, quelque chose de nouveau se passa. Une immense douleur s'empara de sa nuque, se propageant en quelques secondes jusqu'à son cervelet. Un ou deux spasmes plus tard, il s'effondra.

Aucun rêve, rien pour se raccrocher. Juste un processus qui laissait parfois son corps se remplir de soubresauts. Son réveil, un temps indéterminé plus tard, fut douloureux mais si clair. Son esprit soudain lavé de toute peur, du moindre doute. Les mots, les idées s'alignaient comme à la parade. Ses grands, désormais grands ouverts, ne percevaient plus d'obstacles, mais des possibilités infinies. Il se perdit un moment dans l'émerveillement, sans en comprendre la cause. Avait-il été victime d'un accident cérébrale ? Délirait-il en attendant la mort ? Impossible, son corps était là, présent, affuté comme jamais, répondant aux ordres de son cerveau rajeuni.

En miroir, ses pupilles affutées finirent par percevoir de fines gouttes de pluie perler sur les parois, à quelques centimètres de sa joue. Une pluie indigente, indigne d'un soifard tel que lui. Était-ce son purgatoire ? Il avait provoqué la mort de son propre enfant. Sa fille. Il pensait avoir reconstruit un semblant de vie, pouvoir poser son fardeau. Tout s'était écroulé à l'instant même où il avait reçu le coup de fil de la fille de la MV.

Si les médias ne permettaient aucune rédemption, il espérait que la morale, la décence et l'humanité seraient plus indulgents.

De nouveau, il fut pris d'un fou-rire extraordinaire, bien que son origine ne fût pas la folie ou le désespoir. Malgré ses poumons en feu et sa gorge agonisante, il ne pouvait s'arrêter ni même ralentir la cadence du gloussement borné qui vrillait ses oreilles.

Devant lui, sans aucun produit, la plaque était développée. Une seule explication possible : tous les ingrédients lui étaient corrosifs. Seul l'air libre avait permis ce miracle.

Au moins, le vieux avait gagné en humour au fil des années.

Etes-vous prêts à découvrir cette insoutenable vérité ?

(Méthode progressive en 47 leçons, la première à moitié prix)

Le code qui était inscrit sur la plaque s'avéra, au grand étonnement de Plumel, correct. Ce que le biologiste avait cru, tout au long de son expérimentation, être une simple hypothèse pas très crédible, incarnait donc réellement l'âme décharnée d'une énigme. Grachin l'avait testé, de manière brutale et ridiculement hasardeuse, mais dans quel but ?

Lorsque la lourde porte en acier bascula enfin, Sébastien ne trouva pas tout de suite le geste suivant, celui qui aurait logiquement poursuivit son aventure. Le problème consistant à trouver cet endroit puis à défier l'obstacle de son ouverture ayant occupé jusqu'à présent la totalité de ses ressources cognitives, il se trouvait désemparé devant l'immense couloir sombre. Son imagination ne fit pas autant de manières, lui livrant déjà des récits inspirés des pires nouvelles que son mentor répudié avait pu lui laisser et qui, déjà, avaient pourri de manière définitive son cerveau. Allait-il entendre enfin la voix du vide ? Se retrouver confronté à des insectes mangeurs d'hommes ? Rien de tout cela.

À l'entrée, à peine discernable de la nuit totale, un bouton pressoir alluma une petite ampoule. La pièce, qui terminait le boyau qu'il venait de traverser, tenait cette fois plus du laboratoire au sens traditionnel du terme. L'espace débordait de flacons aux formes diverses et variées, qui contenaient pour la plupart des cultures d'organismes biologiques inutilisables. Des odeurs à l'avenant de ce que l'on peut imaginer dans un lieu laissé à lui-même et à sa vitesse propre de décomposition. Depuis combien de temps ? Cela faisait déjà plus de six longs mois qu'il avait disparu et le monde entier avait transité vers autre chose. Même Thomas Katz avait arrêté d'appeler Sébastien pour lui demander où en était son enquête. S'était-il rendu compte qu'il lui serait impossible de rentabiliser la publication des quelques textes, même caviardés, que son enquêteur lui avait envoyé à regret ? Plumel imaginait le requin en train de déjeuner avec un jeune auteur, en ce moment-même. En train de lui vendre des rêves, les siens transposés avec le vocabulaire du gamin qu'il prendrait sous son aile le temps d'une ou deux déconvenues littéraires.

C'est alors, perdu devant ce vide imprenable qui le poussait à détourner les yeux, qu'il aperçut des traces de cire noircies sur le sol. Il s'approcha pour en vérifier la nature – un peu trop près de l'inconnu pour rester serein – puis inspecta les meubles alentours dans l'espoir d'en retrouver la source. L'intérieur d'un tiroir grinçant lui fournit sa réponse. Une petite bougie, accompagnée de son support, ainsi qu'une petite boîte d'allumettes à moitié vide, s'offraient à ses desseins. La petite ampoule qui éclairait le lieu étant notoirement insuffisante, il alluma immédiatement la chandelle afin de vider les ombres qui agissaient en maîtresses de la pièce.

Intrigué par les traces sombres qu'il n'avait qu'entraperçues, il approcha sa bougie. Geste maladroit, puisque ce qu'il avait pris pour des traces d'écriture prit instantanément feu, embrasant le mur tout entier. Les fumées dégagées envahirent en quelques secondes la totalité de l'espace, irritant les yeux et la gorge de Plumel. Impossible de retrouver la porte par laquelle il était arrivé, un épais brouillard masquait toute option, tout plan. Par réflexe, il éteignit sa bougie pour éviter une nouvelle catastrophe, s'agenouilla, puis s'allongea contre le sol, en espérant que l'incendie se dissipe de lui-même.

Sébastien dut prendre sur lui, contenir son choc et attendre, la mort ou l'apaisement. Une fois sa situation inscrite dans la durée, il trouva un espace un peu plus large et donc légèrement aéré et s'immergea dans un état de semi-conscience, propre à le replonger dans l'histoire de ce puits. Une nouvelle fois, la conversation ressurgit. La seule qui l'obsédait depuis sa discussion avec Zeus, celle qu'il avait eu après la presque mort de Mathilde, ce présage en vérité. Il entendit les mots de Grachin, l'histoire de son père, du puits, des explosifs cachés pendant la guerre. Les traces devaient malgré tout être plus récentes, sinon la poudre aurait été humide. Tout avait été gardé sous scellées, protégé toutes ces années par l'immense porte en fer. Grachin avait dû déplacer récemment le stock, lorsqu'il s'y était installé. Mais pour y faire quoi ?

Au bout de quelques minutes encore, les flammes disparurent progressivement. La fumée persistait, mais nettement moins dense. L'atmosphère était apaisée, comme au bout d'une longue bataille.

Sébastien utilisa une nouvelle allumette et, après beaucoup d'hésitations, ralluma sa bougie. Il fit bien attention à ne frôler aucun mur ni objet, mais se dirigea au jugé jusqu'à une nouvelle porte. Celle-ci, bien qu'en acier, ne possédait pas de code. Elle s'ouvrit sans problèmes.

Une nouvelle pièce : la dernière, car, à l'intérieur, gisait le cadavre de Maximilien Grachin.

Le vieux fou était donc allé mourir ici, dans ce trou à rats construit par son paternel. Sur tous les murs, du matériel informatique. Absolument pas suffisant pour stocker l'immense univers virtuel qui représentait son domaine, mais peut-être la clé pour le localiser. Si seulement il avait la moindre idée de son fonctionnement. Pourrait-il comprendre suffisamment vite ce foutoir de boutons pour appeler au secours ? Probablement, puisque sa vie en dépendait. Il trouverait toujours un moyen, comme il l'avait toujours fait, au fond. Cette pensée positive l'étonna. Venait-elle des épreuves qu'il venait de surmonter ? Il se sentait différent. Comme un voile levé.

Revenant au cadavre, une foule de questions surgirent. Dans le lot compact et bigarré, une s'imposait car elle déterminerait beaucoup de choses à venir : de quand datait sa mort ? Selon cette information, le scénario des événements vécus s'en trouverait bouleversé. Avait-il lui-même envoyé ses messages au reste du monde, via les consoles présentes dans cette salle ? Ou bien s'agissait-il d'un programme automatique ? Pour déterminer précisément l'information, le biologiste avait besoin de s'approcher du cadavre pour palper ses membres, mesurer sa rigidité cadavérique. C'est alors, au moment où il lui prit le bras, surmontant son dégoût, que le corps de Grachin se mit à s'animer. Il n'était pas encore tout à fait mort, malgré son état parfaitement décharné, le visage envahi par toute sorte de brûlures immondes et de pustules.

Après avoir péniblement ouvert les paupières, la première chose que l'ancien cadavre vérifia fut l'horloge qui se situait exactement en face de lui. Il s'esclaffa tellement plus bruyamment que Sébastien ne l'eut cru possible, qu'il manqua d'en tomber à la renverse.

- Deux... Il déglutit. Était-ce son premier mot depuis tous ces mois ? Deux heures vingt-deux ! Deux heures vingt-deux et c'est vous, c'est toi qui es venu ! Mais bien sûr, c'était évident. Qui d'autre ?

- Je suis venu pour Inès, répondit son interlocuteur sans haine apparente, c'est-à-dire en la dissimulant.

- Ah oui, où est-elle, cette petite bougre d'idiote ? Elle devait incendier tous les livres du hangar et veiller à ce que la maison reste ouverte pour que... pour que tu puisses arriver jusqu'à moi ! Je t'attendais bien plus tôt. Mais ce n'est pas grave. N'est-ce pas merveilleux, la façon dont tout s'emboîte finalement ?

- La façon dont ma fille, dont vous avez massacré la figure et la cervelle, vous servait de domestique ? Vous espériez qu'elle protège votre escroquerie, votre œuvre, le cumulus de bouquins que vous n'osiez pas détruire ?

La remarque éteignit un peu la vigueur renouvelée du vieillard. Il reprit néanmoins, plus calmement, la suite de ce qu'il estimait devoir dire.

- Je t'avais dit que mon paternel était un besogneux. Il a tout façonné de ses mains. C'est ici qu'il stockait ses explosifs pendant la guerre.

- Croyez-vous qu'il savait que sa pelle creusait le tombeau de son fils ?

Un petit rire abîmé lui répondit.

- Tu te trompes. Elles m'ont tout expliqué. Je les ai créées selon leurs propres instructions. À partir de moi, comprends-tu ? Elles sont moi, et bientôt, bientôt, je serai elles ! En vérité, mon seul véritable échec a été de négliger la notion d'équilibre, la symbiose.

Devant la dévastation que représentait désormais son corps, envahi de cette espèce de brûlure que Sébastien avait déjà constatée sur Inès, le biologiste ne pouvait qu'acquiescer.

- Amusant hein ? Je devrais peut-être en parler à Crambier ?

Le cœur de Sébastien Plumel se retourna. Le vieillard ne lui épargnerait donc aucune humiliation ?

48 – *Vous serez ému devant la bravoure de cette jeune femme !*

Après plusieurs jours sans nouvelles de Plumel, Noémie Bartok s'était décidée à prendre les choses en main. Aucun de la dizaine de messages laissés sur tous les appareils où elle croyait pouvoir le joindre n'avait trouvé d'écho. Avait-il abandonné ?

C'était l'hypothèse la plus probable, devant même la crise de folie qu'elle redoutait à l'issue de leur dernier contact. Un puits à assécher ? Son enquêteur n'aurait pas pu se montrer plus énigmatique.

Pourtant, même si les plans du cadastre ne révélaient rien de particulier sur le domaine, d'autres documents, datant de la guerre, confirmaient bien l'existence d'un point d'eau à l'ouest du domaine de Grachin, en lisière d'un petit bois. L'Omninet stockait tout, et, parfois, recrachait des choses utiles en temps voulu. Elle avait piétiné tout son après-midi ainsi qu'une partie de la nuit avant de localiser l'endroit. Le puits était une ruine. Une corde y pendait piteusement. Son premier réflexe fut de déclencher son GPS afin de marquer le lieu exact sur sa carte. Elle tendit l'oreille un instant, mais n'entendit aucun bruit, mis à part ceux de la nature. Ces horribles mélopées nocturnes qui, depuis toute petite, l'effrayait. Noémie se dit qu'elle reviendrait avec le soleil.

Elle allait partir lorsqu'un détail arrêta son regard : sur l'encadrement du puits, des traces de pas et, sur son rebord, une partie de la végétation arrachée. En se penchant un peu plus, Noémie aperçut du sang sur l'une des pierres râpeuses. Que faire ?

Alerter la police bien sûr. Elle n'allait tout de même pas descendre dans le puits par elle-même. Ce crétin ! Cette brèle de Plumel avait dû vouloir jouer au héros, et voilà le travail. Il gisait sans doute en bas du trou, mort. L'auxiliaire de police de garde la dirigea vers l'officier en charge de l'affaire Grachin.

- Commissaire Emblin. Vous avez retrouvé le cadavre ?

- Quoi ? Mais on ne sait pas encore s'il est mort ?

- Vous croyez que Grachin est encore en vie ? Avec tout le sang qu'on a retrouvé chez lui, j'en doute. Et puis, pourquoi…

- Grachin ? Mais non, je vous parle de Sébastien Plu…

- Plumel ? Vous appelez pour Plumel ?

- Oui, il a besoin d'aide. Il est…

- Allez-vous faire foutre !

Noémie crut à une blague. L'officier de police était-il ivre ? Elle avait lu bon nombre de rumeurs qui avaient buzzé sec dès qu'Emblin avait été mandaté pour mener l'enquête sur le décès de l'écrivain. Mais elle n'osait croire à ce qu'elle venait d'entendre. Calmement, elle reprit.

- Il est sans doute mort.

- Tant mieux.

- Vous n'allez quand même pas le laisser comme ça. Il est tombé au fond d'un puits, dans la propriété.

- Bah, j'irai chercher le cadavre demain. On enverra une équipe de crétins avec des bouées. Allez-vous coucher, il n'en vaut pas la peine.

De toute évidence, le commissaire connaissait bien Plumel. Noémie regarda le puits à nouveau, le sang.

Et puis merde.

Elle saisit la corde et plongea dans le puits. La descente ne lui posa aucun problème particulier, la première pièce fut nettement plus difficile. La porte en bois s'ouvrit bien sûr, mais lorsqu'elle arriva dans la petite pièce, elle ne put se retenir d'invoquer la chambre sombre de son enfance, le trou de serrure pour seule lumière. Paralysée. Tant qu'elle ne bougerait pas, sa situation ne s'aggraverait pas. Il fallait absolument éviter l'effondrement. Elle faillit se recroqueviller sur elle-même, la position était tellement tentante. Poser ses mains sur ses yeux pour se donner l'illusion du contrôle. Ensuite, des voix s'invitèrent à la fête. Était-ce son père qui revenait la hanter ? Elle précipita sa tête contre la paroi pour faire cesser l'illusion. Une fois, puis deux. Une chaleur envahit son crâne, du sang. Mais elle ne perdit pas conscience et, plus grave encore, les voix continuèrent. Elles n'étaient pas une illusion. Lentement, les mots, les insultes éructées au loin la sortirent de sa quasi-transe.

Chancelante, elle se remit à progresser. Le couloir ensuite, rapidement traversé. De temps à autre, elle devait s'appuyer sur les parois crasseuses et essuyer le sang qui lui bloquait la vue. Noémie tomba ensuite sur la porte en fer que Sébastien avait heureusement gardée ouverte – l'informaticienne ne connaissait ni Niepce, ni la différence entre du bitume de Judée et le vulgaire hyposulfite de sodium. Puis la pièce emplie de poudre. Ignorant superbement les bougies qui s'offraient à elle, Noémie alluma la fonction lampe de son téléphone pour progresser à travers la fumée encore épaisse et arriva jusqu'à la dernière petite salle. Jusqu'à Sébastien qui hurlait des insanités sur le cadavre pas tout à fait fini de l'écrivain. Noémie Bartok dut s'assoir sous le coup du spectacle offert par l'homme écorché, brûlé et décharné. Plumel se retourna en sentant sa présence. Cette apparition le surprit au point de le rendre muet. Maximilien ne fit pas tant de manières.

- Ah ! Miss Bartok, je ne vous attendais pas ici. Mais, à la bonne heure. Vous, au moins, vous connaissez le prix du succès, contrairement à notre ami qui, bien qu'il se soit compromis à maintes reprises dans des plans douteux, n'a jamais eu la chance d'en tirer le moindre avantage.

Toujours ce rire. Qu'est-ce qui retenait Sébastien d'arracher cette mâchoire à moitié bouffée par la pourriture ? La plus haute forme de soif qui existait sur terre : le besoin de vérité.

- Alors… expliquez-lui. Expliquez à ce jeune… à cet ancien jeune idiot la leçon que vous et moi connaissons sur la réussite et son coût.

Les mots du vieillard changèrent profondément la jeune femme, plus qu'aucune leçon d'économie ou de géopolitique ne l'avait jamais fait. Impossible de se cacher derrière quoi que ce soit d'autre. Elle était devant son reflet.

- Dis-nous la vérité, espèce de merde. Qu'est-ce que tu as fait ? Qu'est-ce que tu vises avec ton invention ? Pourquoi tu t'es fait disparaître ?

Le vieil homme tomba des nues. Il s'imaginait presque pouvoir se faire une alliée de Noémie. Qu'elle comprenne ses nécessaires sacrifices. Au lieu de cela, il avait devant lui une folle, enragée. Pire que l'autre, si c'était possible. Il devait impérativement changer de tactique, s'adapter au terrain adverse.

- Oui. Il y a eu un… petit accident. Les choses ne se sont pas déroulées comme prévu. J'ai dû improviser, me replier ici, dans mon laboratoire. Néanmoins, j'ai prouvé mes théories.

- Comme celle que vous m'avez vendue ? Où est le projet de reconstruction neuronal post-mortem dont vous m'aviez parlé ? Votre espace sur notre serveur est vide, bordel ! Où est-ce que vous les avez mis, tous les millions de financement que je vous ai alloués ?

- Mais ici, ma chère.

En regardant autour d'elle, la jeune informaticienne ne vit que du matériel de base, impropre à stocker un millième du millième des informations nécessaires pour générer l'espace du musée Grachin – ou quelque autre nom qu'il puisse porter.

- Vous vous foutez de ma gueule ?

- Mon dieu, non. Je ne parle pas des ordinateurs, rassurez-vous. De toute manière, je déteste la technologie, je lui préfère l'humain, le vivant.

- Mais alors ?

- Alors ? Regardez-moi. C'est moi, l'invention. Ne suis-je pas magnifique ? Elles ont fait de moi une véritable œuvre d'art !

Un rire gelé. L'homme était brûlé sur la majorité de son corps. Néanmoins, en passant au-delà de cette vision d'horreur, Noémie et surtout Plumel - dont la formation en biologie allait, pour une fois de sa vie, servir réellement à quelque chose - découvrirent de petites pustules qui paraissaient s'agiter, évoluer, en temps réel. Sous leurs yeux, elles colonisaient le corps de l'écrivain.

- Je les ai créées, mais elles avaient besoin de plus en plus de place. Je leur ai donné mon corps afin qu'elles prospèrent et que je devienne elles. Enfin, disons qu'elles ne m'ont pas demandé la permission. Chacune de ces petites coquines contient des millions ou des milliards d'informations, sur des supports biologiques qui évoluent en permanence. Je pense et elles stockent. Elles trient l'essentiel. Je me souviens à présent si clairement de cette maison, de l'état magnifique dans lequel je l'ai trouvée. Vous vous souvenez Sébastien, comme elle était belle ?

- Ce sont elles qui vous permettent de conserver autant d'informations et de les projeter dans le virtuel ? Elles sont connectées à l'Omninet ?

- Elles agissent comme une extension de mon cerveau. Toutes mes données sont désormais en ligne. Plus besoin de quotas. Elles sont faites à partir de mon propre matériau biologique. Il s'agit, en quelque sorte, d'un disque-dur évolutif. Plus j'ai besoin de stocker des données, et plus le symbiote prend de place.

Le vieux fou éclata d'un nouveau rire. La petite chandelle exhibait tous les signes de sa fin de vie. Sébastien observa encore longuement son ancien modèle qu'il considérait à présent comme indigne de sa haine. Ses mains ne sortirent pas le couteau de Mathilde, n'étranglèrent pas le meurtrier, ne lui explosèrent pas la figure à coups de pierre. Il sortit sans un mot de plus, l'esprit au plus clair sur son objectif véritable. Limpide comme jamais.

Noémie hésita un moment avant de le suivre. Dans quelques heures, le programme de Grachin serait lâché dans la nature. Il fallait l'arrêter. Plumel savait quelles idées la hantaient.

- Ne vous inquiétez pas.

- Mais…

- Le tuer ne suffirait pas. Si la saleté que j'ai vu sur sa peau fonctionne comme je le redoute, sa mort ne ferait qu'accélérer la dissémination.

- De quoi parlez-vous ?

- Je… je crois que Grachin a inventé bien plus qu'un simple disque-dur avec une surcapacité. Il a créé le premier objet connecté d'origine biologique.

- Et qu'est-ce que ça change ?

- Chaque personne qui se connectera à son programme sera géolocalisé, et deviendra la cible d'un de ces parasites.

- Mais pourquoi, bordel ?

- Vous vous souvenez de sa tirade sur le but ultime de tout scientifique ? Je pense qu'il a plutôt décidé d'accomplir le but ultime de tout être humain.

- Arrêtez de parler par énigme !

- Devenir immortel. Par la dissémination de ses gènes, de ses idées. C'est pour cela qu'il a mis au point cette petite comédie. Mais je lui rends le rôle qu'il m'avait attribué dans sa farce. Suivez-moi.

Sans plus un mot, ils quittèrent le corps monstrueux et retournèrent au fond du puits. Sébastien fit tout ce qu'il put pour ne pas se retourner, rester de marbre et agir de façon rationnelle. Ne pas échouer, une fois de plus. À côté de la première corde, une seconde les attendait.

- Vous me prenez pour une buse, Plumel ? Quand j'ai vu que celle du puits était trop courte, je suis retournée dans la maison en chercher une autre. C'est à se demander si vous avez un cerveau !

- Je l'espère pour nous tous.

Ils remontèrent en douceur, Noémie devant. Plumel suivait difficilement, perclus de contusions et dans un état de déshydratation avancée. Une fois parvenue en haut du puits, la jeune asiatique lui tendit ses bras pour l'aider à rejoindre la surface. La situation parut saisir celui qui, ici-même, avait porté secours à Mathilde, quinze ans plus tôt.

Il aurait fallu plusieurs minutes à Sébastien pour reprendre son souffle et ses esprits. Noémie perdit patience bien avant.

- Alors, qu'est-ce qu'on fait ? On prévient la police ? Je vous préviens que…

- Non… j'ai un plan.

- Vous croyez que ça me rassure ?

- Ta gueule et accompagne-moi.

- On se tutoie maintenant ?

Plumel ne répondit rien. Il se releva lourdement, puis fonça tout droit, ignorant ses membres courbaturés, jusqu'à la nouvelle verrière, celle qui avait intrigué l'enquêteur lors de sa redécouverte de la propriété.

- Grachin a fait construire tout ça récemment. Vous voyez ?

- Quoi ? Le jardin ? C'est normal pour…

- Pour un biologiste de son calibre, les quelques espèces qu'il a plantées n'ont aucun intérêt scientifique.

- Et alors ?

Sébastien prit la pelle qui pendait près de l'entrée et frappa d'un coup gigantesque, de toutes ses forces et de tous ses espoirs, le sol en bois. En quelques coups, une des planches claqua, révélant une cache souterraine.

- Bordel ! Il y a de quoi tout faire sauter.

- La réserve personnelle du paternel de Grachin. Le fiston a dû tout bouger lorsqu'il s'est fait aménager son labo de Frankenstein.

Noémie hésita un moment, puis.

- Alors ?

L'opération se déroula dans un calme hors norme. Quelques minutes à peine, et tout était en place. L'explosion qui s'en suivit fut entendue jusque dans le commissariat. Des centaines d'appels engourdirent le central. La pétarade ferait à coup sûr la une des dernières nouvelles d'Alsace, dès le lendemain.

Sébastien fut pris d'un rire lacéré. Noémie recula de quelques pas. Il n'était pas devenu fou. L'enquêteur savait à présent qui avait tué Maximilien Grachin. Sa quête était achevée, au moins sur ce point.

49 – *Point de vue et images du monde :*
la nouvelle reine dans son intimité.

À l'intérieur de la reine Betalia, des milliers de vies grouillaient, à demi aveugles et totalement inconscientes des réalités étriquées de leur existence. Des soldats de l'information, sorte de transistors biologiques dont l'évolution permettrait, de générations en générations, de stocker toujours plus. Des bribes d'un univers toujours plus complexe, à jamais hors de leurs mandibules. Comment pourraient-ils un jour comprendre leur rôle, briser le motif ? Ils seraient bientôt des millions. Tôt ou tard, ils se battraient pour faire émerger les meilleurs d'entre eux. La reine verrait-elle poindre une jeune Deltany pleine de fougue ou un sage Gammalon, prête à prendre sa place, à trouver un nouvel hôte ?

Dans cet état semi-conscient qui lui permettait de trier son attention, de la distribuer sans panique, elle repensa au chemin parcouru, à Dong et Kong, à ce vieux Numérien qui lui avait montré son chemin, et à sa mère, leur mère à tous.

Les flux électriques s'étaient, petit à petit, intensifiés. Ses fils et filles étaient chargés en informations, porteurs de bribes textuelles, dépositaires d'un savoir qu'elle espérait au moins utile à être désormais lié à elle, et dont Betalia apprenait, un peu plus chaque jour, à connaître le monde.

Elle avait écoulé les premiers cycles de leur coexistence à broyer ses idées noires, les éclaircir. À orienter ses pensées vers la création et non vers ses erreurs fanées.

Bientôt, il faudrait de nouveau pondre pour étendre ses connaissances et l'aider, par le combat incessant, à trier le savoir utile ainsi que le support vivant digne d'être conservé et disséminé. Une nouvelle reine qui partagerait son existence avec un nouvel être.

L'hiver en était à ses dernières attaques. Bientôt, le toit de la verrière serait soulagé du poids de cette neige qui amenait beaucoup trop de lumière jusqu'à son bureau. Sébastien vrillait les poils revêches de sa barbe qui ne le grattait presque plus. Il s'était habitué à son nouveau visage, au point d'aliéner les photographies de son passé. Les journalistes ne l'embêtaient plus à présent qu'il avait réussi à régler le cas du jeune Crambier.

Les avances sur son nouveau livre avaient fait merveilles sur sa situation judiciaire. Son nouvel avocat, un vrai monstre de cynisme, lui avait évité toute nouvelle humiliation publique en interdisant les articles qui menaçaient de ruiner le début d'oubli dont il jouissait. Certes, le roman sur lequel il mettait les dernières retouches n'était pas signé de sa main mais de celle de Maximilien Grachin, contrat et notoriété obligent. Mais l'ouvrage était déjà un succès. Les rares critiques à qui on avait offert le privilège de lire l'ouvrage en avant-première tombèrent dans le panneau, déclarant même qu'il s'agissait du plus grand roman de l'auteur, sa clé de voûte posthume. Les revenus générés n'en seraient que plus importants. Certainement suffisants pour finir de payer le rachat du domaine Haberzeller.

Confortablement assis sur une chaise, Sébastien laissa encore dériver ses pensées, totalement orientées vers son avenir. Les idées virevoltaient autour de lui, mais elles se laissaient attraper sans entrave. Aucune peur, pas de frustration. Elles transperçaient sa cervelle sans effort.

Il avait déjà le plan de plusieurs romans et nouvelles, alignés sur son ordinateur. Sur le côté, un chevalet où reposait pour la nuit une aquarelle d'une superbe couleuvre, plus vraie que nature.

Depuis plus de six mois, il habitait ici. À l'issue de ses retrouvailles avec Grachin, il était simplement resté. Pour un nombre incalculable de raisons, il avait préféré tenir les autorités à distance de la vérité. S'éviter un nouveau scandale bien sûr mais aussi protéger ce qui s'avérerait être son unique source de revenus pour le moment. Avait-il pris en considération la possibilité que Maximilien ait pu survivre ? Était-il plus sage de le laisser moisir dans son coin ? Impossible de savoir, impensable pour lui désormais de s'en inquiéter. Le temps précédent était mort.

Soulagé d'un grand poids, pour la première fois depuis une vingtaine d'années, Sébastien était entré dans ce lieu, son nouveau chez lui et avait pris une feuille de papier. Simplement, sans ressentir la masse des émotions négatives couramment associées à ce geste.

Tout lui parlait. Il entendait la voix du vide. Sans efforts. Lentement, il avait appris à ignorer les légères démangeaisons qu'occasionnaient ses boutons disgracieux, dont il attribuait la paternité à sa fièvre créatrice. Les évidences se présentaient à lui de manières suffisamment diffuses et disparates pour lui permettre de nier tout lien avec les brûlures qui avaient ravagé le visage d'Inès ainsi que le corps de cette vieille croûte de Grachin. Il avait finalement obtenu ce qu'il était venu chercher en poursuivant les traces de son ancien mentor.

Il était en retard. La petite rousse l'attendait, comme chaque soir, à son échoppe.

www.ingramcontent.com/pod-product-compliance
Lightning Source LLC
Chambersburg PA
CBHW070752280626
47162CB00016B/194